Himmelstürmer Verlag

Von Benjamin Wagner bisher erschienen:

Mädchenhass und Jungenliebe, Frühjahr 2009,
ISBN 978-3-940818-12-6

Nur drei Wörter, August 2009,
ISBN 978-3-940818-28-7

www.himmelstuermer.de
E-mail: info@himmelstuermer.de
Originalausgabe, Herbst 2009

Rechtschreibung nach Duden, 24. Auflage

Coverfoto: © http://www.shutterstock.com
Das Modell auf dem Coverfoto steht in keinen Zusammenhang mit dem Inhalt des Buches und der Inhalt des Buches sagt nichts über die sexuelle Orientierung des Modells aus.

Umschlaggestaltung: Olaf Welling, Grafik-Designer AGD, Hamburg.
www.olafwelling.de
Printed in Czech Republic

ISBN 978-3-940818-29-4

Benjamin Wagner

Abseitsfalle

Himmelstürmer Verlag

1

Ich rannte so schnell ich konnte, ohne den Ball aus den Augen zu verlieren. Dieser komische Kerl mit dem bösen Blick klebte mir schon das ganze Spiel über an den Fersen, also rechnete ich gar nicht mehr damit, dass es diesmal anders sein würde.

Ich hatte zwar keine Zeit, auf die Uhr zu schauen, aber ich wusste, dass wir schon weit über die 80. Minute hinaus waren. Da war ich nicht der Einzige, der langsam merkte, wie seine Kräfte nachließen. Aber ich schien immerhin noch mehr Power zu haben als mein Schatten. Als ich die gegnerische Hälfte erreicht hatte, lag er bestimmt schon drei Meter hinter mir. Dumm nur, dass zwei andere von denen auf mich zukamen, mit Gesichtsausdrücken, die nicht unbedingt auf friedliche Aktionen schließen ließen.

Es war also der einzige Moment, der mir noch blieb, um aus diesem Ball noch etwas zu machen. Ich zielte in die Mitte des gegnerischen Strafraums, in der Hoffnung, dass dort jemand auf meinen Ball wartete, denn die Zeit, mir in Ruhe eine Anspielstation auszusuchen, blieb mir nicht mehr. Gerade noch, bevor die beiden mich angreifen konnten, spielte ich ab, und zwar so fest, dass der Typ, der direkt vor mir stand, vorsichtshalber zur Seite sprang.

So konnte man ja auch kein Spiel gewinnen, dachte ich, sah dann nur noch, wie der gegnerische Torwart vergeblich durch die Lüfte flog und dann zappelte der Ball schon im Netz und die gut hundert Leute, die in unserem Fanblock saßen, jubelten uns zu.

„Korrekte Vorlage, danke, Alter", sagte Marco schnell atmend, als er auf mich zugerannt kam und mir seine Hand hinhielt, die ich geistesabwesend abklatschte.

3 : 1 für uns, 88. Minute. Damit müsste das Ding erledigt sein. Bis der Ball wieder im Mittelkreis war und das Spiel für noch mal vielleicht drei Minuten weiter gehen konnte, hatte ich ein paar Sekunden zum Durchatmen. Einerseits war ich froh, dass Dirk, unser Trainer, mich direkt beim ersten Spiel in der neuen Saison 90 Minuten durchspielen ließ, andererseits war das aber auch ziemlich anstrengend.

Ich hatte mich nach dem letzten Treffer nicht mehr viel bewegt und der Schlusspfiff nach fast 92 Minuten kam mir sehr entgegen. Während die anderen sichtlich enttäuscht zügig den Platz verließen, feierten wir noch mit Umarmungen und Jubelgesten den gelungenen Saisonstart.

Auch unser Trainer schien durch und durch zufrieden zu sein.

„Super gemacht, Jungs", freute er sich, als er über den Platz ging und dabei einigen auf die Schulter klopfte und anderen über den Kopf strich. Ich persönlich fand dieses Rumtätscheln eher albern als in irgendeiner Weise förderlich. Mit Zwölfjährigen konnte man das ja durchaus machen, aber wir waren alle fünfzehn oder sechzehn und Dirk war mit Mitte dreißig auch nicht so alt, dass wir auf ihn wie Kleinkinder gewirkt hätten.

„Tolle Leistung, macht weiter so!", hörte ich ihn aus der Ferne, als er an den anderen aus unserem Team vorbeiging – natürlich nicht ohne väterliche Berührungen. Einige aus unserm Team hatten sich ihre vollgeschwitzten Trikots ausgezogen und zeigten ihre völlig unterschiedlichen Körper – vom mittleren Bauch bis zum ausgeprägten Sixpack war jedes Niveau in unserem Team vertreten. Ich war gutes Mittelmaß, aber ich wollte besser werden und arbeitete daran. Abgesehen davon hatte ich die Theorie, dass den meisten Mädchen ein natürlicher Körper lieber ist als einer, aus dem die Muskeln förmlich rausquellen.

„Is' doch gut gelaufen", meinte jemand von hinten zu mir. Ehe ich mich umgedreht hatte, stand er schon neben mir und drückte mir eine Wasserflasche in die Hand, die ich dankend annahm. Es war einer von denen, die erst dieses Jahr aus der C-Jugend zu uns in die B-Jugend gewechselt waren.

Ich musste ein paar Sekunden nachdenken, bis ich wieder auf seinen Namen kam: Patrizio. Mit meinem Gedächtnis für Namen und Nummern war es sowieso nicht weit her und dann noch ein ausländischer Name – das war schon eine Herausforderung. Er war Italiener, oder hatte zumindest italienische Wurzeln, das hatte ich mittlerweile rausgekriegt. Aber ich konnte ja nicht alle aus dem Team gleich gut kennen, obwohl ich mir das immer vorgenommen hatte. Einige von ihnen waren auf der gleichen Schule wie ich, dem Adenauer-Gymnasium, andere kannte ich schon seit der Kindheit aus dem Verein, immerhin spielte ich schon mit acht Jahren Fußball, aber von manchen wusste ich kaum mehr als Name, Rückennummer und vielleicht noch, auf welche Schule sie gingen oder ob sie eine Freundin hatten, aber ich hoffte, dass sich das allmählich bessern würde.

Als wir uns dann so nach und nach in der Kabine versammelt hatten, zögerten die meisten nicht, sich innerhalb weniger Sekunden die restlichen Klamotten runter zu reißen und nackt unter die kalte Dusche zu hüpfen.

Ich hatte das gleiche vor, aber ließ mir etwas mehr Zeit. Ich setzte mich erst mal auf die Bank, zog mir in Ruhe die Schuhe und die Strümpfe mit den Schienbeinschonern aus und sah mir meine Unterschenkel an, die ordentlich unter dem Spiel gelitten hatten, aber wenigstens hatte es sich gelohnt.

Die meisten anderen standen schon unter der Dusche und mittlerweile fühlte ich mich auch dahin gezogen, denn der Schweiß lief nur so an mir runter. Ich zog mir die weiße Hose mit der kleinen blauen Nummer 7 an der Seite, die Nummer mit der ich spielte seit ich denken konnte, und die völlig zerknitterte Boxershorts aus und warf sie auf den Boden. Woanders hätten sie nur die Luft verseucht.

Im Duschraum hätte man wirklich denken können, wir wären gerade mal zwölf oder noch jünger. Da flogen Seifen und Duschgelflaschen durch die Gegend. Einige besonders witzige Sportsfreunde drückten mit beiden Händen die Duschköpfe zu, so dass das rausspritzende Wasser auch den Raum oberhalb der Duschköpfe, der eigentlich zum Trockenbleiben gedacht war, unter Wasser setzte.

In einer Ecke schienen sich ein paar von uns recht ausführlich mit ihren Schwänzen zu beschäftigen. Jan und Robin waren noch dabei die Länge zu vergleichen, während Marco schon eine Stufe weiter war.

Ich wusste, dass dieses Rudelwichsen unter der Dusche schon zur Tradition gehörte, dennoch konnte ich dem nichts abgewinnen. Natürlich wichste ich selber auch regelmäßig – sogar fast täglich. Das war auch nicht anders, als ich letztes Jahr mal für ein paar Monate eine Freundin gehabt hatte. Aber ich wichste lieber abends vor dem Schlafen in Ruhe in meinem Bett.

Also genoss ich einfach das erfrischende Gefühl des kalten Wassers, das an meinem Körper runterlief. Ich schloss die Augen und atmete tief ein und aus. Nur leider konnte ich diese angenehme Empfindung nur wenige Sekunden genießen. Ein Stück Seife traf mich, nicht gerade sanft, nur ein paar Zentimeter neben meinem Schwanz. Blitzartig öffnete ich die Augen. Patrizio stand maximal zwei Meter seitlich neben mir und grinste.

Der war ganz schön frech, dafür, dass wir uns kaum kannten.

„Für die Entfernung aber ziemlich schlecht getroffen“, konterte ich seinen körperlichen Angriff.

„Gut, dass wir hier nicht beim Handball sind.“

Erst auf den zweiten Blick sah ich, dass sich bei Patrizio zwischen den Beinen ordentlich was aufgebaut hatte.

Ich hob das Stück Seife auf, rieb mir ein bisschen davon in die Hände und ins Gesicht, warf einen suchenden Blick in die Runde und warf dann die Seife zu Sven, der gerade erst als letzter in den Duschraum gekommen war. Natürlich ließ er die Seife elegant an sich vorbeifliegen. Es war mir nach wie vor ein Wunder, wie der Trainer ihn überhaupt noch ins Tor stellte. Er war mit Abstand der dickste von uns, der mit dem kleinsten Schwanz, wie mir in solchen Momenten immer wieder auffiel und der Unsportlichste sowieso. Wenn wir wenige Gegentore kassierten, war das sicher nicht sein Verdienst, sondern der von Murat oder Robin oder wer sonst noch in der Abwehr treue Dienste leistete.

Ich hatte gehofft, noch ein, zwei Minuten in Ruhe duschen zu können, aber da schien Patrizio offenbar schwer gegen zu sein.

„Noch nie unter der Dusche gewichst?“, fragte er mich von der Seite und als ich mich umdrehte, sah ich wie sehr seine rechte Hand mit seinem Stängel beschäftigt war.

Er hatte recht, das war das Normalste auf der Welt, nach dem Training, und erst recht nach dem Spiel, unter der Dusche zu wichsen, völlig unabhängig davon, wer zuguckte oder mitmachte.

„Doch, aber nicht hier.“

Sowas hatte ich noch nie erlebt. Da stand ein anderer Junge, etwa in meinem Alter keine zwei Meter neben mir unter der Dusche, holte sich völlig schamlos einen runter und unterhielt sich dabei mit mir.

„Komm, probier‘s mal, is‘n geiles Gefühl.“ Der schien nicht zu kapieren, dass ich keinen Bock auf Massenmasturbation hatte.

„Nein!“ Deutlicher konnte ich kaum werden.

Aber das schien ihn nur noch mehr zu provozieren. Er rückte noch einen Schritt näher ran und stieß mich ein paar Mal leicht von der Seite an.

„Los, mach mit! Wer als erster kommt ...“

Der Typ machte mich wahnsinnig. Aber ich bekam so langsam tatsächlich Lust zu wichsen. Die ersten waren zwar schon fertig mit Duschen und was so dazugehörte, aber davon ließ ich mich nicht ablenken.

„Komm, Marcel, mach mit“, flüsterte er fast. Immerhin schien er keine Probleme gehabt zu haben, sich meinen Namen zu merken.

Ich drehte die Dusche eine Stufe wärmer, sonst hätte ich ja ewig gebraucht. Ein paar Mal knetete ich meinen Schwanz und meine Eier und spürte förmlich, wie das Blut, das da reinschoss, meinen Schwanz immer größer und dicker werden ließ.

„Siehste, geht doch.“ Patrizio ließ seinen langen Schwanz immer noch langsam durch seine Finger gleiten.

„Und jetzt mal Gas geben.“ Er selbst bewegte dabei seine Hand immer schneller und griff fester um seinen Schwanz.

Da stand ich unter der Dusche, holte mir vor den Augen von Patrizio und den anderen einen runter und als wär dieser kleine Spinner neben mir nicht schon aufdringlich genug, meinte der jetzt auch noch, mir eine Anweisung zum Wichsen geben zu müssen.

Ich hörte ihm allerdings nicht mehr zu, sondern schloss die Augen und ließ meine Latte durch meine Hand gleiten, immer vor und zurück und wieder vor und zurück.

Er hatte recht, es war irgendwie ein geiles Gefühl nach einem anstrengenden Spiel unter der kalten, oder inzwischen mittelkalten, Dusche eine ordentliche Ladung Saft aus seinem Schwanz raus zu schleudern.

Als ich fertig war, konnte ich nur noch sehen, wie sich die Reste von meinem Saft mit dem Duschwasser vermischten und den Ausguss runterflossen. Ich sah zur Seite und stellte fest, dass Patrizio wohl schon lange fertig war.

„Du brauchst noch einiges an Übung“, grinste er, als er das Wasser abstellte und in die Kabine zurückging. Ich fühlte mich irgendwie verarscht. Der Typ war fast ein Jahr jünger als ich und hielt sich für den besten Wichser der Welt. Der hatte wahrscheinlich nicht mal halb so viel Übung wie ich, allerhöchstens was das Wichsen unter der Dusche nach einem Fußballspiel angeht. Da hatte ich heute in der Tat Premiere.

Ich folgte Patrizio aus dem Duschraum in die Kabine. Wir gehörten zu den letzten, die mit Duschen fertig waren. Nur Sven stand immer noch unter dem Wasserstrahl und ich fragte mich, ob es möglich war, unter der Dusche im Stehen einzuschlafen.

In der Kabine hatten sich die meisten schon wieder angezogen und ihre Sporttaschen gepackt. Ich beeilte mich und kramte eine frische Boxershorts und die Jogginghose, die ich schon vor dem Spiel anhatte, aus meiner Tasche und sorgte schnell dafür, dass nicht mehr jeder mein Gehänge sehen konnte. Das Wichsen unter der Dusche war zwar was Natürliches, auch was Geiles, wie ich heute feststellen durfte, aber es machte mich noch lange nicht zum Exhibitionisten. Mit dem T-Shirt ließ ich mir auch nicht mehr sehr viel Zeit, denn die meisten waren schon draußen.

Ich verließ zusammen mit Sven als Letzter die Kabine und wir gingen zusammen zum Tor des Sportplatzes. Die mehr oder weniger hundert Zuschauer, die wir hatten, saßen zum größten Teil im Vereinsheim und soffen sich zu.

„Warte mal“, hielt Sven mich auf. Er kramte eine Zigarette aus einer Seitentasche seiner Sporttasche und schon brannte sie zwischen seinen Lippen.

„Lass das nicht den Trainer sehen“, warnte ich ihn.

„Willst du auch eine?“, reagierte er darauf.

„Nein.“

Marco, der auch außerhalb vom Fußballplatz ein guter, wenn nicht sogar mein bester Freund war, und auch zusammen mit mir in eine Klasse ging, verabschiedete sich nur knapp. Er saß schon auf seinem Fahrrad, als ich an den Fahrradständern vor dem Sportplatz ankam.

„Ciao, wir sehn uns Montag.“

Offensichtlich wollte er noch zu seiner Freundin. Er war erst seit ein paar Wochen mit ihr zusammen, aber es war mindestens seine dritte in diesem Jahr. Ich zählte da nicht mehr mit.

Auch ich öffnete mein Fahrradschloss und hatte gehofft, mich zügig nach Hause absetzen zu können, aber schon wieder hielt Patrizio mich auf. Der Typ ging mir auf die Nerven, anders konnte man es nicht sagen.

„Ciao, Marcel. Bis Dienstag dann“, grinste er zu mir rüber, während er selber sein Fahrradschloss entriegelte.

Am Dienstag war das nächste Training und ich hoffte von Herzen, Patrizio würde mich jetzt nicht bis in alle Ewigkeit in den Wahnsinn treiben.

2

„Ihr seid ja mal wieder richtig erfolgreich gewesen, hab ich gehört“, begrüßte Nadja mich und Marco, als wir am Montagmorgen auf dem Schulhof standen.

„Ich wollte ja eigentlich zu dem Spiel kommen, aber ich hatte wieder Stress zu Hause und so“, begann sie zu erklären, warum sie unserem 3:1 am Samstag nicht beiwohnen konnte. Mir persönlich war es egal, ob sie mir beim Fußballspielen zusah. Lange Zeit hatte ich sogar die radikale Meinung vertreten, Frauen hätten bei Fußballspielen grundsätzlich nichts verloren.

Marcos Freundin Janine war bei fast jedem Spiel dabei und feuerte uns mit albernen Fangesängen an, aber solange ich keine Freundin hatte, brauchte ich auch niemanden, der für mich auf der Tribüne saß, außer vielleicht meine Eltern, die aber nur hin und wieder mal dabei waren.

Nadja legte unauffällig ihren Arm um mich, nicht klammernd, sondern eher locker, freundschaftlich, aber ich wusste recht gut, dass es nicht so kumpelhaft gemeint war, wie es vielleicht aussah.

In letzter Zeit hatten mich einige Klassenkameraden – Jungen wie Mädchen – darauf hingewiesen, dass Nadja möglicherweise weitergehende Gefühle für mich haben könnte. Ich stand nicht so auf diese Kuppelaktionen, die offenbar in unserem Alter noch immer gang und gäbe waren, wie schon in der sechsten Klasse.

Wenn Nadja auf mich stand, dann sollte sie mir das sagen und dann würde ich mir das mal überlegen, denn sie war eins der attraktivsten Mädchen in unserer Klasse und Single. Einige der Jungen rissen sich um sie – bisher erfolglos.

Als wir uns eine Minute vor acht zusammen auf den Weg ins Klassenzimmer machten, wollte Nadja ihre Umarmung nicht lösen. Ich konnte ihr nur durch zwei unerwartet schnelle Schritte entkommen, blieb dann aber stehen und wartete, bis sie wieder neben mir stand und legte dann selber kurz meinen Arm um sie, worauf ich von ihr ein versöhnliches Grinsen geschenkt bekam.

Marco war in der ersten großen Pause so schnell verschwunden, dass ich nicht die geringste Chance hatte, ihn zu fragen, wo er hin wollte. Ich war mir allerdings sehr sicher, dass er sich mit Janine traf, die auf der benachbarten Realschule in die achte Klasse ging.

„Hey, warte mal." Nadja hielt mich an der Schlaufe meiner Schultasche fest, so wie man das aus der Grundschule kannte.

„Was ist?", fragte ich sie in einem vielleicht nicht ganz so freundlichen Ton. Diese Art angesprochen und aufgehalten zu werden, machte mich nun mal leicht aggressiv.

„Wo willst du hin?"

Ich war der Meinung, dass diese Frage eigentlich gar keine Antwort verdient hätte. „Mal überlegen, in die Pause vielleicht? Immerhin hat es geklingelt."

„Lass uns mal auf den Parkplatz hinter der Realschule gehen." Das war keine Frage, das war eine Aufforderung und dazu noch eine sehr ungewöhnliche.

Ich hatte noch nie eine Pause mit Nadja alleine verbracht. Meistens standen wir mit ein paar Kumpels aus unserer Klasse in irgendeiner Ecke des Schulhofes oder ich begleitete Marco zu seiner Janine und führte dann mehr, meistens aber weniger geistreiche Gespräche mit den beiden.

„Was hast du vor?" Ich hatte keine großen Bedenken mit Nadja an einen Ort zu verschwinden, der schon längst nicht mehr zu unserem Schulgelände gehörte, denn die Gefahr, von ihr in einen Hinterhalt gelockt und erstochen zu werden, sah ich als sehr gering an. Eigenartig kam mir die ganze Geschichte dennoch vor.

Ich bekam von einem Klassenkameraden, der offenbar halb mitgehört hatte, im Vorbeigehen einen fragenden Blick zugeworfen, den ich nur mit einem solchen erwidern konnte.

Es war das altbekannte Spielchen, nicht von irgendeinem Lehrer beim Verlassen des Schulgeländes gesehen zu werden. Ich ging Nadja hinterher, die es offenbar eilig hatte, ihr Ziel zu erreichen.

Wir gingen quer über den Parkplatz, der nur halb mit Autos gefüllt war, dafür aber umso voller mit Schülern von uns und von der Realschule, von denen die meisten rauchten, und einige nicht nur Tabak.

Auch Nadja packte eine schon recht zerknitterte Schachtel Zigaretten aus ihrem Rucksack hervor und ließ einen Glimmstängel in ihrem Mund aufflammen. Ich hatte überhaupt nicht gewusst, dass sie rauchte. Wir waren zwar schon seit über fünf Jahren in einer Klasse, aber das war ja das gleiche wie mit den Jungs aus dem Verein. Man konnte nicht alle gleich gut kennen.

„Willste auch eine?“ Es schien sich also auch noch nicht durch die ganze Klasse gesprochen zu haben, dass ich zumindest außerhalb von Diskos oder sonstigen Partys nicht rauchte.

„Nein“, sagte ich ganz entschieden und überlegte, wie ich ein einigermaßen sinnvolles Gespräch im Gange halten könnte.

„Gehst du immer hierhin?“, war mein erster Beitrag dazu. Immerhin begleitete ich sie grundlos zum Rauchen, da konnte sie mir auch ein bisschen über sich erzählen.

„Ja, aufm Schulhof kann man ja schlecht rauchen, ne?“

„Hast du keine anderen Raucherfreunde?“ Die meisten, die ich hier so sah, standen in kleinen Gruppen oder zumindest zu zweit in den Ecken.

„Ne, ich bin immer alleine hier. Da kann ich immer ‘n bisschen nachdenken und so.“

Bei allem Respekt hatte ich Nadja nie für einen Menschen gehalten, der viel nachdachte. Zumindest galt das für die Schule. Es traf eigentlich immer sie, wenn jemand die Hausaufgaben nicht gemacht hatte oder irgendjemand mal eine sechs in einem Test hatte. Es war sowieso ein Wunder, dass sie es ohne sitzenzubleiben in die zehnte Klasse geschafft hatte.

„Worüber denkst du denn nach?“, fragte ich etwas spaßhaft, da mich eine ernsthafte Antwort überhaupt nicht interessierte.

„Ach, keine Ahnung.“

Sowas gefiel mir. Leute, die nicht wussten, worüber sie nachdachten, mussten meiner Meinung nach glückliche Menschen sein.

Daran, dass das Papier ihrer Zigarette schnell abbrannte, sah ich, dass sie sehr kräftige Züge nahm.

Ich selber hatte das Rauchen auch mal ausprobiert und sogar einige Wochen durchgehalten. Aber ich hatte an meinem eigenen Körper gemerkt, dass es wahr war, dass Rauchen die sportlichen Leistungen beeinflusste und das war es mir wiederum nicht wert.

Zwar rauchten einige in unserem Verein, allen voran Sven, der es sicher auf eine Schachtel am Tag brachte, aber von denen wusste ja auch niemand, wie gut sie ohne Zigaretten spielen würden.

„Wollt einfach mal ‘n bisschen mit dir labern.“

Ich hatte für einen winzigen Moment vergessen, dass Nadja neben mir stand, wobei ich natürlich niemals alleine sinnlos auf einem Parkplatz rumstehen würde.

„Und worüber?“ Ich wurde langsam neugierig, auch wenn ich

mir das selber noch nicht eingestehen wollte.

Unsere Blicke trafen sich und blieben aneinander kleben. Sie hielt meine Augen mit ihren fest und nahm wie nebensächlich einen Zug von ihrer Zigarette. Sie hatte schöne, tiefbraune Augen, die einen netten Kontrast zu ihren hellblond gefärbten Haaren abgaben. Das alles fiel mir so zum ersten Mal auf.

Sie nahm noch einen tiefen Zug an der fast ausgebrannten Zigarette und schnippte sie dann in hohem Bogen weg. Den Rauch allerdings blies sie mir ungebremst ins Gesicht, denn sie war mir ein wenig näher gekommen, nicht aufdringlich nah, aber doch so, dass sie ohne Verrenkungen ihre Hand über meine Schulter gleiten und ihre Finger mit meinen Haaren spielen lassen konnte.

Sie hatte mir zwar immer noch nicht meine Frage beantwortet, aber es schien, als wären wir beide der Auffassung, eine Antwort sei nicht mehr nötig.

Auch ich streckte einen Arm aus und war schon kurz davor, ihr auch durch die Haare zu streicheln, aber ich wusste aus Erfahrung, dass die meisten, wenn nicht sogar alle Mädchen, übertrieben empfindlich waren, was ihre Haare anging. Stattdessen schlang ich meinen Arm um ihren Rücken und es schien ihr zu gefallen, denn sie rückte noch näher an mich heran, so nah, dass sich unsere Füße fast berührten und so gut wie nichts mehr zwischen uns gepasst hätte.

Der Raucher- und Kifferparkplatz stand zwar weit hinten auf der Liste der romantischsten Orte der Stadt, aber wenn ich schon kurz davor war, mir eine neue Freundin zu schnappen, dann musste ich diese Gelegenheit doch ausnutzen.

Nadja gefiel mir seit einiger Zeit immer mehr, das konnte ich nicht leugnen. Ich hatte nur etwas Probleme, damit klarzukommen, wie sie von sich aus versuchte, sich an mich ranzumachen. Ich verstand nicht, was die Mädchen auf dieser Welt so kompliziert daran fanden, einen Jungen, der ihnen gefiel, anzusprechen.

Aber wie es aussah hatten wir beide einen eleganten Mittelweg gefunden – einen, der ohne viele Worte auskam.

Langsam – wie durch magnetische Kräfte gesteuert – näherten sich unsere Lippen und ich küsste zum ersten Mal seit einer halben Ewigkeit ein Mädchen und das direkt mit Zunge.

Inzwischen hatte ich sie mit beiden Armen fest umklammert und hatte kein großes Interesse daran, diesen Kuss zu beenden. Nur mein Zeitgefühl sagte mir, dass die dritte Stunde allmählich begann und wir, so traurig das war, zurück zu den anderen mussten.

In der dritten Stunde hatten wir Physik. Dieses Fach hatte die Eigenart an sich, dass die Leute sich in jeder Stunde woanders hinsetzten, was durch die Größe des Raumes und die Dummheit des Lehrers gefördert wurde. Da konnten Nadja und ich unauffällig nebeneinander in der letzen Reihe Platz nehmen und uns interessanteren Dingen als den Elektromagneten widmen.

Natürlich nahmen die anderen das zur Kenntnis, aber irgendwann würden eh alle wissen, dass Nadja und ich auf der Zielgeraden waren, ein Paar zu werden und ich konnte mir nicht vorstellen, dass es irgendwen in der Klasse gab, der uns das nicht gegönnt hätte.

Die meisten unserer Mitschüler konnten ständig über ihre Freunde oder Freundinnen berichten, nur Nadja und ich waren die ewigen Singles in der Klasse und das obwohl zumindest sie ganz gut aussah. Und dass es spätestens seit Schuljahresbeginn vor einigen Wochen zwischen uns geknistert hatte, war selbst den Verschlossenen unter ihnen aufgefallen.

„Hast du heute Nachmittag Zeit oder musst du zum Training?“, fragte Nadja mich flüsternd, während Dr. Scharmüller vorne am Tisch gefährlich aussehende Geräte aufbaute.

„Nein, montags haben wir kein Training. Morgen Abend erst wieder.“

„Also hast du Zeit?“

„Ja.“

Wir sahen kurz hoch, ob wir leise genug redeten, denn wir hatten keinen Bock, zwangsweise auseinander gesetzt zu werden.

„Eiscafé San Martín, 17 Uhr?“, schlug sie vor.

„Ja, super.“

Wir sahen beide wieder hoch und begannen eine komplizierte Zeichnung von der Tafel abzumalen. Es sollte sich dabei wohl um einen Schaltkreis handeln, wobei ich persönlich es eher als schlechte Skizze eines Fußballfeldes interpretierte.

„Sag mal, Alter, läuft da was?“ Durch verschiedene Umstände kam ich erst nach der sechsten Stunde wieder dazu, mit Marco zu sprechen und das erste, was er zu mir sagte, war genau das, was ich erwartet hatte. Dementsprechend hatte ich mich vorbereitet.

„Kein Plan, ich treff mich heut‘ Nachmittag mit ihr.“

„Oh … bei dir oder bei ihr?“, fragte er mich mit einem Froschgrinsen und zeigte dabei eine eindeutige Gestik mit seinen Fingern. Er gehörte nun mal zu der großen Gruppe von Menschen, für die das Eine auch das Einzige war.

„Im Café.“

„In welchem?“

„Das wüsstest du wohl gerne.“ Das fehlte mir noch, dass irgendwelche spätpubertären Klassenkameraden oder noch schlimmer Vereinskameraden mir bei meinem ersten Date mit meiner potentiellen zukünftigen Freundin auflauerten. So einigen Jungs aus meinem Umfeld war nach wie vor alles zuzutrauen.

„Aber morgen erzählst du mir die spannenden Details, o.k.?“

Ich hatte zwar nicht vor, irgendetwas Spannendes an diesem Nachmittag passieren zu lassen, konnte Marco aber mit einem „Mal schauen“ zufriedenstellen.

3

„Na endlich“, begrüßte Nadja mich mit einem vorwurfsvollen Ton, als ich eine Minute nach fünf auf dem Fahrrad angedüst kam.

„Hey, beschwer dich nicht. Ich bin mit über dreißig durch die Fußgängerzone gerast, ich hab was riskiert für dich“, antwortete ich und rundete die Begrüßung mit einem Kuss auf ihren Mund ab.

Arm in Arm quetschten wir uns durch die Glastür ins Eiscafé, nur um festzustellen, dass es warm genug war, um sich draußen auf die Terrasse zu setzen. Deswegen war ja auch niemand drinnen und bestimmt 50 Leute draußen. Ich sah es schon kommen, dass wir mindestens eine Stunde auf den Kellner warten mussten. Einen freien Tisch hatten wir immerhin abbekommen.

„So, was darf ich euch bringen?“, fragte die junge Kellnerin mit einem meiner Meinung nach etwas übertriebenen Lächeln zehn Sekunden, nachdem wir uns hingesetzt hatten und zückte in weniger als einer zehntel Sekunde ihren Block und ihren Stift.

Ich hätte mir eigentlich gerne in Ruhe die Karte angeguckt und vielleicht irgendwas Ausgefallenes bestellt. Aber ich sah mich unter Druck gesetzt.

„Ein Becher Erdbeer, bitte.“

Nadja hatte es doch geschafft, einen kurzen Blick auf die nicht ganz übersichtliche Karte zu werfen und bestellte einen Eisbecher, dessen Namen ich nie auszusprechen gewagt hätte.

Als die Kellnerin sich alles notiert hatte und verschwunden war, kramte Nadja in den Tiefen ihrer Handtasche und fischte ihre Zigaretten hervor. Nachdem sie sich selber eine Kippe zwischen die Lippen geschoben hatte, hielt sie mir die Schachtel hin.

„Dein Kurzzeitgedächtnis müssen wir aber noch ein bisschen trainieren“, sagte ich schmunzelnd. Wenn sie schon mit mir zusammen sein wollte, sollte sie wenigstens wissen, dass ich nicht rauchte.

„Ach, sorry, hatte ich verwechselt“, entschuldigte sie sich.

„Mit wem könntest du mich denn verwechseln?“, wollte ich wissen. Immerhin ging ich davon aus, dass ich der Einzige war, auf den sie stand.

„Ich verwechsel immer die ganzen Leute, also wer raucht und so“, beendete sie die Diskussion.

Sie zog genussvoll an ihrer Zigarette und blies den Rauch in den Himmel. Währenddessen schien sie kein Interesse zu haben, mit mir zu sprechen und um zu verhindern, dass bei mir Langeweile aufkam, sah ich mich auf der Terrasse um, wer sonst noch alles hier war.

An einigen Tischen saßen Familien mit kleinen Kindern, an anderen kleine und große Rentnergruppen, wieder woanders ein paar Leute in unserem Alter.

An einem Tisch, vielleicht zehn Meter von uns entfernt, saßen zwei Jungs und zwei Mädchen und tranken verschiedenfarbige Milchshakes aus lustig geformten Gläsern.

Ich schaute wieder in mein näheres Umfeld und musste feststellen, dass Nadja immer noch mit dem Inhalieren ihres Suchtmittels beschäftigt war und schaute dann ganz unbewusst und ungewollt wieder zu dem Vierertisch rüber. Irgendwas schien in meinem Hinterkopf Aufmerksamkeit erregt zu haben, ich musste nur noch rausfinden was.

Die Mädels sahen irgendwie schlampig aus. Gut, es war noch Spätsommer, aber das war doch kein Grund, Röcke zu tragen, die kurz unterm Arsch schon aufhörten, und Tops, die noch nicht einmal die Titten komplett verdeckten. Das roch für mich irgendwie nach Hauptschule und diese Vermutung wurde noch mehr unterstützt, als ich mir die beiden Jungs ansah.

Da wurde mir auch klar, warum mein Blick an diesem Tisch

hängen geblieben war. Einer von den beiden Jungs war Patrizio. Ich kannte ihn bisher nur im Trikot oder in Trainingsanzug. Mit Jeans, T-Shirt und gestylten Haaren hatte ich ihn noch nie gesehen und so wusste ich auch endlich, was es mit der blonden Strähne in seinen sonst pechschwarzen Haaren auf sich hatte. Wenn er sich die Haare mit Gel oder Wachs hochstylte, sah es so aus, als würde sich ein schmaler blonder Streifen durch seine ganze Frisur ziehen. Irgendwie interessant. Ich selber hatte mich nie getraut, große Experimente mit meinen Haaren zu machen. Ich benutzte zwar auch Wachs, weil ich einfach fand, dass ich so cooler aussah und Nadja schien meine Gesamterscheinung auch zu gefallen, aber über Farbe oder andere Spielchen hatte ich nie nachgedacht.

Auf der anderen Seite gefiel mir der Gedanke nicht so ganz, dass diese wichsende Nervensäge bei meinem halbwegs romantischen Date mit meiner neuen Freundin in Sichtweite saß, und deshalb sah ich unauffällig zurück in meine natürliche Blickrichtung.

Die Kippe im Porzellanaschenbecher glimmte noch etwas und die letzten Rauchschwaden kamen aus Nadjas Mund. Gleich danach lehnte sie sich zu mir rüber und ihre Lippen sagten mir, dass sie mich unbedingt küssen wollte.

Küsse mit der Geschmacksrichtung L&M extrastark waren zwar nicht unbedingt mein Fall, aber Küsse von meiner Nadja schon.

Unter dem Tisch wanderten ihre Finger langsam über meinen Oberschenkel und meine Finger kreuzten diese Finger. Wenn das so weiterging, konnte ich bald das Eis mit meinen Blicken zum Schmelzen bringen.

Die nette Kellnerin kam mit dem Tablett auf uns zugeeilt und platzierte die Eisbecher gekonnt vor uns auf dem Tisch – mein kleiner Becher mit zwei Kugeln Erdbeer und Nadjas Riesenmonstrum, das wohl so ziemlich alle der Welt bekannten Farben enthielt.

Heimlich machte es mir etwas Sorge, dass Nadja so viel in sich reinstopfen konnte. Noch war sie ein hübsches, schlankes Mädchen, aber mir war bewusst, dass sich so was in kurzer Zeit ins Gegenteil verkehren konnte.

Ich löffelte meinen Eisbecher betont langsam, um nicht zu lange vor Nadja damit fertig zu sein. Ich wollte ihr nicht das Gefühl von Hektik vermitteln, nicht bei unserem ersten Date.

Während ich das leicht kitzelnde Gefühl von schmelzendem Eis im Mund genoss, warf ich noch mal einen schielenden Blick in

Richtung Patrizio.

Super, er war mit seinen Hauptschüler-Freunden beschäftigt und darüber hinaus hoffte ich, dass er mich aus seiner Perspektive überhaupt nicht richtig sehen konnte.

Zur Sicherheit sah ich noch mal rüber, was ich aber besser gelassen hätte, denn Patrizio sah genau zu mir. Ich konnte also nicht mehr so tun, als wär ich nicht da. Also winkte ich grüßend rüber, wartete aber nicht mal mehr seine Reaktion ab und wandte mich wieder angenehmen Dingen zu, wie dem Kuss von Nadja, der diesmal nach einer Mischung von Vanille, Stracciatella und irgendetwas Undefinierbarem schmeckte.

„Wer war das?"

Ich hatte zwar keinen Bock, diese Frage zu beantworten, aber dem süßen Blick von Nadja konnte ich doch keinen Wunsch verwehren.

„Einer ausm Verein. Ich kenn den kaum, der ist erst diese Saison aus der C-Jugend gekommen." Ich überlegte kurz, ob Nadjas Frage damit zur Genüge beantwortet war, aber mir fiel nichts über Patrizio ein, das noch von Bedeutung hätte sein können. Dass er einen großen Schwanz hatte und gerne unter der Dusche wichste, gehörte ja wohl kaum hier hin.

„Ach so. Ich glaub nächsten Samstag komm ich mal zu 'nem Spiel von euch."

„Mach das. Unterstützung können wir immer gebrauchen." Wenn es sich dabei um meine Freundin handelte, hatte ich selbstverständlich nichts gegen Frauen auf der Tribüne eines Fußballplatzes.

„Was habt ihr eigentlich für Trikotfarben?" Ich wusste zwar nicht, was für eine Bedeutung das hatte, aber solche Fragen entstanden wohl, wenn man Frauen mit Fußball konfrontierte.

„Dunkelblau oder weiß. Auswärts halt meistens weiß."

Ihr Blick verriet mir, dass sie durch den Unterschied zwischen Heim- und Auswärtsspielen schon überfordert war. Ich musste in diesem Moment in mich hineinlachen, als ich mir vorstellte, Nadja die Abseitsregel oder gar den Sinn einer Abseitsfalle erklären zu sollen. An den allgemein bekannten Vorurteilen über Frauen und Fußball fand ich persönlich immer wieder etwas Wahres.

„Ey, alles klar?" Eine Hand knallte mit mittlerer Geschwindigkeit auf meinen Rücken und blieb dort liegen. Vor Schreck ging mir ein größeres Stück Eis als ganzes den Hals runter und ließ mich ein paar Sekunden mit dem Schmerz kämpfen.

Patrizio stand seitlich neben mir und grinste. Meine Befürchtungen hatten sich also bewahrheitet.

„Ja." Ich hatte kurz nach einer coolen Reaktion gesucht, aber mir wollte einfach keine kommen.

Ich lehnte mich weit nach vorne, um irgendwie seine Hand abzuschütteln, die immer noch auf meiner Schulter klebte.

„Is' das deine Freundin?" Eigentlich hatte ihn das gar nicht zu interessieren und während ich noch ernsthaft überlegte, ob ich ihn überhaupt darüber in Kenntnis setzen sollte, hatte Nadja schon für mich geantwortet.

„Ja, bin ich. Und? 'n Problem damit?"

„Nö. Also, wir sehen uns morgen beim Training, hau rein."

Halbherzig klatschte ich seine Hand ab und sah zufrieden zu, wie er Leine zog – alleine. Seine drei Kumpels saßen immer noch an ihrem Tisch.

Er drehte sich noch ein paar Mal um und irgendwann schaute ich gar nicht mehr hin.

„Sorry, gibt halt komische Leute", entschuldigte ich mich bei Nadja für Patrizio.

Der Typ sollte ja nicht auf den Gedanken kommen, dass ich außerhalb des Fußballplatzes irgendwas mit ihm zu tun haben wollte. Er war sicher ein guter Fußballer, aber mehr interessierte mich nicht.

„Hauptschüler halt", stimmte sie mir zu.

Schon wieder küssten wir uns und spielten mit unseren Händen.

Später gingen wir dann noch einmal die Fußgängerzone auf und ab – Hand in Hand und ohne irgendeiner weiteren unangenehmen Person zu begegnen. Ich stand geduldig daneben, als Nadja sich scheinbar ziellos im Klamottenladen umsah und nahm sie nachher tröstend in den Arm, als sie nichts gefunden hatte.

Es war schon nach acht, als wir zurück an unseren Ausgangsort kamen. Die Terrasse vom Eiscafé war schon deutlich leerer und ein leichter und irgendwie angenehmer Abendwind kam auf.

Wir schlossen unsere Fahrräder auf und standen uns noch ein paar Augenblicke schweigend gegenüber.

„Hast du mich lieb?", fragte sie mich leise und mit einem leicht übertrieben lieb guckenden Blick.

Auch das war eine Frage, die meiner Meinung nach nur ein

Mädchen stellen konnte, das sich in den meisten Fällen die Antwort eh selber denken konnte. Doch ich hatte mich ja entschlossen, Nadja jede noch so dumme Frage zu beantworten.

„Ja", sagte ich also und wir küssten uns lange und intensiv.

4

Nachdem Nadja und ich uns den ganzen Tag eindeutige Blicke zugeworfen hatten und ich sie in beiden Pausen zur Lungenschädigung begleitet hatte, dürfte jedem Mitschüler klar geworden sein, dass es ein neues Paar in der Klasse gab. Aus einigen Richtungen kamen Fragen, doch weder Nadja noch ich gaben irgendwelche Statements. Es war doch ganz allein unsere Sache, dass wir uns verliebt hatten und endlich zusammen gekommen waren.

Besonders penetrant war Marco. Selbst im Unterricht fragte er mich alle fünf Minuten, was denn jetzt mit mir und Nadja sei, immer etwas anders formuliert und immer ging die Diskussion auf die gleiche Weise aus.

„Ich sag niemandem was, verstanden?"

„Aber deinem allerbesten Freund?", kam es dann fast bettelnd.

„Nein."

„Naja gut, dann sagst du's mir heut Nachmittag."

Auch das hatte ich nicht vor. Nadja und ich hatten uns vorgenommen, unsere Beziehung erst mal ein paar Tage, vielleicht eine Woche, wachsen zu lassen, bevor wir in der Schule oder im Verein davon erzählen oder uns gegenseitig die Eltern vorstellen.

„So, jetzt erzähl doch endlich mal. Bist du jetzt mit der zusammen oder nicht?", fragte Marco wie erwartet, als ich vor dem Sportplatz stand und auf ihn und ein paar andere wartete und er mit seinem uralten Billigfahrrad angetuckert kam.

„Vielleicht." Damit hatte ich immerhin schon mehr gesagt, als in der Schule.

„Wenn es so sein sollte, wirst du es bald wissen, o.k.?" Ich hoffte, er würde sich damit irgendwie zufriedenstellen lassen.

„Das heißt, ihr seid zusammen, wollt aber erst mal gucken, ob es auch mit euch klappt und dann erzählt ihr überall rum, wie verliebt ihr seid, hab ich recht?"

Verdammt, er hatte alles kapiert. Er war nicht so dumm, wie er des Öfteren wirken konnte.

„Hi Leute!" Patrizio machte eine so starke Vollbremsung, dass das Hinterrad seines Mountainbikes kurz vom Boden abhob und er maximal zwanzig Zentimeter vor mir und Marco zum Stehen kam.

„Hi, Alter", begrüßte Marco ihn.

„Tag", sagte ich bewusst schnell und undeutlich, um ihm gar nicht erst das Gefühl zu geben, großes Interesse an einem Gespräch mit ihm zu haben.

„Na, wie geht's?" Er hatte den Subtext offensichtlich nicht verstanden, deswegen antwortete ich noch einmal in demselben Ton.

„Gut."

„Und deiner Freundin?" Bevor ich irgendetwas tun konnte – sei es Patrizio zu antworten oder ihm eins auf die Fresse zu hauen, mischte sich Marco überdurchschnittlich laut ein.

„Wie? Dem hast du's erzählt und mir nicht? Was soll das denn?"

Zu Patrizio gewandt sagte ich diesmal laut und deutlich:

„Auch gut, danke der Nachfrage."

„Komm", sagte ich danach etwas gedämpfter zu Marco und drückte ihn etwas zur Seite. Er ging mit mir langsam in Richtung Tor, während Patrizio da stehen blieb, wo er gestanden hatte.

„Ich hab diesem Spinner nichts erzählt", klärte ich Marco auf.

„Der Typ ist die absolute Nervensäge, der hat mich und Nadja gestern in der Stadt gesehen und uns angesprochen. Ich kann nichts dagegen machen, dass der hier im Verein ist, aber sobald ich vom Platz runter bin, will ich nichts mehr mit dem zu tun haben."

„Na, jetzt stifte mal keine Feindschaft im Verein", warnte Marco mich.

„Ja, mein Gott. Sei froh, dass der dich nicht so nervt."

Auf der Bank vor dem Eingang zu den Kabinen saßen Sven, Orhan und Chris, alle drei in der einen Hand eine Zigarette, in der anderen eine Flasche Cola.

„Die optimale Vorbereitung…", meinte ich scherzhaft.

„Solang der Trainer das nicht mitkriegt…", erwiderte Chris.

„Willste auch eine?", fragte Orhan.

Ich schüttelte nur den Kopf. Die Frage war es mir irgendwie

nicht wert, den Mund dafür aufzumachen.

„Ey, Jungs, Kippen weg!“, kam es sehr energisch von hinten.

Alex stand mit einem bösen Blick in der Tür. Alex war sozusagen unser Co-Trainer, er war Mitte Zwanzig und spielte selber in der A-Mannschaft. Er war aber noch nicht einmal bei jedem Training von uns dabei.

„Wenn ich das noch mal sehe, sag ich's Dirk“, drohte Alex und klang dabei irgendwie wie ein kleines Kind, das androhte, Mama alles zu petzen. Ernst nehmen konnte man das jedenfalls nicht und so nahmen alle drei noch mal einen tiefen Zug und schnippten die Kippen in die Hecke.

Dann machten sie sich zusammen mit mir und Marco auf den Weg in die Kabinen.

Der nächste, der reinkam, gerade als ich mir mein T-Shirt auszog und in meiner Sporttasche nach dem Trainingstrikot kramte, war Patrizio. Ohne dass ich ihn darum gebeten hatte, knallte er seine Tasche direkt neben meine und beanspruchte den Platz neben mir als seinen. Das war der beste Grund, sich mit dem Umziehen zu beeilen.

Ich sah, dass Marco mir einen mitleidsvollen Blick zuwarf, aber solange Patrizio nicht den Mund aufmachte, war er ja noch irgendwie zu ertragen.

Ich schaffte es in weniger als zwei Minuten mich einschließlich Schuhen, Schienbeinschonern und Strümpfen umzuziehen.

„Ey, Marcel, warte mal...“ Doch damit kam Patrizio zu spät. Ich schnappte mir meine Wasserflasche, eilte zur Kabinentür und war schon auf dem Weg zum Spielfeld. Marco, der kurz nach mir fertig geworden war, kam mir hinterhergespurtet und hatte mich draußen eingeholt. Es war immer noch sehr sommerlich warm, wohl als kleine Entschädigung für den wettermäßig extrem frustrierenden August.

Dirk stand schon auf dem Kunstrasen und entleerte den großen Sack mit den frisch aufgepumpten Bällen scheinbar ziellos in die verschiedensten Richtungen.

„Marcel, Marco, ihr könnt schon mal anfangen. Drei Runden warmlaufen, danach kommt ihr alle zu mir, es gibt ein paar organisatorische Dinge zu besprechen, aber jetzt geht's erst mal ab, los!“

Marco und ich gingen gemütlich ein paar Meter über die Tartanbahn, bevor wir allmählich das Tempo anzogen.

„Was gibt's denn jetzt schon wieder? Was meinst du?“, fragte ich Marco im Bezug auf die ‚organisatorischen Dinge‘, die der Trainer mit uns besprechen wollte.

„Ach keine Ahnung. Irgendein Scheiß. Gegen wen spielen wir am Samstag eigentlich noch mal?“

„SV Langenberg. Wieder hier, dafür haben wir danach zwei Mal hintereinander Auswärtsspiele, glaub ich.“ Irgendwie hatte ich ständig das Gefühl, der Einzige zu sein, der stets gut informiert durchs Leben ging.

Nachdem wir eine halbe Runde gelaufen waren, füllte sich die Bahn so langsam mit den anderen. Patrizio war einer der ersten, die losliefen, Sven war einer der letzten und so wurde Patrizio der Schnellste und Sven der Langsamste. Sven konnte von Glück reden, dass er im Ernstfall – also im Spiel – nicht viel laufen musste. Als Feldspieler wäre er schon längst nicht mehr tragbar gewesen.

„Du bist ja vielleicht schnell.“ Völlig außer Atem kam Patrizio von hinten angesprintet. Ich wollte es nicht für möglich halten, aber selbst mit einer halben Runde Vorsprung war ich nicht sicher vor ihm.

„Ich kann noch viel schneller“, antwortete ich, drehte mich kurz um, düste dann mit meiner absoluten Höchstgeschwindigkeit davon und ließ Patrizio und Marco verdutzt zurück.

„So, Jungs, dann mal alle zu uns!“, rief Dirk quer über den ganzen Platz. Der Mann war als menschliches Megafon über den Verein hinaus bekannt. Die meisten waren sicherlich erleichtert, mit dem monotonen Im-Kreis-Laufen aufhören zu können, blieben abrupt stehen und gingen im Spaziergängertempo Richtung Mittelkreis, wo sich Dirk und Alex wie zwei Statuen aufgestellt hatten.

Wie üblich setzten wir uns in einem strukturlosen Halbkreis auf den Rasen und sahen zu den beiden Figuren hoch.

„Ich hab gute Nachrichten für euch.“ Dirk war wohl unter anderem deshalb Fußballer geworden, weil er als Redner miserabel war. Seine Kunstpausen wirkten eher wie Ahnungslosigkeitspausen.

„Ihr erinnert euch bestimmt noch an das Turnier, von dem ich zum Ende der letzten Saison erzählt hatte.“ Ein flüchtiger Blick in die Runde verriet mir, dass ein Großteil der Kollegen nicht die geringste Ahnung hatte, wovon hier gesprochen wurde. Selbst ich musste gestehen, dass ich mich nur noch dunkel an irgendein geplantes Benefizturnier erinnern konnte.

„Das B-Jugend-Benefizturnier in Berlin, für das wir euch angemeldet haben“, fügte Alex erklärend hinzu. Jetzt sah man in einigen Ecken Lichter aufgehen. Am Ende der Herbstferien sollte in Berlin ein Turnier mit sechs Mannschaften aus verschiedenen Teilen Deutschlands stattfinden und die Einnahmen sollten irgendeinem Projekt zugute kommen, welchem konnte mir als Spieler irgendwie egal sein. Auch wenn es nicht gleich das Olympiastadion war, wir würden in einem richtigen kleinen Fußballstadion spielen, mit über fünftausend Plätzen; alles eine Kategorie größer als unser Platz mit zwei Tribünen aus Steinbänken und Platz für fünfhundert Leute, die höchstens voll wurden, wenn die A-Mannschaft ein bedeutsames Spiel hatte. Wir konnten uns schon über hundert freuen.

„Wie auch immer, ich habe gestern Bescheid gekriegt, unsere Mannschaft ist ausgewählt worden. Das bedeutet, am Ende der Herbstferien fahren wir alle…“ Er artikulierte jedes Wort sehr deutlich. „… für eine Woche nach…“ Als würde er einen Tusch oder Paukenschlag erwarten, sah er in die Runde und rief dann fröhlich: „Berlin!“

Alex holte einen Stoß Umweltpapier aus der Mappe unter seinem Arm und ließ ihn durch die Reihen gehen.

„Hier steht noch mal alles drauf, da unten müssen dann eure Eltern noch unterschreiben, die ganze Sache wird zum größten Teil von Sponsoren bezahlt. Ihr beziehungsweise eure Eltern müsst nur fünfundvierzig Euro für die Busfahrt zahlen“, informierte er uns.

Wunderbar! Mit dem Bus nach Berlin für fünfundvierzig Euro. Ich hätte wetten können, dass irgendwer irgendwo einen Flug für das gleiche Geld gefunden hätte.

Abgesehen davon fand ich die Sache natürlich genial. Erstens stand ich auf Großstädte und zweitens stand ich auf Fußballturniere.

„Geil, was? Eine Woche Berlin, Alter, das gibt erst mal ordentlich Party und dann holen wir uns noch den Pokal.“ Marco war ebenso wie ich und viele andere von den Neuigkeiten begeistert.

„Und in Berlin machen wir dir ‘n Bitches klar … Ach ne, hatte ich ja vergessen, du bist ja jetzt in festen Händen.“

Ob er das wirklich vergessen hatte, oder das einfach nur eine gut platzierte Ironie war, konnte ich nicht erkennen.

Das Infoblatt von Alex faltete ich auf DIN A7 zusammen und stopfte ihn in die kleine Tasche meiner Sporthose.

„So, alle in einer Reihe hinter den Hütchen aufstellen, ab die Post!“

Dirk und Alex hatten alles aufgebaut und wir konnten anfangen. Mal wieder mit Bällen im Slalom um die Hütchen rumdribbeln und dann aufs Tor schießen, wo Sven oder einer der beiden anderen Keeper standen. Ich wusste nie, ob es ein gutes oder schlechtes Zeichen war, wenn Sven einen der Bälle fangen konnte. Das hätte man so auslegen können, dass wir einen sehr guten Torwart hatten und damit jedes Spiel ‚zu null' spielten oder dass wir so schlechte Schützen hatten, sodass wir nie Tore schossen.

Ich stellte mich hinter Marco in die Reihe und hinter mir stand Patrizio. Ich litt also nicht unter Verfolgungswahn, ich wurde tatsächlich verfolgt.

Nach über zwei Stunden Dribbeln, Flanken, Volleyschüssen und einem fünfzehnminütigen freien Trainingsspiel, in dem ich nur ein einziges Mal den Ball vor den Fuß bekam und ihn ziellos nach vorne schoss und Patrizio damit die perfekte Vorlage für ein Abstaubertor geliefert hatte, stand die Sonne schon tief und Dirk beendete das Training mit einem viel zu langen, schrillen Pfiff.

In einem Zug trank ich fast meine ganze Wasserflasche leer und als ich mir mit der Hand über die Stirn strich, merkte ich erst mal wie verschwitzt ich war.

In der Kabine angekommen, hatte ich nur noch ein Ziel: Ab unter die Dusche – je kälter, desto besser.

Die ersten Sekunden, in denen das kalte Wasser über meinen Körper floss, empfand ich als die angenehmsten des ganzen Tages.

Langsam füllte sich der Duschraum und in der ersten Ecke nahm die Wichstradition wieder ihren Lauf. Nachdem ich mich wieder frisch und klar fühlte, drehte ich das Wasser unauffällig minimal wärmer.

Als ich hörte, dass jemand den Duschhahn neben mir angestellt hatte, drehte ich mich kurz zur Seite. Dass es Patrizio war, der da neben mir stand, hätte ich eigentlich vorher wissen können.

Ein unbekannter Täter warf eine kleine Flasche Duschgel in meiner Richtung, die ich elegant auffing. Unter fließendem Wasser rieb ich mein Gesicht und meine Haare ein und wanderte dann mit meinen Händen immer weiter über meinen Körper.

Der Sinn des Duschens war eigentlich schon längst erfüllt, aber trotzdem ließ ich das Wasser weiter an mir herunterlaufen. Ich konnte es mir selber nicht erklären, aber ich spürte, dass sich bei mir an der entsprechenden Stelle etwas regte und bekam unglaubliche Lust, meine Finger an meiner Latte rumspielen zu lassen. Es machte mir etwas Sorge, dass das Wichsen nach dem Fußball zur Sucht werden könnte – Patrizio hatte mich da rein getrieben und jetzt kam ich nicht mehr raus. Der Duschraum war noch gut gefüllt und in den meisten Ecken wurde nach wie vor ähnliches getrieben, also fiel ich nicht auf, als ich mit meiner Hand meinen Stängel umgriff und erst ein paar langsame, intensive Auf- und Abwärtsbewegungen machte, bevor ich die Geschwindigkeit etwas hochdrehte. Ich schloss die Augen und stellte mir vor, die anderen Jungs wären nicht hier, während Nadja dafür bei mir wäre, wie sie genauso geil wäre wie ich und sich unter der Dusche an mich drücken würde. Ich malte mir aus, wie sie mit ihren kleinen Händen zart meinen Sack und meinen Schwanz umklammern würde und mich noch rattiger machen würde, als ich es eh schon war. In meiner Fantasie war sie gerade dabei, sich nach vorne zu bücken und mein Schwanz glitt in ihr Loch, als ich diese Fantasie beendete.

Es fühlte sich irgendwie peinlich an, sie in derartige Gedanken zu verwickeln, obwohl es doch eigentlich das Natürlichste auf der Welt war, dass ein Junge an Sex mit seiner Freundin dachte. Aber irgendwie schien es nicht – vielleicht noch nicht – mit dieser liebevollen, sanften Beziehung, die gerade erst aufgekeimt war, zusammen zu passen. Obwohl sie meine Freundin war und ich ihr gerne körperlich nah war, irritierte mich die Vorstellung, nackt mit ihr im Bett zu sein und so etwas Ähnliches zu machen, wie das, was ich schon seit vielen Jahren mit mir selber machte. Mit meiner letzten Freundin war ich ja nicht so weit gekommen, aber das wusste niemand aus meinem Umfeld, denn ich war nach der Auffassung der meisten meiner Freunde viel zu alt, um noch eine Jungfrau zu sein.

Mit einem schwarzen Bild vor meinem inneren Auge beendete ich das Wichsen mit ein paar sehr schnellen, kräftigen Bewegungen. Ich sah nicht, wie mein Saft raus spritze und die kleinen Samen im Wasserfall umkamen.

Das Erste, was ich dann erblickte, nachdem ich die Augen wieder geöffnete hatte, war ein breit grinsender Patrizio.

„Und? Heute war's schon viel leichter, Alter."

„Und es würde noch viel leichter sein, wenn mir niemand dabei zugucken würde", rutschte mir spontan raus. Hätte ich nach einer Antwort überlegt, wäre diese wahrscheinlich um einiges bösartiger ausgefallen. Klar, man sah, wie die anderen wichsten, aber man starrte einem dabei nicht von Anfang bis Ende auf den Schwanz.

Ich drehte das Wasser ab und ging in die Kabine, wo die meisten schon beim Anziehen waren. Neben Patrizio standen nur noch Sven und Stefan unter der Dusche.

In der Kabine war Dirk gerade dabei, sich der letzten Kleidungsstücke zu entledigen und ich war mal wieder zu einem Blick auf den überproportionalen Bierbauch und den winzigen Schwanz eines alten Mannes gezwungen.

„Ich will ja duschen, wenn ihr fertig seid, aber wenn ihr immer so lange braucht …“, ließ er seine Erklärung unvollendet im Raum stehen.

Ich trocknete mich eher flüchtig ab und fischte eine frische Boxershorts aus den Tiefen meiner Sporttasche und während ich mir sie anzog, hatte Patrizio wieder seinen Platz an meiner linken Seite eingenommen. Einen kurzen Moment stand er ziel- und regungslos da und strich ein paar Mal mit den Fingern über seinen Schwanz, der – wie mir gezwungenermaßen auffiel – auch im hängenden Zustand eine beachtliche Länge hatte.

Dieser Junge schien überhaupt nicht zu wissen, dass es auch so was wie Schamgefühl gab.

5

Mit dem Anziehen beeilte ich mich. Das Training hatte mich ziemlich erschöpft, es war schon fast neun und ich wollte nach Hause und an diesem Tag nichts Großartiges mehr machen. Keine drei Minuten später war ich mit einem allgemeinen „Ciao, bis dann“ aus der Kabine raus.

Ein paar meiner Sportkameraden gingen direkt nach mir raus, unter ihnen auch Marco.

„Sag mal, dieser Patrizio hängt wohl an dir …“ Er stieß ein sehr dämlich klingelndes Lachen aus.

„Halt die Fresse, ich komm mit diesem Typen einfach nicht klar. Ich kapier nicht, was der will.“

„Na, das Wichsen hat er dir immerhin schon beigebracht.“ Marco verfiel in einen fast kindischen Lachanfall.

„Schnauze!"

Wir gingen zusammen in Richtung Fahrradständer, während die meisten anderen auch aus den Kabinen kamen und teilweise schneller als wir vor dem Tor des Sportplatzes waren.

„Bis dann, tschüss" oder ähnliches hörte man jeden zu jedem sagen.

Ich öffnete gerade das praktische Zahlenschloss an meinem Fahrrad, als das Klingeln losging. Mein Handy; wo war mein Handy? Verschwunden konnte es logischerweise nicht sein. Irgendwo in der Sporttasche, die ich dann erst mal auf den Boden knallte, hatte ich es versteckt. Ich riss den Reißverschluss ruckartig auf, und kramte durch die verschwitze, zerknitterte Wäsche, bis ich den gesuchten Gegenstand ertastet hatte. Auf das Display sah ich nicht mehr, ich drückte einfach auf die grüne Taste.

„Hi", sagte eine ziemlich vertraute und angenehme Stimme.

„Hi, Nadja, wie geht's?"

„Jetzt, wo ich deine Stimme höre, geht's mir wieder gut, Schatzi. Warum hast du dich den ganzen Tag nicht gemeldet?"

„Ich hab doch gesagt, ich hab Training. Und nachher hätte ich dich bestimmt noch angerufen."

„Trotzdem …" Es war nicht gerade die einfachste Sache, mit ihr zu reden. Überhaupt war es nicht einfach, mit Mädchen zu reden. Aber ich liebte sie und dafür nahm ich es gerne in Kauf, stellenweise sinnlose Gespräche zu führen.

„Aber morgen Nachmittag machen wir wieder was zusammen?"

„Klar", sagte ich mit ruhiger Stimme. Ich freute mich zwar darauf, etwas mit meiner Freundin zusammen zu machen, aber mir fiel nichts ein, was unsere Beziehung auf Dauer ausfüllen könnte. Letztendlich hatten wir beim Eisessen auch mehr geschwiegen, als uns mit uns beschäftigt.

„Und was?", war genau die Frage, die ich vermeiden wollte.

„Ich überleg mir was Schönes für dich, versprochen", beantwortete ich sie.

Marcos Blick hatte sich derweil von verständnisvoll zu genervt und gelangweilt weiterentwickelt.

„Moment, bitte."

Ich hielt den Hörer kurz weg von meinem Mund, damit das Gesagte nicht zu unschönen Missverständnissen führen konnte.

„Komm, hau schon ab, wir sehen uns ja morgen in der Schule.“

Er nickte mir verabschiedend zu und setzte sich mit seinem Klapperrad in Bewegung.

„So.“

„O.k.“, war das Letzte was Nadja sagte, bevor wir uns mindestens zwanzig Sekunden lang anschwiegen. In dieser Zeit überlegte ich krampfhaft, was ich ihr sagen könnte. Ich empfand es als kein gutes Zeichen, am zweiten Tag unserer Beziehung schon alles erzählt zu haben. Mir kam die glänzende Idee, sie ins Kino einzuladen. Da war es sogar unerwünscht zu sprechen und ich machte etwas mit ihr, was so gut wie jedes verliebte Paar machte.

„Ich hab schon ‘ne Idee, aber ich verrat’s dir erst morgen.“

„Ach, biiiiiiitte“, war genau die Reaktion, die ich erwartet hatte.

„Nein, du musst auch mal lernen zu warten“, sagte ich und klang dabei wie Eltern.

„O.k., aber erst mal sehen wir uns morgen in der Schule, ne?“

„Ja, das will ich hoffen. Aber jetzt will ich nach Hause, ich bin hier immer noch am Sportplatz.“

„Ah so, o.k. Aber du schreibst mir nachher noch ‘ne SMS?“

„Wozu?“, fragte ich. Ich stellte mich vielleicht ein bisschen blöd an, aber ich konnte mich nun mal schwer in Mädchen reinversetzen.

„Einfach so, ‘ne Gute-Nacht-SMS.“ Ich hörte dieses Wort zum ersten Mal, aber ich betrachtete es nicht als unlösbare Aufgabe und stimmte daher zu.

„Ja, mach ich, Schatzi.“ Hätte ich das mal nicht gesagt.

„Ey, sag nich‘ Schatzi zu mir!“, kam es beleidigt, fast sauer vom anderen Ende der Leitung.

„Wieso? Sagst du doch auch zu mir.“ Mir fiel in diesem Moment der Witz von dem Mann ein, der sich wünschte, die Frauen verstehen zu können und stattdessen eine Brücke über den Atlantik bekam. Auch ich wünschte mir, Nadja verstehen zu können.

„Ja, aber ich will nicht, dass du das zu mir sagst, für mich klingt das irgendwie nicht schön.“

„O.k., kein Problem, du darfst Schatzi zu mir sagen und ich sag einfach Schatz, alles klar?“

„Naja, o.k.“ So ganz zufrieden klang sie immer noch nicht.

„O.k., bis morgen. Hab dich lieb“, verabschiedete ich mich.

„Ja, bis morgen, Schatzi.“

Ich beendete das Gespräch und stieß einen leisen Seufzer der

Erleichterung aus.

„Freundinnen können anstrengend sein, ne?“ Vor Schreck hätte ich fast das Handy fallen lassen, dabei war es inzwischen eine Standardsituation für mich, dass Patrizio irgendwo in meiner Nähe war, wo ich ihn nicht vermutete.

„Was machst du denn hier? Ich dachte, du wärst schon längst weg.“

„Ich bin noch nicht einmal der letzte. Stefan ist auch noch da. Der labert noch mit dem Trainer.“

Mich hätte es zwar interessiert, worüber Stefan mit dem Trainer sprach, aber ich wollte es nicht von Patrizio wissen.

Wortlos schloss Patrizio sein Fahrradschloss auf und ich sah ihm genau dabei zu. Ich wusste zwar nicht, warum ich das tat, statt einfach nach Hause zu radeln; ich war wohl in Gedanken. Ich dachte an Nadja und die kleinen Problemchen unserer Beziehung. Ich war verliebt und sie war verliebt und wir waren zusammen, ein Grund sich glücklich zu fühlen und nicht gestresst. Der Gedanke, dass das wahrscheinlich normal war, beruhigte mich etwas.

Die Situation hatte was Gespenstiges. Die Sonne war hinter den Baumkronen verschwunden, glänzendrote Streifen zogen sich über den Himmel und bildeten zusammen mit den Schäfchenwolken ein malerisches Bild.

Patrizio und ich standen mit startbereiten Fahrrädern auf dem Weg und keiner fuhr los.

„Also, dann bis Donnerstag“, sagte ich, schwang mir meine Sporttasche um den Rücken, drehte die Gangschaltung vom Fahrrad zurück und setzte zum Losfahren an.

„Ey, warte mal.“ Er hätte ruhig einfach ‚Tschüss‘ sagen können. Dann wäre ich einfach weitergefahren, aber so zog ich noch mal an der Bremse und blieb direkt neben ihm stehen.

„Was gibt’s denn?“

Die ganze Sache war mir nicht angenehm. Ich konnte diesen Jungen nicht wirklich leiden, hatte aber niemals vor, das an die große Glocke zu hängen oder es ihm gar ins Gesicht zu sagen, in erster Linie um dem Verein nicht zu schaden. Also musste ich versuchen, möglichst unauffällig neben ihm her zu existieren. Und jetzt wollte er mir irgendwas sagen, schien jedoch selber nicht zu wissen, was.

„Eh…, Marcel?“ Das erinnerte mich an das Gespräch mit Nadja, in dem sie auch erst nicht damit raus wollte, dass sie auf mich stand. Aber da ich in Nadja verliebt war, während mir Patrizio vergleichsweise egal war, brachte ich dieses Mal nicht so viel Geduld auf.

„Ich will dich nicht nerven oder so …" Das war ja schön, dass er das nicht wollte; dass er das längst tat, schien ihm aber entgangen zu sein.

„Nö, machst du nicht, wie kommst du darauf?", log ich ihn brutal an.

„Ich hab einfach nur gedacht, ich sollte dich mal 'n bisschen besser kennen lernen. Die meisten hier kenn ich schon ziemlich gut, nur dich nicht so." Da sprach er tatsächlich wahre Worte. Wir kannten uns kaum, doch an meiner Meinung, nicht immer jeden genau kennen zu können, hielt ich weiter fest.

„Dann frag mich was." Das war zwar eine alberne Reaktion, aber ich war mir sicher, Patrizio würde schon bald merken, dass von meiner Seite aus auch kein Interesse bestand, groß etwas zu ändern.

Ohne uns abgesprochen zu haben, setzten wir uns in Bewegung und gingen zu Fuß langsam den Weg entlang, während wir unsere Fahrräder neben uns herschoben.

„Auf welcher Schule biste denn?"

„Adenauer."

„Welche Klasse?"

„Zehnte."

Das hatte alles sehr viel von einem Interview mit schlechtem Moderator. Ganz gemein und ignorant wollte ich dann aber doch nicht sein und fragte zurück.

„Und du?"

„Hier, städtische Hauptschule, neunte."

Neunte Klasse bedeutete, dass er einmal sitzengeblieben war. In der fünften Klasse hatten einige meiner Klassenkameraden behauptet, dass Leute, die selbst auf der Hauptschule sitzen blieben, kein Gehirn hätten.

Eine Weile gingen wir schweigend nebeneinander her. Erst als ich zu ihm rüberblickte und mir auffiel, dass er mich wohl schon eine Zeit lang sehr genau angesehen hatte, fing ich wieder an zu sprechen. Ich hatte beschlossen, das Beste aus dieser Situation zu machen und ein bisschen mit Patrizio zu quatschen, um dann erleichtert aufatmen zu können, wenn sich unsere Wege trennen sollten.

„Sag mal, bist du eigentlich Italiener oder was?", formulierte ich etwas ungeschickt die Frage, mit der ich dieses triviale Gespräch aufrecht erhalten wollte.

„Ja. Meine Eltern, beide. Mein Bruder is' noch in Palermo geboren, vor siebzehn Jahren sind dann meine Eltern halt hierhergekommen, ne. Also meine kleine Schwester und ich sind hier geboren."

Das waren schon mehr Informationen, als ich wollte. Er schien gerne von sich und seinem Leben zu erzählen und sein Redeschwall ging noch weiter.

„Hier in der Stadt sind wir aber erst seit zwei Jahren, vorher waren wir in Neuss, aber da hatte mein Vater keinen Job mehr, nachher, dann hat der halt hier was gefunden."

Jetzt wusste ich auch, warum er erst seit zwei Jahren im Verein war und hatte damit endgültig genug Einblicke in Patrizios bewegtes Leben.

„Ach so", sagte ich, bevor er auf den Gedanken kommen konnte, noch mehr zu erzählen.

„Ich leb schon immer hier", war das Einzige, was ich in dieser Hinsicht über mich preisgab.

„Hast du Geschwister?", setzte er eigenmächtig das Interview mit mir fort.

„Eine große Schwester", antwortete ich wahrheitsgemäß und richtete mich schon darauf ein, ihm die Berufe meiner Eltern zu erklären, doch er ließ das Gespräch dann in eine ganz andere Richtung driften.

„Jetzt mal ohne Spaß, bist du mit dieser einen Tussi zusammen?"

Das ging mir dann doch um Einiges zu weit. Ich und Nadja hatten selbst unseren besten Freunden gegenüber noch nicht bestätigt, dass wir tatsächlich zusammen waren, und dann stellte dieser kleine Spasti nicht nur diese dumme Frage, sondern bezeichnete Nadja auch noch als ‚diese Tussi'.

„Ey, reiß dich mal zusammen, Junge!", warnte ich ihn mit bedrohlicher Stimme.

„Sorry. Wollte nur wissen, ob du …, also ob ihr beide ein Paar seid", kam es mit einer deutlich leiseren, fast weinerlichen Stimme zurück.

„Ja, sind wir", antwortete ich kurz und knapp und war schon im selben Moment schockiert darüber, dass ich das gesagt hatte. Ich hatte Nadja doch versprochen – so wie sie mir – mit niemandem darüber zu reden und dieser Idiot hatte mich durch seine Nerverei dazu gebracht, es ihm einfach so auf die Nase zu binden. Jetzt war ich zu schnellem Handeln gezwungen.

„Aber Patrizio, sag keinem was davon, klar!? Das soll noch keiner wissen, o.k.?“ Er sagte nichts, er ging einfach nur schweigend und irgendwie in sich gekehrt neben mir her.

„Patrizio?“, sagte ich eine Stufe lauter, um ihn aus seinen fernen Welten zurückzuholen.

„Ja, geht klar.“

Wie hatte ich nur denken können, seine Fragerei wäre damit abgeschlossen. Jetzt machte er sich erst recht daran, mein Intimleben zu erforschen. Gottseidank waren wir nur noch einige Meter von der Straße entfernt, an der er dann rechts und ich geradeaus musste.

„Is‘ das deine erste Freundin?“

„Nein. Meine zweite. Ich hatte letztes Jahr schon mal eine“, erzählte ich ihm bewusst langsam, während ich ein paar Schritte schneller ging, um ihn schneller los zu werden und diesen sinnlosen Fragen ein Ende zu setzen.

Gut fünf Meter vor dem Ende des Fußweges blieb ich stehen und drehte mich zu Patrizio, der inzwischen ein paar Meter hinter mir lag, um.

„Ich muss mich jetzt ein bisschen beeilen“, formulierte ich meinen indirekten Abschiedsgruß.

„Marcel, warte noch mal ganz kurz.“ Wenn das so weitergehen sollte, hätten wir eigentlich gleich auf dem Fußballplatz übernachten können.

Er blieb neben mir stehen und setzte sich auf sein Fahrrad. Lange sahen wir uns an, ohne irgendwas zu sagen. Ich konnte nicht ausmachen, was es war, dass mich davon abhielt, einfach wegzuschauen und abzuhauen.

„Ich merk doch, dass du dich von mir genervt fühlst. Aber überleg mal, ob du deine Meinung von mir nicht noch irgendwie ändern kannst. Ich find dich nämlich eigentlich ganz korrekt.“ Er nickte mir kaum merklich zu und düste dann ohne irgendwelche weiteren Dinge zu sagen, zu fragen oder zu machen in seine Richtung davon.

Ich gab offen zu, dass ich erstaunt war. Die Worte, mit denen er sich von mir verabschiedet hatte, klangen sehr intelligent und brachten mich auch noch einmal zum Nachdenken, während ich selber durch die Dämmerung nach Hause radelte.

So wirklich hatte er mir gar nichts getan. Er fand mich wohl einfach nur sympathisch, was man von Teamkollegen ja gerne hörte und letztendlich schadete es auch nicht, ab und zu neue Leute kennen zu lernen und neue Freundschaften aufzubauen.

Ich beschloss also, in Zukunft netter und offener zu Patrizio zu sein und auch ab und zu mal mit ihm zu labern. Dass Hauptschüler prinzipiell nur Mist laberten, war ein Vorurteil, an das ich persönlich jetzt nicht mehr glaubte.

Als ich gegen elf Uhr das Licht ausmachte und erschöpft ins Kissen fiel, wurde ich durch das Piepsen meines Handys noch mal aufgeschreckt.

‚Eine neue Nachricht' stand auf dem Display.

„Hey schatzi wollteste nich noch ma schreiben??? vermiss dich voll ildüa mbb kiss xxx Nadja", las ich und ärgerte mich, dass ich die versprochene Gute-Nacht-SMS vergessen hatte, aber inzwischen fühlte ich mich zu kaputt dafür und beschloss, mich am nächsten Tag in der Schule angemessen zu entschuldigen.

Beim Einschlafen dachte ich noch mal an meine Wichsfantasie, die mir unter der Dusche gekommen war. Irgendwie war die Vorstellung, mit Nadja Sex zu haben, komisch für mich. Ich kannte den weiblichen Körper nur in der Theorie und die Vorstellung, dass es bald Ernst werden könnte, ließ ein mulmiges Gefühl in mir aufkommen. Es gab doch soviel, was man falsch machen konnte, sodass es für beide Seiten eine unangenehme Erfahrung werden würde. Ich konnte es mir allerdings auch nicht vorstellen, mit Nadja einfach so locker darüber zu reden. Wenn es soweit sein sollte, dann musste doch alles klappen, ohne dass man noch mal darüber redete. Überhaupt war es mir unangenehm, mit Mädchen über Sex zu reden und ich hatte das so gut wie nie getan.

Eigentlich waren gute Freunde für so was da, aber selbst die wussten ja nichts von meiner Unerfahrenheit und ich empfand es auch als gewagt, ihnen davon zu erzählen.

Insgesamt hatte dieser Tag also mehr neue Fragen für mich aufgebracht, als alte beantwortet.

6

„Boa Mann, ey, ich hab die ganze Nacht auf deine SMS gewartet!“, begrüßte Nadja mich mit vorwurfsvollem Ton.

„Sorry, Süße.“ Ich nahm sie in die Arme und drückte ihr einen sanften Kuss auf den Mund.

„Und was hast du für heute Nachmittag Schönes mit mir vor?“, fragte sie mich, während wir Arm in Arm zusammen den Gang zum Klassenraum entlang gingen.

Da fiel mir erst wieder ein, dass ich ihr versprochen hatte, was mit ihr zu unternehmen.

„Was hältst du von Kino?“, fragte ich recht trocken zurück.

„Wenn ich den Film aussuchen darf ...“ Den Wunsch wollte ich ihr selbstverständlich erfüllen. Solange ich mit Nadja zusammen war, war es mir vollkommen egal, was für ein Schrott auf der Leinwand lief. Im Gegenteil, es hätte mir sogar gefallen, wenn der Film langweilig wäre und das Kino möglichst leer. Dann könnten Nadja und ich uns umso mehr mit uns selber beschäftigen.

Um viertel nach sechs stand ich dann vor dem Kino und wartete. Wir hatten uns zwar erst für kurz vor halb sieben verabredet, aber ich konnte es kaum noch erwarten, einen Abend mit Nadja verbringen zu können. Nach sieben Stunden Schule hatte ich es als nötig empfunden, noch einmal zu duschen und mich neu zu stylen. Ich hatte auch etwas bewusster meine Klamotten ausgewählt, als ich es täglich für die Schule tat; schließlich wollte ich Nadja gefallen.

Ich stand also angelehnt an die Häuserwand, direkt neben dem Eingang zum Kino und beobachtete die Menschen, die Autos und die Busse auf dieser sehr belebten Straße.

Die Leute, die aus dem Schnellimbiss neben dem Kino kamen, sahen alle sehr ausländisch aus, während die Leute, die aus dem Computergeschäft auf der anderen Seite kamen, alle sehr freakig aussahen. Aber eigentlich interessierte mich nur der Blick auf die Uhr und der immer näherkommende Moment, in dem ich Nadja wiedersehen, umarmen und küssen konnte. Ich war ohne Frage verliebt in sie und doch gab es etwas, das mich beunruhigte, eine nicht näher definierbare Angst, in meiner ersten ernsthaften Beziehung auf irgendeine Weise zu scheitern.

Ich warf schon mal einen Blick auf die Filmplakate vor dem Kino, um mich auf Nadjas Wahl gefasst machen zu können. Das meiste sah nach mittelmäßigen amerikanischen Liebeskomödien aus, von denen die Welt meiner Meinung nach schon überflutet war. Ein Actionfilm war noch dabei, doch diesbezüglich wollte ich mir erst gar keine Hoffnung machen. Da waren doch alle Mädchen irgendwie gleich gestrickt.

Ich kam mir irgendwie ein bisschen dämlich vor, so alleine, nervös wartend vor dem Kino zu stehen, obwohl es doch eigentlich zu den normalsten Dingen auf der Welt gehörte, auf seine Freundin warten zu müssen.

Mit meinen Blicken verfolgte ich einen Bus, der gerade abfuhr und erst als ich mich wieder umdrehte, sah ich, dass Nadja gerade aus diesem Bus ausgestiegen war.

Wortlos stürmte sie mit geöffneten Armen auf mich zu und drückte mich so fest und so lange, dass man hätte meinen können, wir beide wären vor vielen Jahren gewaltsam getrennt worden und hätten uns nun endlich wieder gefunden.

Wir küssten uns sehr intensiv und ich war mir fast sicher, die Passanten würden sich über uns ärgern.

„Komm, lass uns reingehen", sagte ich zu Nadja, nachdem ich erst mal wieder Luft geholt hatte.

Es kam alles, wie ich es vorher schon ausgerechnet hatte. Sie suchte sich den für mich langweiligsten Film raus, der ihr hingegen sehr zu gefallen schien. Wie nebensächlich griff sie während des Films ein paar Mal nach meiner Hand und ich wurde immer unsicherer, wie ich mich verhalten sollte. Bei dem Paar zwei Reihen vor uns, die übrigens die einzigen weiteren Kinobesucher waren, lief in dieser Hinsicht einiges mehr.

Ich hätte Nadja einfach in den Arm nehmen oder küssen können oder was mir sonst noch eingefallen wäre, aber irgendwie war ich nicht sicher. Sie wollte nie, dass ich ihre Haare anfasste und kuscheln mit Einschränkungen und Regelungen, und das war irgendwie nicht das, was mir gefiel und was ich mir wirklich wünschte. Ich hätte gerne ihre zarten blonden Haare gestreichelt, meine Hand auf ihr Bein gelegt oder ein bisschen an ihrem Top rumgefummelt, aber ich fühlte mich nicht motiviert dazu. Ich war fast sicher, sie würde irgendwas dagegen haben, also lehnte ich mich einfach in den Sessel zurück und beachtete Nadja nicht mehr weiter und dachte an Fußball und freute mich auf das Training am nächsten Tag, das Spiel am Samstag und die Fahrt nach Berlin.

„Und? Sollen wir noch irgendwas machen?“, fragte ich, als ich ziemlich ermüdet mit Nadja wieder vor dem Kino stand. Es war gerade halb neun und es war noch einigermaßen hell.

„Ne, sorry, ich muss nach Hause. Meine Alte macht sonst Stress. Is‘ eigentlich schon viel zu spät.“

„O.k.“, sagte ich und die Enttäuschung in meiner Stimme war nicht zu überhören. Meinen Eltern war es inzwischen recht egal, wann ich nach Hause kam. Sie riefen zwar ab und zu an, wenn ich noch unterwegs war und wollten wissen, wann ich kommen würde, aber sie hatten mir schon ewig keine Vorschriften mehr gesetzt, wann ich wo zu sein hätte.

Also trennten sich unsere Wege. Sie stellte sich auf die andere Straßenseite, wo sie auf den Bus wartete und ich machte mein Fahrrad startklar. Ich hätte sicherlich noch mit ihr auf den Bus warten können, aber irgendwie hatte mich der Abend enttäuscht.

Als ich während der Fahrt darüber nachdachte, entschied ich, Nadja mal zu mir nach Hause einzuladen und meine Eltern darauf hinzuweisen, uns in Ruhe zu lassen. Vielleicht könnte das unsere Beziehung einen Schritt weiterbringen.

„Hallo“, rief ich nur knapp, als ich zu Hause durch die Tür reinkam und meine Eltern im Wohnzimmer sitzen sah.

„Marcel, kommst du mal kurz?“, rief meine Mutter, als ich schon auf dem halben Weg nach oben in mein Zimmer war.

Ich machte kehrt und setzte mich im Wohnzimmer auf eine Sofalehne, um so zu demonstrieren, dass ich an einem längeren Gespräch kein Interesse hatte.

„Marcel, Olaf hat uns vorhin angerufen“, begann mein Vater.

Olaf war ein Studienfreund meines Vaters, den ich allerdings kaum kannte. Deswegen war mir nicht ganz klar, was ich hier zu suchen hatte.

„Er und seine Frau haben uns für dieses Wochenende eingeladen, von Freitag bis Sonntag, mit ihnen in ihr neues Haus nach Holland zu fahren.“

Mir dämmerte langsam, worum es ging und es ließ ein wenig Vorfreunde in mir hochkommen. Nachdem meine große Schwester

Melanie vor einem halben Jahr ausgezogen war, um in Düsseldorf an der Kunstakademie zu studieren, hatten meine Eltern mich nicht mehr über Nacht alleine zu Hause gelassen. Melanie hatte ja immer auf mich aufgepasst, aber das selbst zu übernehmen, hatten sie mir bei all den anderen Freiheiten, die sie mir zugestanden, wohl noch nicht zugetraut.

„Ich denke, wir können dich für die beiden Tage alleine lassen", bestätigte meine Mutter meine Ahnung.

„Klar." Dabei überlegte ich schon, was ich mit den beiden Tagen und vor allem den beiden Nächten anfangen könnte.

„Ich weiß, das ist jetzt sehr kurzfristig, aber wir denken auch, du schaffst das. Wenn irgendwas ist, kannst du ja Melanie anrufen. Die ist in einer halben Stunde hier, wenn irgendwas passiert oder so." Ich hörte nicht mehr richtig hin, als meine Mutter über alle möglichen Eventualitäten sprach. Stattdessen war ich schon mitten in den Planungen fürs Wochenende.

Es kam nichts anderes in Frage, als Nadja dazu zu bringen, eine ganze Nacht bei mir zu bleiben. Ich nahm mir vor, ihr das am nächsten Tag in der Schule als große Überraschung vorzustellen.

„Gestern war so schön, Schatzi. Was machen wir denn heute?", fragte Nadja mich in der Pause und es wirkte tatsächlich so, als wäre der Kinoabend voll und ganz zu ihrer Zufriedenheit verlaufen.

„Heute hab ich doch Training."

„Och, Mann." Diese gespielte Beleidigung fand ich etwas albern. Sie wusste genau Bescheid, wann ich Zeit hatte und wann nicht und dass ich alle Zeit, die ich hatte, am liebsten mit ihr verbrachte.

„Aber fürs Wochenende hab ich 'ne tolle Überraschung für dich." Ich machte es etwas spannend. Sie sah mich mit großen erwartungsvollen Augen an.

„Meine Eltern sind übers Wochenende weg. Du kannst am Samstagnachmittag zu mir kommen und bis morgens bleiben. Na, wie klingt das?"

Ich hatte erwartet, dass sie sich mindestens genauso auf das bevorstehende Wochenende freute, wie ich, aber von Freude war bei ihr nichts zu merken.

„Schatzi, ich glaub, das geht nicht. Meine Eltern wollen nicht, dass ich alleine bei jemandem übernachte, den sie überhaupt nicht kennen."

Ich konnte das nicht glauben. Es war für ein sechzehnjähriges Mädchen ja wohl das Einfachste auf der Welt, ihren Eltern irgendeine Lüge aufzutischen, dass sie über Nacht wegblieb.

„Ach, komm, versuch's doch irgendwie." Jetzt war ich es, der bettelte. Was war das denn für eine Beziehung, in der man weder viel zu reden hatte, noch Zeit für sich allein hatte, weil einer nie wollte.

„Ne, sorry, das geht nicht. Ich kann meinen Eltern nicht irgendwas erzählen. Wir können uns doch so treffen."

Ich ließ mir meine Enttäuschung nicht anmerken. Es hätte das schönste Wochenende seit langem werden können. Irgendeine Ersatzbeschäftigung würde ich schon finden, aber trotzdem hätte es nichts gegeben, was ich lieber getan hätte, als das Wochenende mit Nadja alleine zu verbringen.

„Mensch, Alter, von dir kriegt man ja überhaupt nichts mehr mit", begrüßte Marco mich abends vor dem Training.

„Ihr müsst ja ziemlich viel Spaß miteinander haben", scherzte er.

„Komm, hör auf", unterbrach ich ihn deutlich.

„Oh ... Beziehungsstress? Nach drei Tagen?", deutete er an.

„Ne. Nur so 'n bisschen kompliziert alles", verharmloste ich meine Gefühlssituation.

„Ja, kenn ich, gibt sich alles wieder", munterte er mich auf.

„Hi, alles fit?" Patrizio hatte sich mal wieder von hinten angeschlichen und hielt mir seine Hand hin, die ich wie selbstverständlich abklatschte. Da ich mir ja vorgenommen hatte, freundlich und unvoreingenommen mit ihm umzugehen, reagierte ich zuvorkommender, als ich es zuvor getan hatte.

„Klar, Mann. Und bei dir?" Dass ich jetzt etwas freundlicher mit ihm umging, hieß ja nicht gleich, dass ich alle seine Fragen originalgetreu beantwortete und ihm meine verstrickte Gefühlswelt offenbarte.

„Ja, muss ja, ne!"

„Seit wann...", begann Marco etwas irritiert seine Frage, als wir zusammen auf dem Weg zu den Kabinen waren. Ich wusste schon, was er meinte und erklärte es ihm.

„Ich hab neulich mal 'n bisschen mit dem Typen gelabert. Ganz so schlimm ist der auch nicht. Der wollte mich nur halt 'n bisschen kennen lernen."

„Naja, wenn du meinst." Marco war nicht der Mensch, der von

einer einmal gebildeten Meinung schnell abzubringen war und ihm war Patrizio wohl auch nicht der Sympathischste.

Bei diesem Training verbrachten wir weniger Zeit mit langweiligen Übungen und mehr mit einem Trainingsspiel. Diesmal war ich wesentlich aktiver, denn ich wusste, dass es darum ging, am Samstag wieder zur Startelf zu gehören. Diesmal war Patrizio in der anderen Mannschaft und es überraschte mich nicht, dass er sich mich als persönlichen Gegenspieler ausgesucht hatte.

Er war ziemlich gut, er konnte schnell rennen, geschickt mit dem Ball umgehen und zielgenaue Pässe schießen. Für die Mannschaft war er ohne Frage unverzichtbar. Dadurch fühlte ich mich allerdings motiviert, noch härter zu kämpfen und ihm zu zeigen, wer der bessere Fußballer von uns war. Nach zehn Minuten Spiel waren wir zu den beiden zentralen Figuren dieses Trainingsspiels geworden – sozusagen die Besten auf dem Feld.

Und als Krönung dieser Vorführung konnte ich dann kurz bevor Dirk das Training beendete, noch ein grandioses Volleytor schießen, das Patrizio erst mal dumm gucken ließ.

„So, alle Bälle zurück in die Säcke und ab unter die Dusche“, donnerte Dirks Stimme quer über den ganzen Platz. Ich fühlte mich erschöpft und ging entsprechend ruhig in Richtung Dusche.

„Ey“, hielt Patrizio mich mit einem lockern Griff am Arm fest. Er hatte sich sein Trikot ausgezogen und es sich über die Schulter gelegt. Ich warf einen unauffälligen, aber sehr genauen Blick auf seinen Oberkörper, der wesentlich besser geformt war als meiner. Ich hatte zwar keinen dicken Bauch und auch einige sichtbare Muskeln, aber Patrizios Körper sah irgendwie aus wie auf einem perfekten, völlig retuschierten Bild. Ich sah so genau hin, dass mir auffiel, wie ein paar kleine Schweißtropfen an seinem fast komplett unbehaarten Körper herunterflossen. Ich wendete meinen Blick von ihm ab und wunderte mich, warum ich ihn überhaupt solange angestarrt hatte. Ich hatte das Gefühl, verdammt neidisch auf so einen Körper zu sein. Mit so einem Körper hätte ich alle Frauen auf der Welt kriegen können – aber ich hatte ja Nadja, was mich auch sehr glücklich machte und noch viel glücklicher hätte machen können, wenn diese kleinen Probleme nicht wären. Ich war immer noch sehr enttäuscht, dass sie ganz offensichtlich am Wochenende keinen Bock hatte, mich zu besuchen.

„Super gespielt, Kumpel. Ich hab das Gefühl, du bist der Beste hier“, holte mich Patrizio aufmunternd aus meinen sorgenvollen Gedanken. Ich hatte gar nicht bemerkt, dass er seinen Arm um meine Schulter gelegt hatte, während wir beide in Richtung Kabine gingen.

Dieses Mal beeilte ich mich wirklich mit dem Duschen, obwohl ich komischerweise nichts dagegen gehabt hätte, wenn es wieder so abgelaufen wäre, wie die Male davor. Aber ich hatte den ganzen Nachmittag meine Hausaufgaben aufgeschoben und wollte mich noch von meinen Eltern verabschieden, die bereits angekündigt hatten, am Freitag schon früh morgens loszufahren und erst am Sonntag spät abends zurückzukommen. Diese Tage wären also die perfekte Möglichkeit für mich und Nadja gewesen, etwas Zeit für uns ganz alleine zu haben und tun zu können, was wir wollten. Ich hoffte natürlich noch, dass sich ihre Meinung ändern würde und sie doch noch zu mir kommen würde.

„Na, eilig?“, rief mir Patrizio hinterher, als ich als erster die Kabinen verließ und zügig zu meinem Fahrrad ging.

„Ja, hab noch ‘n bisschen was zu tun“, antwortete ich beiläufig, während ich mein Fahrrad betriebsbereit machte.

„O.k., kein Ding. Wir sehen uns ja morgen.“

„Klar“, meinte ich nur.

„O.k., ich freu mich.“ Seltsamerweise hatte ich genau das in genau demselben Moment gedacht, als Patrizio es aussprach.

Wieso um Himmels Willen freute ich mich auf ein Wiedersehen mit dem Jungen, der mich bis vor kurzem noch derart genervt hatte? Diese Frage konnte ich mir nicht beantworten, aber eigentlich war es auch nicht so wichtig, fand ich. Es war doch was schönes, mit Teamkollegen gut klarzukommen und mit ihnen befreundet zu sein oder es zu werden.

Wir nickten uns noch mal kurz freundlich zu und ich radelte los. Erst so langsam kamen die Nächsten an, denen ich nur noch flüchtig zuwinken konnte.

7

Als ich am Samstag vor dem Spiel vor dem Sportplatz rumstand und auf den ein oder anderen wartete, piepste mein Handy. Ich hoffte, Nadja würde mir sagen, dass sie zum Spiel käme und danach mit mir nach Hause kommen würde. Ich las ihre SMS und wurde ein weiteres Mal enttäuscht.

„Sorry schatzi ich schaffs auch nich zum spiel wünsch dir und dem team aber viel glück kannst mich nachher ma anrufen 3 xxx Nadja", las ich zwei, drei Mal. So hatte ich noch nicht einmal Lust, sie nach dem Spiel anzurufen. Was hatte ich denn davon mit ihr zu telefonieren? Ich wollte sie bei mir haben und hatte immer gedacht, sie wollte das auch, doch leider gab sie mir ab und an Grund zum Zweifeln.

„Nadja is' doch heute da, oder?" Für Marco war es eine Selbstverständlichkeit, dass die Freundin dabei war, wenn man Fußball spielte, doch leider musste ich gestehen, dass das bei mir nicht so selbstverständlich war.

„Ne, die kommt nicht. Die is' im Moment irgendwie komisch drauf."

„Sind Tussis doch immer. Die ticken halt falsch." So redete Marco nur, wenn er sich ganz sicher sein konnte, dass keine Person des weiblichen Geschlechtes in Hörweite war, denn nach außen hin spielte er meistens den charmanten Gentleman. Ich gehörte zu den wenigen, die auch sein anderes Gesicht kannten.

Während wir uns weiter umzogen, redeten wir nicht weiter über Nadja oder Mädchen im Allgemeinen.

„O.k., Jungs. Jetzt ist's mal wieder ernst", begann Dirk seine vermutlich nicht gut geplante Rede.

„Wenn wir heute gewinnen, dann sind wir vielleicht ganz oben in der Tabelle und wenn das so weitergeht, dann bleiben wir auch ganz weit oben und ich muss ja wohl nicht erklären, was es bedeutet, endlich aus der Kreisliga rauszukommen. Behaltet das also erst mal im Hinterkopf." Soviel zum motivatorischen Teil der Rede. Es folgten noch einige taktische Anweisungen, bei denen ich besser zuhörte, die sich aber nicht als neu für mich herausstellten.

Wir mit dunkelblauen Trikots und die anderen mit knallroten

Trikots standen mit den Trainern auf dem Gang und warteten, bis der Schiedsrichter uns das Zeichen zum Rausgehen gab. Insoweit hatte das fast die Atmosphäre eines großen Bundesligaspiels, aber sobald wir rausgingen und die hundert Zuschauer auf den Steinbänken und den Kunstrasen sahen, war diese Stimmung ganz schnell verdampft.

Ich warf ein paar unauffällige Blicke durch die Reihe unserer Gegner und konnte zumindest schon mal festhalten, dass keiner von ihnen ein furchteinflößendes Gesicht hatte.

Fünfundvierzig harte Minuten später stand es immer noch 0:0 und damit schien von uns keiner zufrieden zu sein.

„Also, bis jetzt war das ja wirklich nichts", stellte Dirk in seiner kurzen Ansprache in der Pause fest. Er sprach sehr laut und impulsiv und ging dabei mehr oder weniger ziellos durch die Kabine, während wir eher erschöpft auf den Bänken saßen und Wasser in uns reinschütteten.

„Marcel, von dir erwarte ich viel mehr im zweiten Durchgang, klar?"

Ich nickte knapp. Ich war fast noch mal glimpflich weggekommen, was die persönlichen Kritiken anging.

„Patrizio, du musst mehr mit Marcel zusammenarbeiten. Wenn ihr zusammen mit euren Pässen über außen spielt, haben die anderen keine Chance mehr."

Unsere Blicke trafen sich und schienen in etwa das Gleiche zu sagen.

Mit einem freundschaftlichen Schlag auf den Arm bestätigte Patrizio noch mal seine Absicht.

„Die machen wir fertig, ich schwör's dir, Alter." Mit so einer bedrohlichen Stimme hatte ich ihn noch nie sprechen hören.

In der zweiten Halbzeit hatten wir Anstoß. Jan und Orhan standen im Mittelkreis und warteten auf den Pfiff, während der Schiri selber noch auf irgendwas zu warten schien. Ich hatte mich ganz vorne auf der rechten Seite positioniert, während Patrizio mir genau gegenüber auf der linken Seite stand.

Marco saß abseits von alldem stinksauer auf der Bank. Er hatte Dirk besonders schlecht gefallen und wurde kurzerhand gegen Marvin ausgewechselt, der etwa ein Meter sechzig groß war und auch sonst kaum auffiel. Ich konnte mich nicht mehr bewusst an ein Spiel erinnern, in dem er zum Einsatz gekommen war.

Endlich ertönte der Pfiff, der unsere gebündelten Kräfte freisetzte und mich nach vorne in die gegnerische Hälfte rennen ließ. Mit einem ziemlich geschickten Doppelpass konnten sich Jan und Orhan freispielen und einen hohen Ball zu Patrizio rüberschießen, den er gekonnt mit der Brust annahm und vor sich auf den Boden ticken ließ, um ihn dann mit den Füßen weiterspielen zu können. Mir war schon ein paar Mal aufgefallen, dass er mit beiden Füßen gleich gut spielen konnte, weswegen er auch links spielte, während ich auf der rechten Seite etwa auf gleicher Höhe mitlief und eine leichte Kurve in Richtung Spielfeldmitte einschlug, bis ich an der Ecke des Strafraums angekommen war. Das war zwar nicht die beste Position für unseren Plan, aber wäre ich weiter in die Mitte gelaufen, wäre ich nicht mehr frei gewesen. So aber merkte offenbar keiner dieser Idioten, dass sie eine ganz entscheidende Schwachstelle produziert hatten.

Patrizios Pass landete genau vor meinem rechten Fuß. Ich konnte nur noch einen Schritt nach vorne dribbeln, bevor von allen Seiten die Jungs in den roten Trikots auf mich zugestürmt kamen. Ich feuerte einen Volleyschuss ab, der den Torpfosten von innen zum vibrieren brachte und danach elegant im Netz tanzte.

Erschrocken starrten die Rottrikots zu ihrem Trainer, der rasend am Spielfeldrand stand und schimpfte.

‚Heim 1 – Gast 0‘ stand kaum sichtbar auf der billigen Leuchtdiodenanzeige in der Mitte der Tribüne.

Wie ein entfesselter Stier kam Patrizio auf mich zugerast und warf sich mir um den Hals. Ich fand das ein bisschen übertrieben, immerhin war das hier nicht das WM-Finale.

Einige andere kamen auch zu mir und beglückwünschten mich mit Handschlag oder kurzen Umarmungen, aber Patrizio wollte gar nicht mehr loslassen.

„Das machen wir jetzt immer so“, sagte er fast flüsternd, nach wie vor mit einem bedrohlichen Unterton. Bevor er von mir abließ, rubbelte er mir noch mal durch die Haare, die ich reflexartig wieder in ihre ursprüngliche Form zurückstrich. Ich hatte mir zwar schon lange abgewöhnt auf dem Fußballplatz gut aussehen zu wollen, aber diese korrigierenden Bewegungen hatte ich irgendwie im Blut.

Ich sah kurz zu Dirk rüber, in der Hoffnung einen anerkennenden Blick zu bekommen, aber er stand ruhig am Spielfeldrand, schaute ins Leere und verlieh so seiner Zufriedenheit Ausdruck.

Wir stiegen wieder voll ins Spiel ein und spielten so offensiv weiter, dass sich schnell die nächste Chance für uns ergab, die Stefan allerdings einige Meter über die Latte hinausschoss. Ich wunderte mich ein wenig, dass Stefan überhaupt noch spielen durfte, ohne irgendwas zu leisten, während Dirk mit Marco so gnadenlos umgegangen war.

Als dann endlich der erlösende Schlusspfiff ertönte, ließ ich mich erschöpft ins Gras fallen. Ich konnte es kaum fassen und musste noch mal zur Anzeige sehen, um es begreifen zu können.

‚Heim 4 – Gast 0' stand da tatsächlich. Zwei Tore von mir, zwei von Patrizio. Und genau der kam gerade strahlend auf mich zugerannt, zog sich im Laufen sein Trikot aus, blieb vor mir stehen und zog mich ohne Vorwarnung aus dem Gras hoch und umarmte mich kräftig. Auch ich legte meine Arme um ihn und teilte mit ihm die Freude.

„Wahnsinn, oder?" Er klang zu recht sehr euphorisch. Leider wurde meine Freude in diesem Moment etwas getrübt, als ich daran dachte, wie gerne ich Nadja bei diesem persönlichen Triumph von mir dabei gehabt hätte.

Während Patrizio und ich in Richtung Kabine gingen, wobei wir uns einiges an Zeit ließen, kamen alle möglichen Mitspieler mit Gratulationen auf uns zu. Das Meiste von dem, was sie sagten, konnte ich eh kaum verstehen, da alle meinten, gleichzeitig reden zu müssen. Als ich Dirk sprechen hörte, hörte ich allerdings etwas genauer hin.

„Tja, Leute, ich würde sagen, wir haben ein neues Dreamteam in der Mannschaft. Ich hoffe, das geht so weiter mit euch."

Patrizio und ich nickten uns zuversichtlich zu und ohne konkreten Grund fingen wir an zu lachen und nahmen uns wieder in die Arme.

„Kopf hoch, du kriegst auch wieder deine Chance", munterte ich Marco auf, dessen Blick die Freude über den Sieg der Gemeinschaft und der Ärger über die persönliche Niederlage in sich vereinte. Langsam setzten wir uns alle in Bewegung in Richtung Kabine und vor allem in Richtung Dusche.

Wie es sich für das Duschen nach einem gewonnenen Spiel gehörte, war die Stimmung im Duschraum besonders positiv. Mich störte es natürlich überhaupt nicht mehr, dass Patrizio neben mir stand. Immerhin hatten wir beide nur mit vereinten Kräften aus einem tristen Spiel ein wahres Schützenfest gemacht.

Es passierte das, was auch bei mir inzwischen so gut wie immer unter der Dusche passierte und es war einfach geil, an nichts zu denken und völlig frei von irgendwelchen belastenden Gedanken meinen Schwanz durch meine Hand rutschen zu lassen – immer schneller vor und zurück.

Auch Patrizio war schon in vollem Gange. Ich sah kurz zu ihm rüber und musste unwillkürlich mit meinem Blick an seinem Schwanz hängen bleiben. Ich kannte das Vorurteil, dass Italiener große Schwänze hätten, aber dass das schon in diesem Alter galt, war mir neu.

Ich wandte mich aber wieder neutralen Gedanken zu, denn so interessant Patrizios Schwanz in gewisser Weise auch gewesen sein mag, er war ganz bestimmt keine adäquate Vorlage für ein zügiges Wichsen unter einer Gemeinschaftsdusche.

Ein wenig später war ich dann tatsächlich fertig – auch mit Duschen. Mit dem Anziehen ließ ich mir dieses Mal, anders als sonst, sehr viel Zeit, denn niemand wartete auf mich. Meine Eltern waren im Kurzurlaub, meine Schwester hatte bisher noch nicht einmal telefonisch Interesse an meinem Wohlbefinden gezeigt und meine Freundin hatte – so musste man das schon sagen – keinen Bock auf mich.

„Ey Marco? Heute schon was vor?", fragte ich nach kurzem Reflektieren meiner Situation. Mit dem besten Kumpel ein paar sinnlose Dinge zu tun, wie etwa saufen, zocken und billigstes Fernsehprogramm zu gucken, war immer noch besser als ein sturmfreies Wochenende völlig sinnlos vorbeiziehen zu lassen.

„Ja, Mann. Ich fahr nachher mit Janine nach Düsseldorf, 'n bisschen shoppen und so. Wieso fragste?"

„Meine Alten sind weg."

„Oh." Für eine umfangreichere Antwort musste er offenbar eine Weile nachdenken.

„Tut mir leid. Das nächste Mal machen wir was draus, versprochen."

Ich band mir die Schuhe zu, schloss den Reißverschluss meiner Sporttasche und hätte eigentlich gehen können. Aber ich blieb noch ein bisschen auf der Bank sitzen und sah den anderen zu, die sich in verschiedenen Stadien des Umziehens befanden.

Nach einer Weile war aber auch das langweilig und ich fasste den Entschluss, einfach nach Hause zu gehen und Nadja noch mal anzurufen und zu versuchen, sie zu überreden, doch noch zu mir zu kommen, zumindest für ein paar Stunden.

Ich hängte mir die Sporttasche um die Schulter und verließ die Kabine.

„Bis dann“, sagte ich allgemein in die Runde und achtete nicht mehr darauf, ob jemand reagierte.

Ich musste ein wenig in der Seitentasche rumkramen, bis ich meinen Fahrradschlüssel gefunden hatte.

„Hau doch nich‘ immer so schnell ab“, hielt Patrizio mich auf. Er kam von hinten angespurtet und packte mich am Arm.

„Sorry“, gab ich etwas schmunzelnd zurück. Ich hatte mir eine ganze Menge Zeit gelassen und trotzdem war ich für Patrizio zu schnell.

Wir standen so da, sahen uns gegenseitig an und ich hatte das Gefühl, unbedingt etwas sagen zu müssen, aber mir wollte nichts einfallen.

„Tja, wir waren wohl heute die Stars auf dem Feld.“ Ich hatte das Schweigen gebrochen, doch Patrizio baute es wieder auf, indem seine Reaktion lediglich aus einem nachdenklichen Nicken bestand.

Ich drehte mich etwas zur Seite und öffnete mein Fahrradschloss. Ich steckte den Schlüssel zurück in die Sporttasche und zog das Fahrrad mit mittelmäßigem Kraftaufwand aus dem Ständer.

Ich hatte eigentlich kaum nachgedacht, bevor ich wieder anfing zu sprechen.

„Ey, sag mal, hast du nicht Bock noch mit zu mir zu kommen?“, fragte ich ihn. „Meine Alten sind übers Wochenende weg und ich hab nichts zu tun.“

Im Nachhinein dachte ich darüber nach, ob das so eine gute Idee gewesen war, Patrizio zu fragen. Aber da es eh zu spät war, war ich gezwungen, das Beste aus der Situation zu machen.

Komisch war nur, dass Patrizio erst mal gar nichts sagte, sondern mich nur mit halboffenem Mund anstarrte. Dabei hatte ich doch eine relativ einfach zu beantwortende Frage gestellt. Entweder hatte er Zeit und Lust noch mit mir mit zu kommen oder nicht.

„Klar, gerne“, antwortete er nach einer gefühlten Ewigkeit. Ich hatte schon gar nicht mehr damit gerecht, dass er überhaupt noch mal was sagte.

„O.k., dann fahr mir einfach hinterher“, beschloss ich und stieg auf mein Fahrrad. Er beeilte sich mit seinem Fahrrad und kurze Zeit später waren wir schon auf dem Weg.

„Coole Bude habt ihr hier!“ Patrizio schaute sich anerkennend um. Als cool hatte ich unser Haus zwar noch nie bezeichnet, aber es war tatsächlich recht groß und wirkte noch größer, nachdem meine Schwester ausgezogen war.

„Warte mal ab, bis du mein Zimmer siehst“, scherzte ich ein bisschen. Bisher kannte Patrizio das Wohnzimmer und die Küche, die ich relativ unordentlich hinterlassen hatte.

„Wow!“ Ich konnte nicht richtig erkennen, ob Patrizio wirklich erstaunt war oder nur aus Freundlichkeit so tat. Mein Zimmer war schön groß, hell und ordentlich eingerichtet, aber ich hatte nie den Eindruck gehabt, es sei etwas derart Besonderes. Ein paar meiner Kumpels aus der Schule oder aus dem Verein hatten sogar noch größere Zimmer. Was für ein Zimmer Nadja hatte, wusste ich leider noch nicht, aber ich hoffte, es sehr bald mal erfahren zu können.

„Also mein Zimmer ist maximal halb so groß. Bis vor kurzem hab ich mir das auch noch mit meinem Bruder teilen müssen. Vor ‘n paar Monaten haben wir dann umgebaut“, erklärte mir Patrizio. Das überraschte mich jetzt schon.

„Echt? War das nicht voll Scheiße? Ich könnt mir nich‘ vorstellen, mir ein Zimmer auf Dauer mit irgendwem zu teilen. “

„Ging so“, meinte er. „Inzwischen komm ich ziemlich gut mit meinem Bruder klar.“ So wie er das sagte, war das wohl nicht immer so.

Auf einmal waren wir mitten in einem Gespräch und ich ließ mich entspannt auf mein Bett fallen. Etwas zögerlich setzte sich Patrizio auf das andere Ende meines Bettes, schnappte sich ein Kissen und ließ sich nach hinten fallen. Wir starrten beide die Decke an und unterhielten uns.

„Wie alt ist denn dein Bruder?“, wollte ich wissen.

„Neunzehn.“ Da fiel erst mir wieder ein, dass er in unserem ersten richtigen Gespräch bereits einen großen Bruder und eine kleine Schwester erwähnt hatte.

„Und deine Schwester?“, fragte er mich und ich wunderte mich, dass er sich überhaupt noch daran erinnern konnte. Eventuell war er doch nicht ganz so dumm, wie ich immer gedacht hatte.

„Einundzwanzig. Die wohnt auch nicht mehr hier."

„Was macht die denn?"

„Studiert Kunst in Düsseldorf."

„Is' doch nicht so weit weg."

„Ja, aber die hat keinen Bock, jeden Tag ne Stunde zu fahren."

Viel Inhalt hatten unsere Gespräche nicht, aber ich war froh, wenigstens ein bisschen zu tun zu haben.

Unser Gesprächsthema wechselte irgendwann zur Schule und ich merkte schnell, dass Patrizio zu den Menschen gehörte, die absolut und ohne Ausnahmen keinen Bock auf Schule hatten. Er hatte keine Probleme damit, mir gegenüber zuzugeben, regelmäßig Fünfen nach Hause zu bringen und jedes Jahr damit rechnete, noch mal sitzen zu bleiben und dass es letztes Jahr besonders knapp war.

Ich hätte noch nicht einmal was dagegen gehabt, Patrizio im Rahmen meiner Möglichkeiten zu helfen, aber mir war klar, dass er ein hoffnungsloser Fall war, was die schulischen Leistungen anging. Mir war bekannt, dass ein beträchtlicher Teil der Hauptschüler die Fähigkeit zur Konzentration überhaupt nicht hatte und allein schon deswegen nichts auf die Reihe kriegte.

Das nächste Gesprächsthema waren Mädchen. Ich erzählte ihm von Nadja und allem, was ich sonst noch in dieser Hinsicht erlebt hatte.

„Und wie sieht's da bei dir aus?", fragte ich ihn, nachdem ich alles erzählt hatte. Ich hatte das unbestimmte Gefühl, Patrizio wäre der absolute Frauenheld – zumindest in seiner Klasse und in der Schule.

„Was meinst du?" Jetzt wirkte er wieder einigermaßen dumm und kapierte wohl nicht, worum es ging.

„Na ob du 'ne Freundin hast. Ich hab dir doch auch vorhin alles erzählt."

„Ach so. Ne, hab ich nicht." Ich hatte eigentlich fest damit gerechnet, Patrizio würde diese Situation nutzen, um mir von seinen zahlreichen sexuellen Abenteuern zu erzählen. Er gehörte einfach zu diesem Typ Junge, der einiges erlebte und noch mehr erzählte, aber im Moment kam nichts.

„Aber du hattest doch schon einige, oder?", provozierte ich ihn ein wenig.

„Ja. Mal hier, mal da." Ich merkte, dass er keinen Bock hatte, darüber zu reden, was mich zwar wunderte, aber nicht weiter beschäftigte. Da aber alle Gesprächsthemen aufgebraucht zu sein schienen, starrten wir bestimmt einige Minuten wortlos die Zimmerdecke an. Ich musste allmählich aufpassen, dass ich nicht einschlief.

Letztendlich löste Patrizio das Schweigen.

„Ey, Alter, sag mal, haste was zu trinken da?"

„Zu trinken oder zu trinken?", fragte ich zurück.

„Zu trinken", antwortete er mir und trotz dieser sprachlichen Unsinnigkeit hatten wir uns genau verstanden.

„Ich hab, glaub ich, irgendwo noch 'ne Flasche billigen Wodka versteckt und im Kühlschrank is' noch Cola." Es war zwar überhaupt nicht meine Art, einfach mal so was zu saufen und ich hielt mich selbst auf Partys einigermaßen zurück, was ich von vielen Altersgenossen überhaupt nicht behaupten konnte, aber mir mit Patrizio zusammen ein paar Longdrinks reinzuschütten war ja nicht der Weltuntergang.

Ich erhob mich von meinem Bett, um in der Küche nach der Colaflasche zu suchen.

Ich hatte die Flasche mit einem Griff in den Kühlschrank gepackt und begann zu überlegen, wo in meinem Zimmer wohl die Wodkaflasche sein könnte.

Das Piepsen, das ich hörte, als ich die Treppe hochging, war ein sehr vertrautes. Irgendwer hatte mir eine SMS geschickt. Ich hoffte sehr, sie wäre von Nadja – völlig egal, was sie mir sagte, Hauptsache, sie dachte an mich.

„Sag mal, spinnst du?", donnerte ich los, stellte die Flasche auf meinen Tisch und warf mich auf mein Bett, genauer gesagt direkt auf Patrizio, der gerade munter dabei war, meine SMS zu lesen.

Mit einem Arm umklammerte ich seinen Körper und seinen linken Arm, während ich mit dem anderen an seinem rechten Handgelenk zog, um ihm irgendwie das Handy abzunehmen.

„Ey, reg dich ab", lachte er. Für mich hatte sich die Sache auch schon in Spaß verwandelt und es ging nur noch darum, wer von uns beiden stärker war. Diese Herausforderung nahm ich gerne an und setzte alle mir bekannten Nahkampftechniken ein, aber so recht funktionieren wollte nichts. Ich hielt seine beiden Arme fest, hatte dann aber keine Hand mehr frei, um mir mein Handy zu schnappen.

„Du schaffst es nie." Patrizio kriegte sich gar nicht mehr ein vor

Lachen und hatte mittlerweile auch mich angesteckt.

In einem unachtsamen Moment schlang Patrizio seine Beine um meine, drückte mich zur Seite, kniete keine zwei Sekunden später über mir und drückte meine Arme auf die Matratze. Ich drückte mit aller Gewalt dagegen, doch er war – zumindest ein bisschen – stärker als ich, aber ich war der Klügere und wusste, dass ich verloren hatte. Mein Handy lag übrigens schon irgendwo zwischen den Kissen – das Objekt unserer kleinen Schlägerei war es jedenfalls schon lange nicht mehr.

„Na, wer ist stärker?“, fragte mich Patrizio mit einem breiten Grinsen und leckte sich über die Zähne, wie ein wilder Löwe, der kurz davor war, in seine Beute zu beißen.

„Du“, sagte der weise Verlierer in mir. Wir sahen uns eine Zeit lang in die Augen und hörten langsam auf zu lachen, zu lächeln und zu grinsen.

Patrizio hätte mich schon längst loslassen können, aber er blieb so auf mir und sah mich an und ich sah zurück.

Endlich ließ er sich zur Seite fallen und ich konnte meine Arme wieder bewegen.

Wie ein völlig erschöpfter Krieger lag Patrizio neben mir und eine Hand lag immer noch locker auf meiner Schulter und seine Augen waren immer noch auf meine gerichtet. Ich bekam Lust, die Situation auszunutzen, um letztendlich doch noch als Sieger aus unserem Kampf hervorzugehen.

8

Die Wochen vergingen. Mit Nadja war ich nicht so recht weitergekommen. Inzwischen kannte ich ihre Eltern und sie kannte meine. Ich war oft bei ihr und sie war oft bei mir. Wir lagen manchmal stundenlang auf meinem oder ihrem Bett und kuschelten. Zu mehr war es immer noch nicht gekommen.

Unsere Mannschaft war so gut wie lange nicht mehr. Nach fünf Spielen in der Saison hatten wir erst eins verloren und standen auf Platz zwei der Tabelle.

Patrizio sah ich inzwischen als guten Freund und als idealen Partner auf dem Spielfeld. Dass wir das neue Dreamteam im Verein waren, hatten wir mehrere Male unter Beweis gestellt.

Nur Marco kam leider immer noch nicht so gut mit Patrizio klar, so dass wir zu dritt nicht viel zusammen machten. In der Schule war Marco immer noch mein bester Kumpel, im Verein war es eher Patrizio, den ich noch vor einem Monat auf den Tod nicht ausstehen konnte.

Es kam die letzte Woche vor den Herbstferien und es kamen die Herbstferien. Und nach einer Woche Herbstferien kam die Fahrt nach Berlin.

In der ersten Ferienwoche hatten wir einen verschärften Trainingsplan. Dirk lag sehr viel daran, in diesem Turnier möglichst weit zu kommen, am besten sogar zu gewinnen. Für uns alle war es das erste Mal, dass wir als Team zusammen für eine Woche zu einem Turnier reisten und entsprechend war auch die Vorfreude. Wenn ich die Vorfreude der meisten Kameraden richtig interpretierte, richtete sie sich allerdings weniger auf das Turnier selbst, als auf das Berliner Nachtleben, Party und Alkohol, und ich konnte nicht leugnen, dass auch ich nicht nur Sinn fürs Fußballspielen hatte, sondern auch sehr gespannt darauf war, mal aus der Kleinstadt rauszukommen und was zu erleben.

Am Sonntagvormittag brachten mich meine Eltern zu dem Parkplatz vor dem Sportplatz. Einige waren schon da und betrachteten skeptisch den Bus, der von außen nicht unbedingt danach aussah, als könnte er es in seinem Leben noch einmal nach Berlin schaffen. Ich war ja schon die ganze Zeit fürs Fliegen gewesen.

Dirk hatte darauf bestanden, dass wir alle in unseren einheitlichen Trainingsanzügen antanzten, um einen seriöseren Eindruck zu machen. Ich fand das etwas gewöhnungsbedürftig, da wir abseits vom Spielfeld eigentlich nie so uniformiert auftraten.

Ich begrüßte alle Leute nacheinander, ohne mich bei irgendwem länger aufzuhalten, verabschiedete mich dann von meinen Eltern, die ich überreden konnte, nicht zu bleiben, bis der Bus abfuhr.

Ich verstaute meinen dicken Koffer unten im Bus und stellte mich zu den anderen Wartenden, wobei keiner so recht wusste, worauf wir eigentlich warteten.

„Alles einsteigen“, rief der Busfahrer, ein kleiner, dicklicher Mann, der noch um einiges älter war als sein Bus. Er war gerade dabei, seinen Hosenstall zuzumachen und die letzten Züge aus seiner Zigarette zu nehmen. Niemand hörte auf das, was er sagte, so dass Dirk sich entschloss, das Kommando zu übernehmen.

„Habt ihr nicht gehört? Einsteigen! Los!“, schallte es quer über den ganzen Platz und einige Vögel ergriffen schreckartig die Flucht.

Ich ging – wie ich es bei Busfahrten gewohnt war – in die letzte Reihe. Erst als ich mich hinsetzte, merkte ich, dass Patrizio direkt hinter mir war und sich neben mich setzte.

Ich packte meinen MP3-Player aus meinem Rucksack, steckte mir die Stöpsel in die Ohren und war recht froh, als ich merkte, dass Patrizio ähnliches tat. So stand uns beiden eine relativ kommunikationsarme Busfahrt bevor.

Insgesamt war diese Reise eine ganz gewöhnliche Busfahrt, wie man sie auch schon von Klassenfahrten und Ausflügen kannte.

Nach gut einer Stunde packten die ersten Leute Cola, Chips, Gummibärchen und ähnliches aus, hier und da meinte ich auch eine Bierflasche gesehen zu haben. Einige standen auf, um mit anderen die Sitzplätze zu tauschen, während ich und Patrizio mit Musik in den Ohren in der letzten Reihe halb saßen, halb lagen.

„Ey, ihr seid hier am Pennen und ‘n paar Reihen weiter vorne is‘ voll Party.“ Marco holte uns aus unserem Dämmerzustand und der Blick auf die vorbeiziehenden Straßenschilder verriet mir, dass wir irgendwo in Ostwestfalen waren.

„Dir is‘ schon klar, dass heute Abend noch Training ist“, erinnerte ich Marco, von dem mir auch schon eine leichte Bierfahne entgegen zog.

„Ach scheiß drauf, heut‘ Abend is‘ erst mal Party. Das Spiel is‘ doch erst morgen.“

Als ich das so hörte, tat Dirk mir fast ein wenig leid, denn für die Mehrheit seiner Spieler schien das Turnier nur nebensächlich zu sein, aber selbst ich musste zugeben, auch schon Pläne für den Rest des heutigen Abends entwickelt zu haben. Wir mussten bloß eine Disko finden, in der es keine Ausweiskontrollen gab und dann stand uns die ganze Nacht offen.

Das Hotel in Berlin war einfach genial. Ich kannte ja schon die ein oder andere Jugendherberge von den Klassenfahrten, aber das hier war eine ganz andere Liga. Das erinnerte mich mehr an die

Drei- bis Viersternehotels, die ich aus den Urlauben mit meinen Eltern kannte. Die Sessel in der Lobby waren schnell belagert, und ich kam leider zu spät und kriegte keinen freien Platz mehr ab.

Die Leute, die ich durch die Lobby gehen sah, zeigten mir, dass wir vom Typ her überhaupt nicht hier reinpassten. Da waren junge Geschäftsleute, die so schnell gingen, dass man das Gefühl hatte, nur ihre Schatten zu sehen, alte Ehepaare, die so langsam gingen, dass man sich fragte, ob sie überhaupt noch lebten, japanische Reisegruppen, die laut quakend Gespräche führten und ein paar reiche Familien mit kleinen Kindern.

„So, Achtung, zuhören!" Dirk schaffte es nicht nur, uns zum Schweigen zu bringen, sondern den Rest der Halle gleich mit.

Ein paar alte Omas blieben verdutzt stehen und sahen in unsere Richtung, bevor sie merkten, dass sie nicht gemeint waren.

Dirk und Alex hatten sich etwas ungünstig mitten in der Lobby positioniert, so dass die Kofferträger mit ihren unhandlichen Wagen gleich mehrfach behindert wurden.

„Ihr seid 21, das bedeutet, wir kriegen zwei Dreierzimmer und fünf Zweierzimmer… ne, Quatsch."

Dirk und Alex tauschten ein paar Zettel aus und sprachen kurz. Also war auch das Vorurteil, dass Fußballer nicht rechnen konnten, ein weiteres Mal bestätigt worden.

„So wir haben's!" Aber selbst nach dieser frohen Botschaft dauerte es noch mal eine knappe Minute bis Dirk fortfuhr.

„Drei Dreierzimmer und sechs Zweierzimmer."

Dass Dirk und Alex je ein Einzelzimmer bekämen, hatte sich schon rumgesprochen.

„Ihr habt jetzt fünf Minuten Zeit, euch um die Zimmereinteilung Gedanken zu machen, dann will ich eine Liste haben, dann kriegt ihr die Schlüssel und in einer Stunde will ich euch alle wieder hier unten sehen. Um neunzehn Uhr ist Training. Jetzt holt sich aber erst mal jeder diesen Zettel bei mir ab, da stehen die Trainingszeiten und die Spiele drauf."

Dass diese Fahrt mit einem Urlaub nicht viel gemeinsam haben würde, war zumindest mir von vorne rein sonnenklar gewesen, aber es war schon erstaunlich, dass Dirk so ordentlich auf den Putz haute.

Ich bekam einen der Zettel ab, die inzwischen in der Lobby rumflatterten.

Die Informationen auf dem Zettel waren nicht sehr systematisch geordnet und so dauerte es ein bisschen, bis ich Struktur da drinnen hatte.

Sechs Mannschaften traten in zwei Dreiergruppen an, die Gruppensieger spielten im Finale und die Gruppenzweiten um Platz drei. Unsere beiden Gruppenspiele waren am Montag und am Mittwoch. Unser Trainingsplatz war fünf Minuten vom Hotel entfernt und das kleine Stadion, in dem die Spiele stattfinden sollten, war irgendwo anders, wo uns der Bus dann immer hinbringen sollte. Ich bezweifelte, dass jeder den Zettel komplett verstehen würde und sich die richtigen Informationen nur langsam durchsprechen würden.

Momentan stand ich allerdings vor einem ganz anderen, wesentlich größeren Problem: Marco oder Patrizio? Vor ein paar Wochen hätte es diese Frage überhaupt nicht gegeben, aber jetzt bereitete sie mir Kopfzerbrechen und ich hatte nur noch drei Minuten.

Patrizio starrte schon so in meine Richtung, als ob er mich gerne fragen würde, ob ich mir mit ihm ein Zimmer teilen wollte.

Marco hingegen schien das alles schon geahnt zu haben.

„Ich nehm 'n Dreierzimmer mit Sven und Orhan, falls das kein Problem für dich ist“, sagte er mir mit einem schlecht gespielten Bedauern.

„Nö, kein Problem.“ Ich wusste zudem genau Bescheid, wie sich Marco seine Zimmergenossen ausgesucht hatte. Er war nämlich in dem Zimmer, in dem aller Wahrscheinlichkeit nach die nächsten sieben Nächte durchgekifft und durchgesoffen werden würde.

Wie mir gerade auffiel, waren Patrizio und ich inzwischen schon so gut befreundet, dass wir uns ohne Worte verstanden. Wir nickten uns nur kurz zu, drehten uns um und gingen zu Dirk und Alex, um uns in die Liste einzutragen und uns die Schlüssel abzuholen.

„Wir nehmen dann ein Zweierzimmer, wenn das o.k. ist“, informierte ich Alex, der nur einen unverständlichen Laut von sich gab, erst mal etwas aufschrieb und dann ein kleines Heftchen aus einem dicken Stapel raus kramte.

„Marcel und Patrizio, Zimmer 237“, nuschelte er und drückte uns das Heftchen mit zwei Keycards in die Hand.

„Richtig modern alles.“ Patrizio war sichtlich angetan von dem elektronischen Schlüssel. Möglicherweise kannte er so was noch nicht.

So reibungslos wie bei uns, verlief die Zimmereinteilung offenbar nicht überall.

Wir hatten den Zehnpersonenaufzug für uns alleine. Ich drückte den Knopf für die zweite Etage und wir setzten uns kaum merklich in Bewegung.

„Und jetzt?" Ich war etwas irritiert, als wir im zweiten Stock vor den Aufzügen standen und kein Schild uns zeigte, wo unser Zimmer war.

„Einfach ausprobieren, würd ich sagen." Diesbezüglich war Patrizio keine große Hilfe.

Die Suche stellte sich aber letztendlich doch als nicht so schwer raus, die Anordnung der Zimmer war nur etwas gewöhnungsbedürftig.

Das Zimmer hingegen war schlichtweg genial. Zwei große Betten, eins rechts, eins links, ein großer Schrank, ein Tisch – natürlich mit Fernseher, und eine kleine Terrasse. Das Bad war direkt hinter dem Eingang auf der rechten Seite und unterstrich ein weiteres Mal, dass dieses Hotel ein Luxushotel war.

Und auf einmal verging die Zeit wie im Fluge. Wir kamen gerade noch dazu, unsere Koffer auszupacken und unsere Sachen für das Training zusammenzupacken, da mussten wir uns schon wieder auf den Weg nach unten machen. Wir wollten Dirk in dieser Situation lieber nicht durch Zuspätkommen reizen.

Unser Trainingsplatz war noch simpler als der Sportplatz zu Hause. Es gab nur ein kleines Gebäude mit einer Kabine ohne Dusche und keinen einzigen Sitzplatz. Auch der Kunstrasen war schon gar kein Kunstrasen mehr, sondern eine Ansammlung an grünen Krümeln. Ich fragte mich, welche Mannschaft hier freiwillig spielte.

Über zwei Stunden hetzten Dirk und Alex uns über den Platz und übten alles mit uns von Doppelpässen über Eckbälle bis zu Elfmetern. Wir hätten wahrscheinlich noch weitergemacht, wenn es nicht angefangen hätte zu dämmern. So was wie Flutlicht suchte man natürlich vergeblich auf diesem Platz.

„Na dann kann ja morgen nichts mehr schiefgehen." Marco war völlig außer Atem und nicht imstande, noch mehr zu sagen. Ich konnte gar nichts mehr sagen, war aber voll und ganz seiner Meinung. Unser erster Gegner war eine Mannschaft aus der Nähe von Hamburg, von denen man noch nie etwas gehört hatte. Höchstwahrscheinlich behaupteten unsere Gegner das Gleiche auch von uns.

Erst als wir zurück im Hotel waren, wurde mir endgültig klar, dass das hier tatsächlich null mit Urlaub zu tun hatte. Es war noch nicht einmal halb zehn und ich war zu kaputt, um noch groß etwas aus dem Tag zu machen.

Da es auf unserem Trainingsplatz noch nicht einmal Duschen gab, mussten wir das im Hotel nachholen. Patrizio war so freundlich, mich vorzulassen.

Fünf Minuten später öffnete ich die Badezimmertür von innen. Ich hatte mir nur schnell ein Handtuch um die Hüften gebunden und wollte mich umziehen, während Patrizio unter der Dusche stand. Als ich aus dem Badezimmer rauskam, stand er schon ungeduldig vor der Tür. Er hatte nur noch seine Boxershorts an und hielt eine kleine Flasche Duschgel in der Hand.

„Das brauchst du gar nicht!", meinte ich dazu.

„Die haben hier alles da. Das is' purer Luxus hier."

Schon wieder war die einzige Antwort, die Patrizio mir gab, ein starrender Blick, der an mir auf und ab wanderte. Ein bisschen unangenehm war mir das schon.

„Hab ich irgendwas?", fragte ich relativ cool, um seinem Verhalten wenigstens ansatzweise auf den Grund zu gehen.

„Ne ne, alles o.k." So wie er das sagte, stimmte das zwar nicht, aber ich konnte nichts machen, denn er verschwand im Bad und schloss die Tür hinter sich. Ich wollte mich gerade zum Schrank umdrehen, um mir irgendwelche Klamotten rauszusuchen, in denen ich die kurze Zeit, die ich an diesem Tag noch vor mir hatte, verbringen konnte, da klopfte es heftig an unsere Tür.

Ich kontrollierte kurz, ob mein Handtuch so saß, dass keine peinliche Situation entstehen konnte und machte auf.

„Mein Gott, du verrätst mir ja noch nicht einmal deine Zimmernummer. Ich musste erst einen unauffälligen Blick auf Alex' Liste werfen, um zu wissen, wo du dich versteckst." Marco sah mich vorwurfsvoll an.

„Sorry, gar nicht daran gedacht in dem ganzen Stress. So 'n hartes Training hatten wir lang nicht mehr. Wollt ihr heute echt noch Party machen gehen?"

„Ne, heute nicht." Das hatte ich von Marco jetzt nicht erwartet, aber es war eine zusätzliche Bestätigung dafür, dass das alles hier kein Zuckerschlecken war.

„Aber morgen – und wenn wir gewinnen erst recht. Für heute

ist aber Schicht.“

„O.k., morgen ziehen wir alle los, würd ich mal sagen. Und nach dem, was wir heute getan haben, können wir eigentlich gar nicht mehr verlieren.“ Ich war sehr zuversichtlich.

„Nie den Gegner unterschätzen!“, zitierte Marco unseren Trainer Dirk.

„Also, wir sind in Zimmer 248, falls dir mal langweilig ist“, sagte Marco mit einem doppeldeutigen Zwinkern.

„Alles klar.“ Ich schloss die Tür hinter ihm und machte mich daran, eine frische Boxershorts aus meinem Schrank zu kramen.

Ein weißes T-Shirt und eine Jogginghose waren der Rest meiner Klamotten, mit denen ich mich in mein weiches Bett fallen ließ, aber direkt wieder aufstand und mich endgültig wieder fallen ließ, als ich die Fernbedienung in der Hand hatte.

Ich blieb kurz bei einer Reportage über hoch verschuldete Familien hängen – auf den anderen deutschsprachigen Sendern liefen noch langweiligere Sachen und die Hälfte der Programmplätze war mit ausländischen Sendern belegt. Bei CNN verstand ich noch das ein oder andere, bei TF1 hörte ich nur merkwürdige Laute, die für mich keinen Sinn ergaben – trotz drei Jahren Französisch. Da konnte ich mal wieder sehen, dass das, was man uns in der Schule als Realität verkaufte, oft weit davon entfernt war. Auf RAI1 lief wohl ein lustiger Film, doch da verstand ich genauso wenig, obwohl die Laute ein wenig angenehmer waren.

Patrizio kam – ebenfalls mit Handtuch und noch leicht nassen Haaren, die ihm wirr ins Gesicht fielen – aus der Dusche.

„Ey, mach das aus!“, beschwerte er sich und zeigte auf den Fernseher.

„Warum?“

„Ich hab keinen Bock auf italienisches Fernsehen, da merk ich immer, dass ich doch nich‘ so gut Italienisch kann, wie ich mir selber immer einrede.“

Das konnte ich nachvollziehen und schaltete auf Deutsch zurück.

„Warum kannst du denn kein Italienisch?“, interessierte mich dann doch.

„Meine Eltern hielten das nicht für nötig“, meinte er, während er noch mal zurück ins Bad ging.

„‘n bisschen kann ich aber. Meine Schwester kann gar nichts, mein Bruder kann's noch ziemlich gut", erzählte er mir immer lauter werdend auf seinem Weg ins Bad.

Nur gut eine Stunde später lagen wir in unseren Betten, der Fernseher lief noch auf angenehmer Lautstärke – diesmal war Patrizio der Herr über die Fernbedienung und im Gegensatz zu mir schien ihm das zu gefallen, was man da so finden konnte.

„Müde?", fragte ich ihn, als er unüberhörbar gähnte.

„Ja, irgendwie schon."

Ich sah kurz auf die Uhr und da es schon Viertel vor elf war, konnten wir beruhigt schlafen gehen, ohne das Gefühl haben zu müssen, viel vom Tag verpasst zu haben.

Patrizio machte den Fernseher aus, legte die Fernbedienung auf den Tisch zwischen unseren Betten und drehte sich zu mir um.

„Na dann, gute Nacht." Direkt nachdem er das gesagt hatte, machte er das Licht auf seiner Seite aus.

Ich hatte dasselbe vor, war aber durch die vielen Schalter über meinem Bett irritiert, so dass ich erst die Deckenleuchte, die Flurleuchte und die Terrassenbeleuchtung an und wieder ausmachte, bevor ich den richtigen Schalter erwischte und es dunkel in Raum war.

„Gute Nacht", sagte ich ebenfalls.

„Marcel? Schläfst du schon?" Zum Glück waren gerade mal zehn Minuten vergangen und ich war noch wach, als Patrizio den bereits beendeten Tag wieder zum Leben erweckte, ansonsten hätte ich ihn möglicherweise erwürgt.

„Nein, sonst hätte ich schlecht ‚Ja' sagen können, oder?" Im Dunkeln konnte ich nicht wie sonst in seinem Gesicht sehen, ob Patrizio den Spruch nicht verstanden hatte oder über etwas anderes nachdachte.

„Ich muss dir was sagen", war dann endlich seine Reaktion. Mir fiel nichts ein, was nicht noch die Nacht über hätte warten können, aber ich war mal gespannt.

„Dann, schieß los!" Doch nach meiner Aufforderung kam nichts mehr von Patrizio, außer einem schweren Atmen.

„Ein anderes Mal, o.k.?", sagte er dann nach einer weiteren gefühlten Ewigkeit.

„Ja, o.k." Ich drehte mich auf die andere Seite und hoffte inständig, jetzt endlich schlafen zu können.

9

„Boa, was is' das? Mach das aus!" Patrizio klang genervt, ja sogar richtig aggressiv. Der Wecker, den ich mir in meinem Handy gestellt hatte, klingelte zunehmend lauter. Ich hatte das Gefühl, es wäre noch mitten in der Nacht, aber es war tatsächlich zwanzig vor sieben und Dirk wollte uns um Punkt sieben beim Frühstück sehen.

„Würd ich gerne, aber wir müssen aufstehen", erwiderte ich, ging dann direkt mit gutem Beispiel voran und zog die Vorhänge zur Seite. Die Sonne stand noch tief, aber trotzdem war es schon ziemlich hell.

Patrizio lag völlig zerknautscht in seinem Bett und hatte nur ein Auge minimal geöffnet. Als wach konnte man seinen Zustand jedenfalls nicht beschreiben.

„Du siehst aus, als hättest du die ganze Nacht nicht geschlafen", bemerkte ich nebenbei.

„Hab ich auch kaum", war seine leise und undeutliche Reaktion.

„Wieso das?" Ich führte dieses Gespräch immer noch nebenbei und kramte meinen Trainingsanzug aus dem Schrank.

„Ach, halt die Fresse." Patrizio war also ein extremer Morgenmuffel. Das registrierte ich und nahm mir für die nächsten sechs Morgen vor, darauf Rücksicht zu nehmen.

Im Bad spülte ich erst einmal kaltes Wasser über mein Gesicht und ersetzte das Duschen ausnahmsweise mal durch eine größere Menge Deo.

Ich zog mir die blaue Trainingshose mit meiner Nummer 7 über die Boxershorts, in der ich geschlafen hatte, und kramte ein frisches weißes T-Shirt aus meinem Schrank

„Ich bin gleich fertig", warnte ich Patrizio, der immer noch in Boxershorts auf seinem Bett saß und ins Leere starrte.

„Ja, Mann", kam es zusammen mit einem unüberhörbaren Stöhnen. Drei Sekunden später passierte das Wunder und er stand auf.

„Bin gleich fertig", raunte er mir zu, während er ins Bad schlich und die Tür hinter sich zumachte.

Patrizio hatte in aller Ruhe geduscht, sich die Haare gestylt und sich beim Anziehen Zeit gelassen. Das große Rätsel blieb, dass wir es doch bis Punkt sieben zum Frühstück geschafft hatten. Wir waren die letzten, aber wir waren pünktlich und setzten uns zu einigen anderen an einen großen runden Tisch.

Entgegen meiner Erwartungen setzte Dirk nicht zu einer langen Rede an und laberte vom großen Tag und so weiter, sondern gab sich erstaunlich gelassen, während er sich ein Wurstbrötchen schmierte.

Der Blick in die Gesichter verriet mir, dass die meisten noch ziemlich müde waren und keiner diesen Tag als etwas Besonderes empfand. Es war ein Tag wie jeder Tag, an dem wir ein Spiel hatten. Dass wir in Berlin waren und heute Abend vor über tausend Zuschauern spielen würden, juckte keinen so recht.

Ich stand auf, um mir am Buffet irgendetwas Essbares zu besorgen. Ich dachte da an so was wie ein Nutella-Brötchen.

„Also Jungs." Dirk nahm den letzten Schluck aus seiner Kaffeetasse und stand auf. Die große Rede kam also doch noch.

„Anpfiff ist heute Abend um 18 Uhr. Um Punkt fünf ist der Bus hier und dann steht ihr auch bitte alle hier unten in der Lobby. Bis dahin hab ich nichts mehr mit euch vor, aber denkt daran, was für die Stunden vor einem Spiel gilt, nicht rauchen, nicht vollfressen und nicht zu viel Zucker, ansonsten müsste alles klar sein, oder?"

Dann ging er weg, um sich einen neuen Kaffee zu holen.

„Ey cool, jetzt können wir den ganzen Tag entspannen", hörte ich es von der einen Seite.

„Wieso hat der Spacken uns dann so früh hier antanzen lassen?", klang es von der anderen.

Ich konnte Dirk mittlerweile recht gut einschätzen und wusste, dass er einige Eigenarten hatte und es völlig zwecklos war, zu versuchen, diese zu ergründen.

„Und was machen wir jetzt aus dem Tag?", fragte Patrizio mich, als wir eine gute halbe Stunde später wieder auf unserem Zimmer waren.

In gewisser Weise beantwortete er sich diese Frage selber, indem er sich die Schuhe auszog und sich aufs Bett warf.

„Bis zum Mittagessen erst mal weiterpennen, würde ich sagen." Auch ich legte mich zurück ins Bett und merkte dann erst, dass ich eigentlich gar nicht mehr müde war.

„Patrizio?" Das leise Knurren interpretierte ich als Reaktion.

„Was wolltest du mir gestern Abend eigentlich sagen?" Mir war das gerade erst wieder eingefallen und es schien mir ein guter Ansatz für ein Gespräch zu sein.

„Ach nichts, vergiss es."

Ich wurde zwar das Gefühl nicht los, dass das so nicht stimmte und dass da doch etwas war, aber ich hatte auch keine große Lust, ihm jetzt irgendwas aus der Nase zu ziehen, und hakte die Sache mit einem knappen „O.k." ab.

Wenn es etwas gab, dann würde er schon damit rauskommen, und wenn es wirklich nichts war, dann auch gut.

Erst als wir im Bus saßen, stieg bei mir so langsam die Nervosität. Ich hatte meinen MP3-Player dabei, musste allerdings feststellen, dass keine wirklich entspannende Musik drauf war.

Das Stadion war wirklich geil. Es erinnerte mich etwas an die Stadien, in denen die Nationalmannschaften von San Marino, Andorra, Liechtenstein und Co ihre Länderspiele austrugen. Es war Platz für fast dreitausend Zuschauer. Es war zwar garantiert nicht ausverkauft, aber immerhin konnten wir unsere Fähigkeiten endlich mal einem breiteren Publikum präsentieren.

Um zehn vor sechs saßen wir alle fertig umgezogen, warmgelaufen und bereit in der Kabine und warteten darauf, endlich auf den Platz zu können und den Kampf beginnen zu lassen.

„Also Jungs, wir spielen in einer Dreiergruppe und nur die Sieger kommen ins Finale. Wenn einer von euch rechnen könnte, dann wüsste der, dass wir im Prinzip jedes Spiel gewinnen müssen, um reelle Chancen zu haben. Also, noch Fragen?"

Was Dirk mit uns machte, wenn wir verlieren würden, traute sich niemand zu fragen.

„Also gut, dann raus mit euch und macht die fertig."

Alex öffnete die Kabinentür und hielt sie fest, während wir alle rausgingen und uns auf den Gang stellten.

Patrizio und ich durften wieder von Anfang an spielen, was auch niemand anders erwartet hatte. Auch Marco bekam wieder eine Chance und war sogar wieder Kapitän.

Dass er mit dem Kapitän der Gegner einen Wimpel und einen Strauß Blumen tauschen und für die Presse Hände schütteln musste, machte ihn wohl nervöser als das Spiel an sich.

Tatsächlich hatten sich über tausend Zuschauer auf den Rängen eingefunden, aber ich hatte nur kurz Gelegenheit, in die Runde zu schauen und konnte nicht genau ausmachen, was das für Leute waren, die sich am Montagabend für acht Euro Eintritt ein B-Jugend-Fußballspiel von einer Kreisliga-Mannschaft aus dem Rheinland ansahen.

Nachdem das ganze Drumherum erledigt war, begann für uns der entscheidende Teil des Abends. Erst als wir auf dem Platz standen und auf den Anpfiff warteten, kam allmählich der Kampfgeist in uns auf und wir beschlossen, alles dafür zu tun, dieses Turnier zu gewinnen.

Der schrille Pfiff ertönte und dann ging alles ganz schnell. Ich musste schnell und konzentriert handeln, um im Mittelfeld dafür zu sorgen, dass die anderen gar keine Chance aufbauen konnten. Doch schon nach zehn Minuten hatten die uns ausgetrickst und einer kam völlig frei zum Schuss. Gottseidank war Sven doch nicht so unsportlich, wie er aussah und konnte den Ball noch mit den Fingerspitzen ablenken. Das Spiel hielt uns in Atem. Die anderen waren spürbar besser als wir und es war ein harter Kampf, dieses Null zu Null beizubehalten.

Ein paar Chancen konnten wir rausspielen, aber unsere Gegner hatten einfach eine zu perfekte Abwehr.

Nach dreißig Minuten war immer noch kein Tor auf dem Platz gefallen, doch die Anzahl die Torschüsse sprach gegen uns.

Zwei von denen konnten mich austricksen und kamen unserem Strafraum gefährlich nahe. Alle stürmten wir nach hinten, um unser Tor dicht zu machen. Die Flanke flog viel zu dicht an unserem Tor vorbei, dass keiner es schaffte, sie abzufangen, bevor einen von deren Stürmern dem Ball mit dem Kopf einen kräftigen Stoß verpasst. Und dann war es schon zu spät. Sie liefen jubelnd übers Feld und fielen ihrem Torschützen um den Hals und auf der Anzeigentafel stand die traurige Realität: 1:0 für den Gegner.

Erstaunlich ruhig begann Dirk in der Halbzeitpause zu sprechen.

„Also, es sieht wohl so aus, als hätten wir tatsächlich einen Gegner vor uns, der stärker ist als wir.“ Er machte eine kurze Pause und ich hatte fast den Eindruck, er unterdrückte eine massive Trauer.

„Respekt, kann ich nur sagen, dass ihr es so lange durchgehalten habt und ihr könnt nicht mehr tun, als einfach weiterzumachen.

Versucht alles, was in eurer Macht steht."

„Was is' denn mit dem los?", hörte ich Marco flüsternd fragen.

„Keine Ahnung", meinte Robin trocken.

„Ich glaub, der hat die ganze Zeit gedacht, wir würden das hier mit links gewinnen und jetzt merkt der, dass wir hier die absoluten Außenseiter sind", versuchte ich die Situation zu erklären.

Wie es uns befohlen wurde, kämpften wir auch in der zweiten Halbzeit mit allen Kräften, die wir nur aufbringen konnten und schon wieder schafften wir eine halbe Stunde ohne Gegentor – allerdings auch ohne selber eins zu schießen. Aus der halben Stunde wurden fünfunddreißig Minuten und es stand immer noch 1:0 für die anderen und das Spiel entwickelte sich schleichend zu einer Tragödie.

Noch nervöser als die Spielstandanzeige, machte mich die Uhr. 85 Minuten stand da mittlerweile.

„Wenn wir verlieren, dann ist das Finale für uns gelaufen", meinte Patrizio schnell atmend zu mir, als wir nebeneinander in der Mauer standen. Den Freistoß konnten wir tatsächlich abwehren und den Ball wieder in unsere Gewalt bringen.

„Ab nach vorne, scheiß auf irgendwelche Taktiken", meinte Patrizio und klopfte mir im Vorbeirennen auf die Schulter. Ich lief ihm hinterher, hielt mich aber mehr auf der rechten Seite, während er mittig lief.

Der Ball flog an mir vorbei und prallte wenige Meter vor mir auf den Boden. Sofort liefen erst drei, dann vier, dann fünf von denen auf mich zu, aber ich war schneller am Ball und noch schneller vorne. Von allen Seiten kamen immer mehr auf mich zu, je näher ich dem Strafraum kam. Ich feuerte einen Schuss ab und hoffte aufs Beste. Ich hätte mich am liebsten auf der Stelle in Luft aufgelöst, als ich sah, wie der Ball von der Latte abprallte. Warum musste ausgerechnet ich diesen schicksalhaften Schuss versemmeln?

Ein lauter Schrei ließ mich aus meinen depressiven Gedanken aufschrecken und das erste was ich sah, war, wie das Netz immer noch wackelte.

Patrizio rannte völlig außer sich vor Freude zu mir und warf mich mittelsanft auf den Boden.

„Ja, Mann, wir haben's geschafft", schrie er mir ins Ohr.

Ich hatte zwar nicht gesehen, was Patrizio mit dem Ball gemacht hatte, der von der Latte abgeprallt war, aber was ich ganz genau sah, war die Anzeigetafel, die mir sagte, dass wir in der 87. Minute waren und es 1:1 stand.

Dirk war aus seiner Leichenstarre erwacht und führte einen kleinen Freudentanz am Spielfeldrand auf.

„Jetzt einfach nur hinten zumachen, hinten zumachen, hinten zumachen“, schrie er immer wieder. Hier hatte er es wesentlich schwerer gegen die allgemeine Lautstärke anzukommen, als zu Hause auf unserem Sportplatz.

Aber die Nachricht war ja sowieso unmissverständlich. Mit einem Unentschieden würden wir mit einem Sieg am Mittwoch noch mittelmäßige Chancen aufs Finale haben.

Das Einzige, was wir tun mussten, war noch gut drei Minuten plus Nachspielzeit den Ball soweit wie möglich von unserem Tor fern zu halten.

Ein ziemlich dummer Fehlpass von einem unserer Gegner half uns dabei, diese quälende Zeit rumzukriegen. Wir spielten den Ball wieder nach vorne, diesmal aber wesentlich entspannter und nur mit der Hälfte der Feldspieler. Der Rest blieb hinten, denn unsere oberste Devise blieb, kein Risiko einzugehen.

Wir näherten uns dem Ende der neunzigsten Minute und der Schiri zeigte eine Minute Nachspielzeit an.

Nur eine Minute, ging es mir durch den Kopf. Nur noch eine Minute mussten wir unser Tor sichern, dann war das Spiel vorbei und uns stand noch immer die Tür zum Finale offen.

Ich sah, wie Patrizio gerade mitten in einem Zweikampf mit einem der Gegner war. Ich betete, dass die Zeit darüber vergehen wurde und fühlte mich erlöst, als Patrizio gewonnen hatte, und noch mal nach vorne stürmen konnte. Ich rannte mit, anders, als die meisten anderen, die das Spiel scheinbar schon abgehakt hatten. Merkwürdigerweise hatten das auch die meisten unserer Gegner und keinem fiel auf, was gerade in deren Strafraum ablief.

Patrizio passte mir den Ball flach und schnell zu, ich stolperte fast in den Ball, versetzte ihm nur einen leichten Stoß nach vorne brachte ihn dazu, das Netz tanzen zu lassen.

Ich konnte es kaum fassen. Wir hatten das Spiel innerhalb von drei Minuten gewendet – wir, Patrizio und ich. Ich hatte das ganze Spiel über gehofft, dass so was passieren würde, aber wirklich dran glauben konnte ich nicht.

Ein langer Pfiff ertönte und es wurde laut. Einige der Zuschauer applaudierten, wir aber konnten unsere Freude kaum noch beherrschen. Spätestens jetzt war klar, dass es heute Abend eine gigantische Party geben würde.

Ich hatte unter all dem Jubel, der auf mich einfiel, nur kurz die Gelegenheit zur Trainerbank zu sehen. Dirk konnte wohl selber noch nicht fassen, dass wir das Spiel gewonnen hatten, das selbst er fast für verloren erklärt hatte.

Ich achtete überhaupt nicht mehr drauf, wer mich alles umarmte, halb tot quetschte, zu Boden warf und wieder hochzog. Patrizio erging es ähnlich.

„Wow, was wären wir nur ohne euch …“

„Ihr habt's schon wieder geschafft.“

„Ey, das nächste Spiel spielt ihr zwei alleine, dann kann nichts mehr schiefgehen.“

Einige solcher Glückwünsche prasselten auf uns ein, während wir uns langsam auf den Weg in die Kabine machten. Unsere Gegner hatten sich schon längst verkrochen. Sie hatten sich wohl echte Titelchancen ausgerechnet und wir hatten ihre Träume zerstört – wir, Patrizio und ich.

10

„Um halb zehn treffen wir uns unten, dann geht's ab in die Innenstadt und dann is' Party angesagt. Allen weitersagen, die ihr seht!“, informierte Sven mich und Patrizio, als wir uns auf dem Gang im Hotel trafen.

„O.k., alles klar.“

Wir ließen uns erst mal auf unsere Betten fallen. Wir hatten noch über eine Stunde Zeit, bis wir mit der ganzen Mannschaft losziehen wollten, um die ein oder andere Berliner Disko unsicher zu machen.

„Komm, wir müssen uns noch 'n bisschen stylen“, meinte ich nach zwanzig Minuten des Decke-Anstarrens zu Patrizio. „Vor allem du“, redete ich weiter. „Wir suchen dir heut' Abend 'n paar geile Weiber raus, o.k.?“ Im Allgemeinen war das nicht meine Art, so zu reden. Aber die ganze Euphorie über das gewonnene Spiel, die bevorstehende Partynacht und das Leben an sich, veränderten mich ein wenig.

Ich drehte den Kopf zu Patrizio, denn ich war davon ausgegangen, er würde mir zustimmend antworten.

„Was is?“, fragte ich.

„Du kannst es gerne probieren, aber ich glaub nich‘, dass du das schaffst.“ Er sprach in einem sehr merkwürdigen Tonfall – irgendwie sehr ernst, fast traurig.

„Was meinst du?“

„Ich werd‘ mir heute Abend keine geilen Weiber raussuchen.“ Das hatte ich schon verstanden. Mir stellte sich nur die Frage nach dem Warum.

„Ich denk, du hast keine Freundin.“ Das Einzige, was er mir nicht erzählen konnte, war, dass er keine Freundin wollte. Das passte einfach nicht zu ihm. Jeder Junge in unserem Alter wünschte sich eine Freundin. Es konnte höchstens mal vorkommen, dass man etwas desillusioniert wurde, wenn man dann eine Freundin hatte, so wie ich Nadja, die mir zwar, während wir in Berlin waren, jeden Tag mehrere SMS schrieb, zum Telefonieren aber angeblich nie Zeit hatte.

Schon wieder kam keine Antwort von Patrizio.

„Also, hast du jetzt eine oder hast du keine und willst eine?“ Zumindest ich sah keine weiteren Alternativen.

„Nerv nicht, o.k.?“

So abweisend hatte er noch nie geklungen. Ich hatte das Gefühl, irgendeinen empfindlichen Nerv bei ihm getroffen zu haben und entschied, nicht weiter darüber zu reden, um die gute Stimmung nicht zu beeinträchtigen, nahm mir aber vor, ihn bei Gelegenheit noch mal drauf anzusprechen.

„Nur, dass ich keine Freundin hab, heißt nicht, dass ich einfach so eine haben will“, setzte er zu meinem Erstaunen die Diskussion fort.

„Ja, kein Problem.“ Mein Gefühl sagte mir, dass zu Hause – wahrscheinlich in seiner Klasse – ein ganz bestimmtes Mädchen war, auf dass er sich konzentrierte. Er war also nicht vergeben, aber verknallt – ein Gefühl, dass ich auch schon in all seinen Formen kennen gelernt hatte.

Trotzdem gab er sich – genau wie ich – zumindest ein bisschen Mühe beim Aussuchen seiner Klamotten für den Abend.

Für T-Shirts war es mittlerweile schon zu kalt. Mir fiel es immer schwer einzusehen, dass der Sommer vorbeiging.

Ich suchte mir schließlich eine schwarz-grau-verwaschene Jeans und ein ziemlich stylisches Hemd mit verschiedenen Rottönen raus.

Auch meiner Frisur schenkte ich ein bisschen Aufmerksamkeit. Es war gar nicht so leicht, die in eine anständige Form zu kriegen. Wenn ich so zu Patrizio rübersah, wunderte ich mich, wie er es schaffte, mit wenigen Handgriffen ein richtiges Kunstwerk aus seinen Haaren zu machen. Wahrscheinlich lag das daran, dass er ziemlich kräftige Haare hatte, während meine eher dünn waren.

Patrizio trug eine dunkelblaue Hose, ein braunes T-Shirt und eine dünne schwarze Lederjacke. Zusammen sahen wir aus wie zwei Jungs, die nichts anderes vorhatten, als möglichst viele Weiber gleichzeitig abzuschleppen. Der eine war allerdings vergeben und der andere hatte keinen Bock.

Vorübergehend kam auch der Gedanke, dass nichts dagegen sprach, heute Nacht ein wenig rumzuflirten. Nadja würde das nie erfahren und außerdem war das ja noch einige Lichtjahre vom Fremdgehen entfernt.

„Seid ihr alle da? Habt ihr Bock auf Party?", brüllte Marco quer durch die Lobby, so dass einige ältere Damen kopfschüttelnd stehen blieben und eine Gruppe Japaner spontan die Flucht ergriff.

Marco hatte sich schon irgendetwas reingeschüttet; das war offensichtlich. Einige gaben sich noch weniger Mühe, das zu verbergen und tranken geradezu demonstrativ aus einer Schnapsflasche.

Die Damen von der Rezeption waren wohl heilfroh, als wir uns endlich raus bewegten und den nächsten U-Bahnhof suchten.

Dirk und Alex wollten uns nicht begleiten. Sie feierten wohl irgendwo anders – wahrscheinlich in der Hotelbar – und vertrauten darauf, dass wir alle spätestens um zwei Uhr einigermaßen nüchtern zurückkommen würden. Dass es wesentlich später und es wesentlich mehr Alkohol werden würde, war wohl allen Beteiligten klar.

Wir hatten einige unter uns, die sich in Berlin, zumindest im Zentrum, auskannten. Leider waren die sich untereinander auch nicht immer einig, trotz allem waren wir nur eine halbe Stunde später in der ersten Bar, einem riesigen, fast leeren Raum. Hier wollten die von jedem von uns den Ausweis sehen und jedem einzelnen wurde gesagt, dass er um Mitternacht gehen müsse. Für uns war das kein

Weltuntergang, um Mitternacht mussten wir uns einfach einen der zahlreichen Läden aussuchen, in denen man kein Interesse an unserem Alter hatte.

Die, die schon kräftig vorgeglüht hatten, machten in ähnlichem Tempo weiter und ich sah vor meinem inneren Auge schon einige Alkoholleichen.

Ich bestellte mir eine Berliner Weiße, Patrizio machte es mir nach, aber nach dem ersten Glas stellten wir einstimmig fest:

„Davon werden wir nie besoffen, also lass‘ mal gucken, was es sonst noch gibt."

Etwas anderes als Bier wollte uns der dicke alte Mann hinter dem Tresen nicht geben, also trank ich noch ein Pils und ein Weizen, bevor wir kurz vor Mitternacht die leicht spießige Bar verließen, um nach einer etwas cooleren Disko Ausschau zu halten.

Ein paar Versuche, in einen Laden reinzukommen, schlugen fehl. Mal wurden wir nach unseren Ausweisen gefragt, mal war der Laden einfach zu voll, mal gefielen dem Türsteher unsere Fressen nicht.

Im Laufe der Suche hatten wir uns aufgeteilt, was vor allem daran lag, dass nicht jeder den gleichen Musik- und Partygeschmack hatte. Ich, Patrizio und Marco waren mit sechs anderen auf der Suche nach einer normalen, coolen Disko.

Es war schon kurz nach zwölf, als wir endlich den passenden Laden für uns gefunden hatten.

An der Tür stand ein großer, kräftiger Bär, der ganz offensichtlich für die Einlasskontrolle zuständig war, uns aber noch nicht einmal ansah.

Der Laden war genau so wie wir ihn uns vorgestellt hatten: Coole Musik, junge hübsche Mädchen auf der Tanzfläche, große Bar, tolle Stimmung. Jetzt hatte auch ich keinen Bock mehr, mich in irgendeiner Weise zurückzuhalten und bestellte mir einen Wodka-Red Bull. Fünf Euro für so ein kleines Glas waren zwar heftig, aber ich hatte ja für die Abende einiges an Geld eingeplant. Zudem waren meine Eltern auch so großzügig gewesen, mir noch Extrataschengeld zuzustecken.

Nach meinen ersten beiden Drinks wagte ich den ersten Kontakt mit der Tanzfläche. Wesentlich schneller als ich es erwartet hatte, sprach mich das erste Mädchen an. Sie war ziemlich hübsch, blond, schlank und – wenn man das so ausdrücken konnte – sehr aufreizend gekleidet.

„Hi, ich hab dich hier noch nie gesehen", sagte sie.

Sie musste wegen der lauten Musik zwar schreien, aber dennoch hatte ihre Stimme etwas Angenehmes. Insgesamt sah sie Nadja etwas ähnlich. Der Gedanke an Nadja vertrieb mir ein wenig die Lust auf einen Flirt mit einem anderen Mädchen. Ich liebte Nadja mindestens noch genau so wie am ersten Tag. Ich wünschte mir nur, unsere Beziehung würde etwas vielfältiger werden. Mich tröstete, dass das meine erste Beziehung war und ich noch einiges lernen musste.

„Wir sind mit unserer Mannschaft hier. Hier is‘ so 'n Fußballturnier in dieser Woche", erklärte ich dem Mädchen etwas halbherzig und sie schien tatsächlich den Eindruck zu bekommen, ich wäre nicht ernsthaft an einem Gespräch mit ihr interessiert und wandte sich unauffällig ab.

Es war mir ein Rätsel, dass Mädchen derart unterschwellige Gefühle sofort und sicher erkennen konnten. Ich hatte so was schon mehrfach beobachtet.

Ich kehrte also zur Bar zurück und stieg auf Gin Tonic um. Den gab's für vier Euro.

Patrizio, Marco und einige andere waren sehr viel ausdauernder auf der Tanzfläche als ich.

Sven war der Einzige, der zusammen mit mir danebenstand und zusah. Den Grund dafür erkannte ich schnell.

Er wollte mir irgendwas sagen, bekam aber kein verständliches Wort heraus. Den Deckenpfeiler, den er zum Festhalten brauchte, fand er auch erst im zweiten Anlauf. Er musste mindestens die halbe Bar leergesoffen haben.

Auf wackeligen Beinen kramte er mit beiden Händen in der Innentasche seiner Jacke herum und sah dabei irgendwie bescheuert aus. Das, was er gesucht hatte, war seine schon leicht zerknitterte Schachtel Zigaretten.

„Kann ich irgendwie helfen?", fragte ich, denn ich war nicht sicher, ob er in diesem Zustand zur Bedienung eines Feuerzeugs geeignet war.

„Nö … nö … alles, alles o.k.", war das, was ich verstehen konnte.

Als die Zigarette zwischen seinen Lippen nach einer Ewigkeit brannte, hielt er mir seine Schachtel hin.

Er sagte auch etwas, ich aber konnte nichts verstehen. Im nüchternen Zustand wusste er, dass ich nicht rauchte. In besoffenem Zustand meinerseits galt das aber auch nicht mehr und so zog ich eine Zigarette aus der Packung und nahm Sven das Feuerzeug ab, um sie mir selber anzuzünden.

Nach der Zigarette und einem weiteren Gin Tonic entfernte ich mich in Richtung Tanzfläche, unter anderem auch, um nicht nachher für Sven verantwortlich zu sein, wenn er den komaähnlichen Zustand erreicht hatte.

„Ey, wo warst du?", überraschte mich Patrizio von hinten. Auch er wirkte schon einigermaßen dicht, was mich wunderte, denn ich hatte ihn nicht oft an der Bar gesehen.

„'n bisschen saufen", gab ich ihm als Antwort.

„Warte mal." Er war verschwunden, bevor ich sehen konnte, in welche Richtung er ging und deshalb hörte ich auf ihn und wartete.

Zwei Minuten später kam er zurück und hatte zwei winzige Gläser in den Händen, die bis zum Rand mit einer klaren Flüssigkeit gefüllt waren und an der Oberfläche brannten. Ich ahnte, was er vorhatte und bekam leicht Schiss. Ich hatte dieses Getränk schon ein paar Mal gesehen, mich selber aber nie rangetraut.

„Komm, Alter, wir haben ja noch gar nicht angestoßen." Er hielt mir das Glas nicht hin, er drückte es mir förmlich in die Hand und pustete als allererstes die Flamme aus.

Ich schien keine Wahl zu haben. Irgendein dämlicher Trinkspruch mit dem ich noch etwas die Zeit hätte verzögern können, fiel mir auch nicht ein.

Das Zeug brannte im ganzen Mund. Mein nächstes Getränk war demnach ein kaltes Bier, das mir dabei half, wieder ein neutrales Gefühl im Mund herzustellen.

Bei meinem ersten richtigen Blick auf die Uhr musste ich erschrocken feststellen, dass es schon fast halb vier war. Ich hatte schon einiges getrunken, war allerdings der Meinung, immer noch klar denken zu können, was bei dem einen oder anderen, der hier sonst noch im Laden war, ganz sicher nicht mehr der Fall war.

„Schon halb vier?" Patrizio sah abwechselnd erstaunt zu mir und auf die Uhr. Ihm war kurz nach mir der Gedanke gekommen, auf die Uhr zu sehen.

Jeder bestellte sich noch einen Drink – von Cola über Bier bis zu den harten Sachen deckten wir zusammen die ganze Palette ab.

Wir nahmen uns vor ‚bald' zu gehen. Aber wie das im Suff so war, zog sich die ganze Sache noch hin, so dass wir erst um halb fünf draußen auf der Straße standen.

Auf der Straße merkte ich erst, dass ich besoffen war. Auch das war eins der ungeklärten Phänomene, die mich manchmal zum Nachdenken brachten. Möglicherweise hinderte die laute Musik in der Disko einen daran, sich besoffen zu fühlen.

Wir neun, die wir zusammen reingegangen waren, gingen auch zusammen raus. Sven, Orhan und Robin waren die Besoffensten, schafften es allerdings gemeinsam, indem sie sich gegenseitig stützten uns Halbbesoffenen zum Bus zu folgen, der nachts anstelle der U-Bahn fuhr.

Wären wir nicht in Berlin gewesen, hätten wir eventuell Probleme gekriegt, ins Hotel zurückzukommen. Aber hier war alles anders und ein Bus fuhr selbst mitten in der Nacht alle zwanzig Minuten.

Es war noch keine fünf, als wir unten im Hotel ankamen. Der Nachtportier war sichtlich unerfreut über uns und hoffte bestimmt, dass niemand den Boden vollkotzte. Der ein oder andere sah nämlich schwer danach aus.

„Bis morgen dann", verabschiedeten wir uns lallend voneinander auf dem Gang im zweiten Stock.

Eine alte Oma im Seidennachthemd stand in ihrer Zimmertür und schimpfte über unseren Lärmpegel.

„Das ist eine Unverschämtheit … Mitten in der Nacht …"

„Wieso? Für Sie is' bald Zeit zum Aufstehen!", rief ich zurück und Patrizio und ich betraten mit anhaltendem Gelächter unser Zimmer.

Bevor ich die Vorhänge zuzog, bemerkte ich bei meinem letzten Blick aus dem Fenster einen ganz dünnen Streifen der Dämmerung am Horizont. Für die Jahreszeit bedeutet das, dass es höchste Zeit für uns war, uns ins Bett fallen zu lassen.

Nach einem verdammt harten Fußballspiel und einer anschließenden feuchtfröhlichen Partynacht hätte man eigentlich müde sein müssen. Doch auf dieses Gefühl wartete ich komischerweise vergeblich.

Ich zog mir das Hemd aus, das nach Schweiß und Zigarettenrauch stank, und warf es zusammengeknüllt auf den Boden.

Patrizio war im Bad, wobei ich mich fragte, was er da machte.

Er hatte vorher eher so auf mich gewirkt, als würde er sich maximal die Schuhe ausziehen und sich ins Bett fallen lassen.

Mich selber sah ich allerdings noch im Stande, mir die Zähne zu putzen und noch mal möglichst viel der Getränke auszupinkeln.

Hose und Socken warf ich zu dem Hemd auf den Boden und wartete in Boxershorts darauf, dass das Bad frei wurde.

Glücklicherweise öffnete sich die Tür recht bald von innen, denn lange hätte meine Blase dem Druck der zahlreichen Drinks nicht mehr standgehalten. Ich putzte mir die Zähne im Eiltempo und spülte noch mal ein bisschen warmes Wasser in mein Gesicht.

„Musst du noch mal rein?" Patrizio stand – ebenfalls nur in Boxershorts – im Flur vor dem Bad und starrte mich an. Ich hätte mich über eine schnelle Antwort gefreut, aber er sagte nichts.

Mit maximal einem halben Meter Entfernung sahen wir uns gegenseitig in die Augen und ich spürte in mir ein merkwürdiges Gefühl, das mich daran hinderte, den Blickkontakt einfach abzubrechen. Es fühlte sich an, wie ein magisches Band, das uns verband.

Kaum merklich kam Patrizio mir ein bisschen näher und legte ganz sanft und vorsichtig seine Hand auf meine Schulter. Alles an ihm war anders, als ich es kannte. Seine harte, coole Art war völlig gewichen und eine ganz andere Seite kam zum Vorschein – eine vorsichtige, schüchterne, irgendwie auch liebevolle. Ich spürte eine übernatürliche Energie, die uns umgab und uns immer näher aneinander brachte. Ganz sachte berührte seine Stirn meine und zwischen unseren Augen, die so gebannt aneinander festhielten, war nur noch ein winziger Abstand. Ich konnte nicht anders, als meinen Arm um seine Schulter zu legen und ihn so nah bei mir festzuhalten. Seine andere Hand begann ganz langsam über meinen Körper zu streichen, und ließ ein Gefühl in mir aufkommen, das ich so intensiv noch nie zuvor empfunden hatte.

Seine Lippen berührten meine – erst leicht, dann ein weiteres Mal etwas deutlicher und schließlich blieben sie an meinen kleben. Ich spürte, wie unsere Zungen begannen, miteinander zu spielen und ich genoss dieses prickelnde Gefühl, das mich fast zum Zittern bringen konnte. Ich umklammerte Patrizio noch fester und streichelte über seinen Rücken, seinen Nacken und durch seine Haare.

Das alles spielte sich für mich wie ein Film ab, wie ein Traum, wie eine halbe Realität.

Ohne uns dabei loszulassen, bewegten wir uns aus dem Flur

raus und standen schließlich vor meinem Bett. Behutsam drückte Patrizio mich nach hinten und wir beide – so eng miteinander verschmolzen – fielen in mein Bett, wo wir noch intensiver unsere Zärtlichkeiten austauschten. Seine Beine schlangen sich um meine und meine Hand berührte bei den intensiven Bewegungen auf seinem Rücken immer wieder den Bund seiner Boxershorts. Irgendwie kam in mir die Lust auf, tiefer reinzugreifen.

Ich hatte längst bemerkt, dass das hier meinen Schwanz nicht kalt gelassen hatte und zufällig konnte ich spüren, dass es Patrizio genauso ging.

Bald spürte ich seine Hand in meiner Boxershorts und meine Geilheit wurde noch um einiges gesteigert. Jetzt hinderte mich auch nichts mehr daran, bei Patrizio in die Hose zu greifen und die megamäßige Latte zu umgreifen, die ich beim Duschen schon so oft betrachtet hatte.

Mit meiner freien Hand stützte ich mich auf seiner kräftigen, flachen Brust ab. Seine freie Hand hatte sich stattdessen in meinen Haaren verfangen. Ich konnte mein Stöhnen nicht mehr zurück halten und verlieh meinen Gefühlen ohne Rücksicht Ausdruck.

Fast zeitgleich spürte ich, wie Patrizios warme Samenflüssigkeit über meine Finger strömte und wie ich den geilsten Orgasmus aller Zeiten hatte und meinen Samen in seine Hand entleeren durfte. Ein letztes, besonders lautes Stöhnen beendete dieses einzigartige Erlebnis.

Vielleicht waren das die geilsten Momente in meinem Leben, aber ich spürte genauso, dass irgendetwas nicht stimmte, dass irgendetwas völlig anders war, als es hätte sein sollen.

Ich war mir auf einmal nicht mehr sicher, ob ich wirklich noch klar denken konnte. Die verschiedensten Dinge rasten mir durch den Schädel und brachten mich nicht weiter. Das Einzige, was mir klar war, war, dass das kein Traum war, sondern dass alles, was ich erlebte, tatsächlich passierte.

Ich hatte das Bedürfnis, Patrizio in den Arm zu nehmen, mich an ihn zu kuscheln.

Patrizio drehte sich um und drückte mir flüchtig einen Kuss auf die Wange, bevor er sich wieder auf die Seite legte und ich meinen Arm um ihn legte.

11

Mein Kopf drohte jeden Moment zu platzen. Jedenfalls fühlte er sich so an, als ich nach zwölf Uhr langsam die Augen öffnete. Ein paar einzelne Lichtstrahlen drangen an den Seiten der Vorhänge vorbei.

Für einen Moment hatte ich völlig vergessen, dass in der letzten Nacht etwas passiert war, das ich nicht einfach so vergessen konnte, und was sicher einiges in meinem Leben ändern würde.

Doch als ich spürte, wie Patrizio schlafend in meinen Armen lag, fiel mir jedes Detail wieder ein.

Ich sah Patrizio genau an, wie er so friedlich neben mir lag. Irgendwie gefiel er mir ein bisschen, eigentlich sogar sehr, aber ich konnte das nicht in Worte fassen.

Die Zeit, in der er nichts mitbekam, wollte ich nutzen, um zumindest für mich ein bisschen Klarheit in die Sache zu bringen.

Ich hatte mit Patrizio rumgeknutscht. Wir hatten miteinander rumgekuschelt und uns gegenseitig einen runtergeholt. Danach hatten wir zusammen in einem Bett geschlafen und ich hatte meinen Arm um ihn gelegt. Das waren alles Tatsachen, die man nicht leugnen konnte.

Wir waren sturzbesoffen und Sturzbesoffene machten nun mal allen möglichen Scheiß, den man normalerweise nicht machen würde und das hatten wir nun auch getan und das hatte nichts zu sagen und alles würde wieder so werden, wie vorher.

So versuchte ich mir alles zu erklären und die Sache zu erledigen. Aber ich merkte schnell, dass das nicht die Meinung war, die ich wirklich hatte, und dass ich damit nichts anderes tat, als mich selbst anzulügen.

Seit Wochen ließ Nadja mich mit meinen Gefühlen und Wünschen alleine und Patrizio schaffte es mal so nebenbei, mir alles zu geben, was ich mir wünschte. Er schien genau zu wissen, was mir fehlte und konnte mir Zärtlichkeiten und ebenso geilen Sex geben.

Wenn ich so nachdachte, wäre eigentlich alles ideal gewesen. Es gab wirklich nur eine kleine Sache, aber diese kleine Sache konnte die perfekte Welt in ihr Gegenteil verkehren: Patrizio war ein Junge und ich war ein Junge und zwei Jungen konnten doch nicht solche Sachen miteinander machen. Oder doch?

Fest stand zu allererst mal, dass niemand je davon erfahren würde. Ich traute mich gar nicht, mir vorzustellen, was passieren würde, wenn sich im Verein rumspräche, was da zwischen uns passiert war.

Ich traute mich nicht einmal, dieses Wort wirklich bewusst zu denken, aber es konnte doch einfach nicht sein, dass wir schwul waren, das würde doch gar keinen Sinn machen. Ich hatte doch meine Freundin; dass wir ein paar kleine Probleme hatten, war doch eine völlig andere Sache, oder hing das alles mit allem zusammen?

Ich merkte, dass ich keine Antwort finden konnte, was mich bestimmt nicht beruhigte. Ich musste also wohl oder übel abwarten, wie es weitergehen sollte.

Für einen Moment überlegte ich, zu behaupten, es wäre nichts passiert und darauf zu setzen, dass Patrizio zu viel gesoffen hatte, aber schon während ich überlegte, wurde mir klar, dass das garantiert keine Lösung war.

Neben mir spürte ich Bewegungen – erst leicht, dann immer heftiger. Patrizio wurde wach und das machte mich nervös.

„Gut geschlafen?“, fragte ich ihn mit gedämpfter Stimme, als er mich blinzelnd ansah.

Er sagte nichts, er ignorierte mich geradezu. Er stand einfach nur auf, zog den Vorhang zur Seite, verschwand ins Bad und schloss die Tür von innen ab.

Mir blieb nichts anderes übrig, als das zu respektieren. Ich angelte mir die Fernbedienung von meinem Nachttisch und zappte ein bisschen durch die Programme. Das Mittagsmagazin war fast vorbei und ich lag noch im Bett, aber wenigsten ließ das doch noch Urlaubsgefühle in mir aufkommen.

‚Eine neue Nachricht‘, stand auf dem Display meines Handys. Ausgerechnet Nadja, die im Moment nur meine Gedanken störte, hatte sich mal wieder bei mir gemeldet. Ich warf nur einen Blick in die Message und konnte, ohne sie wirklich zu lesen, mit Sicherheit sagen, dass nichts von Bedeutung drinstand.

„Meinst du nicht, wir sollten mal reden?“, fragte ich Patrizio, vielleicht eine Spur zu ernst, als er – wieder nur in Boxershorts – aus dem Bad zurückkam und seinen Kleiderschrank durchwühlte.

Ich kannte es von ihm, dass er manchmal einfach nichts sagte, aber warum musste er das ausgerechnet in dieser Situation tun?

Nichts wäre mir lieber gewesen, als ein Wort von ihm, völlig egal, welches.

Er zog sich in Windeseile ein T-Shirt und eine Jogginghose an, schnappte sich seine Key-Card von der Ablage und ließ unsere Zimmertür von außen mit großem Krach zufallen.

Nachdem ich selber in aller Ruhe geduscht hatte, war ich gerade dabei, mir bequeme Klamotten zusammen zu suchen, als ich das Klingeln hörte, das definitiv nicht von meinem Handy ausging.

Zwei Tage lang hatte ich nicht gemerkt, dass wir ein Telefon im Zimmer hatten.

„Hallo?“

„Ja, hi, hier is‘ Marco, wir warten auf dich.“ Wie es schien, hatte ich irgendwas nicht mitgekriegt.

„Wieso? Was is‘ denn?“, fragte ich demnach leicht irritiert.

„Nichts besonderes, kleines Katerfrühstück. Also, kommste vorbei? Zimmer 248.“

Fünf Minuten später, klopfte ich an und schon als die Tür aufging, kam mir ein gemischter Geruch aus Schweiß, Alkohol, Rauch und anderen Dingen entgegen, die für ein Dreierzimmer üblich waren.

Ich war davon ausgegangen, neben Marco, Sven und Orhan einer von zwei, maximal drei Gästen zu sein. In Wirklichkeit hatten die drei mindestens die halbe Mannschaft eingeladen – auch Patrizio war dabei, was mich insofern überraschte, da er bei seiner Flucht nicht so gewirkt hatte, als wollte er zu einem morgendlichem Saufgelage. Er stand in der Balkontür und zog an einer Zigarette – auch völlig untypisch für ihn.

Die drei Gastgeber und einige andere waren immer noch beziehungsweise schon wieder sichtbar angetrunken.

Das Training war zwar erst um siebzehn Uhr und Dirk hatte uns zugesichert, es etwas ruhiger anzugehen, aber allein den Alkohol vom Vorabend bis neunzehn Uhr abzubauen, war ja schon nicht leicht.

Die geöffnete Bierflasche, die Marco mir buchstäblich in die Hand drückte, konnte ich dann nicht mehr ablehnen, beschloss aber, es damit zu belassen, obwohl die ersten Schlucke der kühlen, prickelnden Flüssigkeit sehr angenehm waren.

„Wenn die von gestern morgen verlieren, brauchen wir am Donnerstag nur noch ein Unentschieden“, hatte Robin ausgerechnet, konnte damit das verkaterte Volk aber nicht begeistern.

Ich stellte die Bierflasche ab und quetschte mich an allen möglichen stehenden, sitzenden und liegenden Leuten vorbei zur Balkontür.

Patrizio, inzwischen nicht mehr am Rauchen, stand immer noch schweigend, nachdenklich im Türrahmen, in seiner Hand eine Flasche Bier, aus der er aber nicht trank.

„Tja, so schnell sieht man sich wieder“, meinte ich, als mir nichts anderes einfiel und legte dabei, rein freundschaftlich meine Hand auf seine Schulter. Ihm schien das allerdings gar nicht recht zu sein, denn erst zuckte er zur Seite, ging dann ein Stück zurück und verschwand schließlich, wie schon vorhin aus unserem, auch aus diesem Zimmer.

„Was is‘n mit dem?“ Sven war wohl der Einzige, der Patrizios merkwürdige Flucht mitgekriegt hatte.

„Kein Plan. Hat wohl zu viel gesoffen“, sagte ich bewusst cool und desinteressiert.

„Oder doch etwa ‘ne Ehekrise bei euch beiden?“ Mit ihm fingen alle, die mitgehört hatten, mit einem dämlichen Gelächter an. Ich verfiel in einen innerlichen Schockzustand und überlegte verzweifelt nach einer passenden Reaktion.

Das war ohne Zweifel ein Scherz gewesen, so wie er öfter gemacht wurde. Unmöglich, dass irgendjemand wusste, was die letzte Nacht in unserem Zimmer passiert war.

„Ach halt die Fresse.“ Damit war die Diskussion dann glücklicherweise beendet.

Als ich eine knappe Stunde später zurück in unser Zimmer kam, war Patrizio nicht da und zum ersten Mal fing ich an, mir Sorgen zu machen. Ich hatte keinen blassen Schimmer, ob und wie die Freundschaft zwischen mir und Patrizio weitergehen würde.

Ich warf mich auf mein Bett und versuchte meinen Gedanken freien Lauf zu lassen.

Ich fragte mich, ob sich das, was sich letzte Nacht abgespielt hatte, noch einmal wiederholen würde. Ich wusste nicht, was dafür sprach, aber so recht fiel mir auch kein Grund ein, der dagegen sprach.

Tief in meinen allerehrlichsten Gedanken und Gefühlen konnte ich nicht behaupten, dass es mir nicht gefallen hatte. Ich hatte bisher immer gedacht, alle schwulen Dinge wären eklig und abnormal. Mit Patrizio hatte aber nichts gestört und nichts war mir unangenehm.

Ich wollte unbedingt mit ihm sprechen, aber er hatte offensichtlich einen durchdachten Plan, mir zu entkommen. Ich stellte mir schon vor, wie er das am Abend beim Training versuchen würde. Aber selbst wenn er mir den ganzen Tag lang weglief, sobald es Zeit zum Schlafen war, mussten wir uns wieder sehen.

Ich entschied mich, ihn zu suchen, obwohl es wohl eher ein sinnloses Umherlaufen werden würde.

Tatsächlich irrte ich eine ganze Weile alleine durch das Hotel und entdeckte dabei sogar die versteckt liegende Sauna und einen unterirdischen Gang fürs Personal, aber nicht Patrizio.

Danach lief ich ein paar Mal ums Hotel und den nächsten Häuserblock. Von den drei Euro, die ich mehr zufällig in der Hosentasche hatte, konnte ich mir gerade so einen Döner kaufen, musste dann aber schnell zurück ins Hotel und etwas trinken.

Ich war sehr erleichtert, als Patrizio auf seinem Bett lag und das Fernsehprogramm durchblätterte.

„Ich hab dich schon gesucht“, sagte ich und setzte mich auf seine Bettkante.

„Wir müssen in ‘ner halben Stunde unten sein, wegen Training.“ Endlich sprach er, allerdings nur kurz, schaltete dann den Fernseher aus, sprang auf und verschwand wieder aus dem Zimmer.

Wenn ich alles richtig interpretierte, würde er in frühestens 25 Minuten zurückkommen, dann schnell seine Sachen fürs Training packen und wieder abhauen, so dass er um keinen Preis mit mir allein sein musste.

Genau so geschah es und mir ergab sich tatsächlich nicht die Möglichkeit, in Ruhe mit ihm zu sprechen.

Das Training war in der Tat ein Witz. Nur gut eine Stunde standen wir auf dem Platz und die Hälfte der Zeit verbrachten wir mit einem freien, lockeren Spiel. Während für alle anderen das oberste Ziel war, das Tor zu treffen, war es für Patrizio die Absicht, mich nicht zu treffen.

Beim nächsten Spiel könnten wir uns das nicht mehr leisten, dachte ich und nahm mir vor, Patrizio notfalls mit sanfter Gewalt dazu zu bringen, mit mir zu sprechen.

„Also Jungs, morgen geht's dann wieder etwas härter zur Sache und übermorgen möchte ich euch genau so gut spielen sehen wie gestern", warnte Dirk uns, als wir vom Platz runtergingen.

Eine gute Viertelstunde später schlug ich hinter mir und Patrizio unsere Zimmertür zu. Wie erwartet wollte Patrizio dann umgehend im Bad verschwinden, aber ich hatte einen Schritt weiter geplant. Auch wenn mein Plan mir nicht so recht gefiel, denn ich merkte zunehmend, dass mich diese Situation belastete.

Ich sprang an Patrizio vorbei und stellte mich in die Badezimmertür – mit beiden Armen kräftig gegen den Rahmen drückend, so dass er brutal hätte werden müssen, um an mir vorbeizukommen.

„Was willst du?", fragte er kurz angebunden und durch und durch unfreundlich.

Ich wagte das, was ich eigentlich vermeiden wollte.

„Das will ich!" Ich umklammerte ihn mit beiden Armen und drückte ihm einen Kuss auf den Mund. Erst sehr zögerlich, dann aber immer offensiver erwiderte er den Kuss. Es dauerte noch eine Weile, dann spürte ich, wie seine Zunge in meinen Mund vordrang und mit meiner zu spielen begann.

Diesmal war ich nüchtern und bei vollem Verstand und er ebenso und trotzdem wiederholte sich alles so wie in der letzten Nacht. Ich konnte noch nicht mit Sicherheit sagen, was das für mich bedeutete.

Eine Hand zog an meinem T-Shirt und versuchte, es mir über den Kopf zu ziehen.

„Komm, lass uns zusammen duschen", flüsterte er mir leise zischend ins Ohr.

Nachdem er mir mit ein wenig Hilfe mein T-Shirt ausgezogen hatte, tat ich das Gleiche bei ihm und fühlte mit meiner Hand über seinen traumhaften Oberkörper.

Als wir schließlich nackt voreinander standen, sah ich seine Riesenlatte und er sah meine. Unter der Dusche standen wir dicht umschlungen beieinander und unsere Schwänze berührten sich – ein verdammt geiles Gefühl. Ich griff nach dem Duschgel und quetschte wesentlich mehr als normalerweise aus der Tube. Ich verteilte das Duschgel in meinen Händen und begann damit über Patrizios Körper zu streichen. Jeder Muskel hatte genau die richtige Größe, alles war perfekt an diesem Jungen – fast so, als würde ein junger Gott vor mir stehen. Eine besonders große Freude machte es mir, als ich seinen Schwanz einreiben durfte. Er legte den Kopf in den Nacken und begann laut zu stöhnen, während das Wasser an ihm herunterlief und meine Hand seine Vorhaut immer wieder vor und zurückzog.

Endlich umgriff auch seine Hand meine Latte, die vor Geilheit schon kurz davor war zu platzen.

„Ja, komm her", stöhnte ich laut auf, aber bei den Geräuschen des fließenden Wassers konnte man kein Wort verstehen. Während unsere Hände mit unseren Schwänzen beschäftigt waren, kamen sich unsere Gesichter noch näher und ich spürte, wie Patrizio mit seiner Zungenspitze über mein Gesicht kitzelte, bis er meinen Mund berührt hatte und dort verharrte und darauf wartete, mit meiner Zunge spielen zu können.

Es war einfach nur geil und es wurde von Sekunde zu Sekunde geiler bis wir schließlich, wiederum fast gleichzeitig, in riesigen Fontänen unseren Saft rausspritzten.

Zehn Minuten später lagen wir zusammen auf seinem Bett. Wir hatten uns zwar jeder ein T-Shirt und eine Boxershorts angezogen, aber ich bekam das Gefühl, dass wir die nicht lange anbehalten würden, denn bei mir fing es schon wieder an zu kribbeln.

Es klopfte an unserer Tür.

„Scheiße", sagten wir etwas zeitversetzt. Obwohl wir immer noch nicht drüber gesprochen hatten, war uns beiden sonnenklar, dass das, was da zwischen uns passierte, unser größtes Geheimnis bleiben würde.

Patrizio blieb liegen, ich sprang auf, ging zur Tür uns riss sie auf. Es war Marco.

„Na, ihr zwei. Was treibt ihr so?" Bei der Frage kostete es mich einiges an Anstrengung nicht zu lachen. Wenn er wüsste, wie recht er hatte, wenn man das Wort anders verstehen würde …

„Nichts", war die offizielle Antwort.

„Habt ihr Bock, heut' Abend mit zu kommen? Wir gehen 'ne kleine Runde einen trinken. Nich' so hart wie gestern, keine Angst."

Ich wusste zwar nicht, ob ich auch in Patrizios Namen die richtige Entscheidung traf, aber ich hatte an diesem Abend wesentlich größere Lust mit ihm alleine im Zimmer zu bleiben. So deutlich konnte ich das natürlich niemandem sagen, deswegen spielte ich mal wieder den Obercoolen.

„Nö, kein Bock. Ma‘ schauen, was wir noch machen, aber haut erst ma‘ alleine ab.“

Schulterzuckend verabschiedete Marco sich und ich machte die Tür zu. Ich hätte gerne das ‚Bitte nicht stören‘-Schild an die Tür gehängt, aber wenn das jemand gesehen hätte, hätte es unweigerlich zu unerwünschten Nachfragen geführt.

„Oder wolltest du heute Abend saufen gehen?“, fragte ich Patrizio, nachdem ich mich zu ihm zurückgelegt hatte.

„Ne, wir können auch was anderes machen.“ Er sagte das ausgesprochen trocken, aber ich ahnte schon, dass es nicht so gemeint war.

Patrizio drehte sich zu mir, legte eine Hand auf meine Brust und begann, mein T-Shirt ein bisschen hoch und wieder runterzuziehen. Natürlich waren das eindeutige Zeichen und ich hatte nichts dagegen.

„Is‘ was?“, fragte ich Patrizio, denn sein Gesichtsausdruck wirkte etwas unsicher und nervös.

Er sagte nichts, natürlich nicht. Dafür wanderte seine Hand jetzt an mir runter und glitt in meine Boxershorts rein. Es dauerte keine Sekunde, da war mein Speer voll ausgefahren. Patrizio konnte mich so geil machen, wie das noch nie jemand gekonnt hatte, und ich fragte mich immer noch, warum das so war, aber im Moment war es nicht der richtige Zeitpunkt, darüber nachzudenken. Es war der Zeitpunkt, es einfach zu genießen.

Irgendwie schien Patrizio mit etwas raus zu wollen und nicht zu wissen wie. Diesmal, hatte ich mir vorgenommen, reagierte ich anders.

„Hör mal, wenn was ist, dann sag mir das einfach. Ich denke nicht, dass wir beide noch Geheimnisse voreinander haben sollten.“

In seinem Gesicht tat sich ein leichtes Grinsen auf und er leckte mit seiner Zunge über seine Zähne und seine Lippen, was mir irgendwie gefiel.

„Warte mal.“ Er zog seine Hand aus meiner Boxershorts und drehte sich von mir weg. Er kramte unter seinem Bett, als ob er irgendwas suchte, was er gut versteckt hatte.

„Aber versteh das jetzt bitte nicht falsch“, sagte er immer noch mit einem Ton, der leichten Unsicherheit in seiner Stimme, als er hervorkam. Ich traute erst meinen Augen gar nicht. Er legte eine Packung Kondome und eine Dose Gleitcreme zwischen uns aufs Bett.

Er zog sein T-Shirt aus, spielte noch ein bisschen damit rum, drückte es mir an die Brust und warf es dann im hohen Bogen weg.

„Ich fänd's halt einfach geil, wenn du mich …" Er traute sich wohl nicht zu sagen, was er wollte, aber ich verstand es ganz genau.

Er legte seinen Kopf auf meine Schulter und sah mich mit einem bettelnden Hundeblick an.

Was er wollte, war Sex. Richtiger Sex. Kein gegenseitiges Wichsen oder solche Kleinigkeiten und ich würde Nadja betrügen und ich müsste erkennen, schwul zu sein oder zumindest etwas Schwules gemacht zu haben und ich wunderte mich, warum ich überhaupt drüber nachdachte. Einige Wochen zuvor wäre schwuler Sex für mich das Widerlichste überhaupt gewesen und jetzt wollte ich es sogar. Bei mir kribbelte es bei dem Gedanken, meine Latte bei Patrizio hinten reingleiten zu lassen und bis zum Orgasmus in ihm zu reiben. Je mehr ich drüber nachdachte, desto geiler machte mich die Vorstellung und alles andere wurde mir egal.

„Natürlich mach ich das", sagte ich mit einer vibrierenden Stimme voller sexueller Energie.

In Windeseile hatte ich mein T-Shirt ausgezogen und in irgendeine Richtung geschmissen.

„Hast du das schon mal gemacht?", fragte ich Patrizio als meine Finger begannen, sich langsam am Bund seiner Boxershorts zu schaffen zu machen.

„Ne…", stöhnte er. Er war zu geil zum Sprechen. Ich war mir nicht sicher, ob das einem von uns weh tun könnte; bisher hatte ich mich logischerweise noch nie mit diesem Thema beschäftigt. Aber jetzt wollte ich es unbedingt und musste so hoffen, alles richtig zu machen. Ich drückte mich von hinten an ihn ran und zog an seiner Boxershorts, bis er selber mithalf und dieses unnötige Stück Stoff von seinen Füßen strampelte.

Ich zog mir selber die Boxershorts aus und Patrizio drehte sich derweil noch ein Stück, so dass er komplett auf dem Bauch lag und mir seinen wunderbar knackigen Arsch entgegenstreckte.

Mit der einen Hand streichelte ich ihm über seinen Hintern und riss mit der anderen die Kondompackung auf. Ich hatte sowohl schon mal mit Kondomen als auch mit Gleitcreme gespielt, aber das war jetzt der erste Ernstfall. Mein Puls schlug spürbar höher.

Mein Schwanz war so hart, dass es eine Sache von wenigen Sekunden war, ihm das Mäntelchen anzuziehen.

„Komm schon“, stöhnte Patrizio. Da hatte es wirklich jemand verdammt nötig. Aber das gefiel mir. Ich schmierte mir ein bisschen von der fettigen Flüssigkeit aufs Kondom und rieb einmal vorsichtig hin und her. Ich war so geil, dass ich Sorge hatte, es könnte vorbei sein, bevor es losgegangen war.

Ich schwang mein rechtes Bein über Patrizio, sodass sein Arsch genau unter meiner Megalatte war. Ich drückte mit einer Hand auf seinen Rücken und näherte mich ganz behutsam an ihn ran.

Er gab einen zitternd stöhnenden Laut von sich, als die Spitze meiner Lanze ihr Ziel zum ersten Mal berührte. Nachdem mein Schwanz ein paar Mal auf und ab gewandert war und meine Hand über seine Pobacken gestrichen war und sie leicht auseinander gedrückt hatte, drang ich in die Höhle ein.

„Ja!!!“ Für uns beide muss es ein Gefühl gewesen sein, wie wir es noch nie zuvor erlebt hatten. Es war einfach unbeschreiblich. Mein Körper war so eng mit seinem verschmolzen, wie noch nie zuvor mit einem. Ich umklammerte seinen Körper von hinten und ließ meine Lanze immer schneller vor und zurück springen. Von vorne griff ich nach seinen Eiern und begann sie mit meinen Fingern vorsichtig zu kneten. Ich merkte sofort, was für eine Steigerung ich damit bei ihm ausgelöst hatte. Seine Geilheit wurde Herr über seinen Körper und ließ ihn immer kräftiger hin und her zucken, als in ihm mein Schwanz zum letzten Mal nach vorne schnellte und eine gigantische Ladung Saft entlud.

Völlig verschwitzt blieben wir aneinander kleben, nachdem ich das Kondom abgestreift und auf den Boden geworfen hatte. Völlig nackt drückten wir uns aneinander.

„Du warst einfach nur geil“, flüsterte Patrizio, etwas außer Atem. Er war genauso geil und ich war mir recht sicher, dass das nicht das letzte Mal an diesem noch jungen Abend war, dass wir miteinander unsere Spiele spielten, denn nur wenige Augenblicke später bekam ich Lust, die nächste Runde zu starten und auf einmal reizte mich die Vorstellung, Patrizios gigantische Latte würde von hinten in mich eindringen.

12

Die ganze Nacht hatten wir noch eine ganze Menge Spaß miteinander gehabt und die Nacht darauf ging es uns nicht anders. Es fiel uns nicht leicht, darauf zu achten, dass niemandem auffiel, dass wir uns so sehr zu zweit zurückzogen.

Noch immer hatten wir nicht offen über das gesprochen, was sich zwischen uns beiden geändert hatte. Wir wussten es beide und wir taten es einfach.

Ich liebte Nadja, mit der ich nach wie vor regelmäßig SMS wechselte, wenn auch ab und zu mit schlechtem Gewissen. Aber wenn ich von Nadja keine sexuelle Befriedigung bekommen konnte, dann musste ich sie mir woanders holen. Das war dann ihr Pech. Wo ich mir diese Befriedigung holte, war ganz allein meine Sache. Und ich ging davon aus, dass ich eines Tages eine völlig zufriedenstellende Beziehung mit Nadja haben würde und dann Patrizio – zumindest dafür – nicht mehr brauchte.

Deswegen war ich noch lange nicht schwul und musste niemandem irgendwas erzählen.

Zweifelsohne hatte der gemeinsame Sex mich und Patrizio auf dem Spielfeld noch enger zusammengeschweißt.

Das zweite Spiel war in seinem Niveau mit dem ersten nicht zu vergleichen. Zum einen hätte uns ein Unentschieden für den Gruppensieg und damit das Finale gereicht, zum anderen waren unsere Gegner eine absolute Gurkentruppe aus dem schwäbischen Hinterland, bei der man sich echt manchmal fragte, ob das überhaupt Fußball war, was die da spielten.

Mit einem 3:0 gingen wir völlig entspannt in die Halbzeitpause. Schon wieder hatten sowohl ich als auch Patrizio wieder je ein Tor geschossen. Für Mittelfeldspieler war diese Quote längst nicht mehr normal.

Nach der Pause gelang nach einem Abstaubertor von Murat nur noch Patrizio ein weiterer Treffer, bevor Dirk uns nach gut 60 Minuten auswechselte.

„Das Finale haben wir sicher. Da muss ich meine besten Spieler nicht unnötig strapazieren“, meinte er zu uns, als wir uns auf der Bank niederließen. Das waren völlig ungewohnte Worte von ihm, aber natürlich war es eine große Befriedigung, dass er uns wie selbstverständlich als die Besten im Team bezeichnete.

Die Übrigen kamen auch ohne uns sehr gut klar, allerdings sah Sven einmal viel zu spät den Ball zwischen seinen Beinen rumkullern. So stand es am Ende 7:1 für uns.

Der Kantersieg war noch nicht einmal der Grund zum Feiern. Der Grund zum Feiern war das Finale, das am Samstagabend mit uns stattfinden würde.

„Heute können wir uns nicht absetzen“, flüsterte ich Patrizio ins Ohr, während wir vom Spielfeld gingen und ich mir absolut sicher war, dass uns wirklich niemand hören konnte. „Heute müssen wir einfach mit feiern gehen. Wird aber bestimmt auch lustig.“

Sein Blick – genau so wie meiner – sagte, dass es ihm lieber wäre, wieder mit mir im Zimmer zu verschwinden, er aber auch nichts gegen eine Diskonacht hatte.

„O.k.“, meinte er.

„Wir können ja ein paar Weiber aufreißen“, fügte er hinzu und wir mussten uns sehr unter Kontrolle halten, nicht vor Lachen umzufallen.

Um kurz nach elf waren wir wieder mitten im Berliner Nachtleben. Wir gingen auch an dem Laden vorbei, in dem wir am Montagabend waren, und diskutierten kurz, ob wir wieder da rein sollten oder uns diesmal etwas anderes suchen sollten. Einige hatten sich eh schon in eine ganz andere Richtung abgesetzt und so teilten wir uns weiter auf. Manche gingen in die Disko vom Montag, Patrizio und ich schlossen uns einer Gruppe an, die sich zur Abwechslung einen anderen, aber ähnlichen Laden suchen wollte.

Es war schon wieder nach fünf Uhr morgens, als wir in unser Zimmer taumelten. Wir waren wesentlich länger unterwegs gewesen, als wir geplant hatten und hatten wesentlich mehr gesoffen.

Ich schaffte es gerade mal, mir die Schuhe auszuziehen und ließ mich rückwärts in mein Bett fallen.

Ich war ziemlich daneben, aber trotzdem schlief ich nicht sofort ein.

Nach ein paar Minuten kam Patrizio aus dem Bad – und zwar völlig nackt, wie ich sehr bald feststellte. Irgendetwas hatte er vor.

„Na, willst du etwa so schlafen gehen?“ Er kletterte langsam auf mein Bett, kniete sich über mich und fing an, mit seinen Fingern unter mein T-Shirt zu krabbeln. Ich war ihm gerne behilflich, zog mir deshalb das T-Shirt über den Kopf und ließ es achtlos neben mir aufs Bett fallen. Mich machte es tierisch geil, diesen nackten Jungen auf mir liegen zu haben. Sein Schwänzchen hatte sich schon längst zu einem gigantischen Schwanz aufgerichtet und tanzte direkt vor meinem Gesicht umher. Ich bekam Lust mit meinem Mund nach dem Schwanz zu greifen, aber Patrizio hielt mich zurück. Sanft drückte er seine Hand gegen mein Gesicht, bis ich mich wieder zurück aufs Kissen gelegt hatte. Dann streichelte er mir ein paar Mal über die Wange.

„Entspann dich einfach. Ich mach das schon." Wenn er so redete, hatte er etwas ganz besonderes vor und ich ahnte auch schon was. Mit seinen Händen und seinem Mund tastete er sich langsam an mir runter, bis er meinen Hosenbund erreicht hatte. Er spielte etwas mit meiner Gürtelschnalle rum, bevor er meine Hosenknöpfe öffnete und damit die Schlange aus ihrem Käfig befreite. Seine Zungenspitze leckte immer wieder über meinen stocksteifen Schwanz, seine Finger spielten an meinen Eiern, wanderten dann höher und zogen schließlich meine Vorhaut erst zurück, dann wieder vor, zurück und noch ein paar Mal vor und wieder zurück und dann endlich umklammerten seine Lippen meine Eichel und verschafften mir ein so intensives, atemberaubendes Gefühl, dass ich mich krampfhaft an meinem Bett festhalten, musste um nicht vor Geilheit schreiend zu explodieren.

Als hätte er noch nie etwas anderes gemacht, spielte sein Mund auf alle nur denkbaren Möglichkeiten mit meinem Schwanz. Während seine Lippen immer wieder leicht saugten, kitzelte seine Zunge genau über meine Eichel. Seine Hand wanderte meinen Körper aufwärts und streichelte mir dabei über den Arsch, den Bauch, die Arme und die Brust.

Das Gefühl wurde intensiver und intensiver. Wie eine atomare Explosion schoss mein Saft in Patrizios Mund.

Hose und Boxershorts, die mir noch irgendwo in die Kniekehlen hingen, empfand ich als völlig überflüssig und ich streifte sie mit ein paar anstrengenden Bewegungen von meinen Beinen. Die Socken schmiss ich gleich hinterher und ließ mich dann wieder entspannt zurückfallen.

Arm in Arm und ganz nackt schliefen wir nebeneinander ein.

Zwei Tage später war es soweit. Das kleine Stadion war randvoll gefüllt, wir saßen in der Kabine, vollkommen nervös und warteten darauf, endlich auf den Platz zu können. Ganz realistisch betrachtet war keiner von uns davon ausgegangen, dass wir es bis ins Finale schaffen würden. Zu unser aller Überraschung hatte Dirk sich mit seiner Ansprache sehr kurz gefasst. Was in ihm vorging, konnten wir nicht einmal erahnen.

Unser Gegner war eine Mannschaft aus einem Berliner Vorort, die noch müheloser als wir die Vorrunde überstanden hatte.

Wie immer arbeiteten Patrizio und ich sehr gut zusammen, doch diesmal hatten wir keinen Erfolg. Eine so gut positionierte Abwehr wie die unserer Gegner hatte ich noch nie erlebt. Und selbst wenn wir es mal schafften, an ihr vorbeizukommen, hinderte ihr fast zwei Meter großer Keeper uns daran, den Spielstand zu verändern.

Ein kleiner Trost war es, dass wir unser Tor beinahe genauso gut verteidigten und es so bis zur Halbzeit schafften, ein 0:0 auf der Anzeigetafel stehen zu lassen.

„Jungs, ihr habt euch gut gehalten", munterte Dirk uns in der Pause auf.

„Erinnert euch doch mal ans erste Spiel. Da sah es noch schlimmer für uns aus und wir haben es doch noch geschafft, alles zu drehen. Und jetzt steht uns noch alles offen. Also, gebt einfach alle zweihundert Prozent und macht das Beste draus."

Nur ein paar Minuten nach dem Wiederanpfiff gelang es mir und Patrizio mit verschiedensten Tricks die Abwehr zu umspielen, was mir letztendlich die Möglichkeit bot, fünf Meter vor dem Tor nur noch schießen zu müssen. Genau das tat ich und sah den Ball wenige Zentimeter über der Latte ins Aus fliegen.

So wütend war ich noch nie auf mich selber gewesen. Ich hoffte nur, dass sich alles noch zum Guten wenden würde.

In der sechzigsten Minute sah es allerdings gar nicht danach aus. Ein Freistoß aus scheinbar ungefährlichen dreißig Metern Entfernung brachte unsere Gegner in Führung. Eine ganze Weile stand allen von uns der Schock ins Gesicht geschrieben.

„Kommt, noch haben wir nicht verloren! Einfach weiterkämpfen!", munterten wir uns gegenseitig auf.

Ich kämpfte weiter. Und Patrizio tat das mindestens genauso. Alle anderen natürlich auch, aber irgendeine Macht schien dagegen zu sein, dass dieses Spiel noch gedreht wurde. Schon weit nach der siebzigsten Minute hatten wir unsere nächste große Chance. Diesmal war es eine Zusammenarbeit von Marco und Robin, die an den langen Armen des Keepers scheiterte.

Die achtzigste Minute hatte begonnen. Das bedeutete den Beginn des Schlusssprints für uns. Wenn wir nur ein Tor schießen würden, hätten wir zumindest wieder die Verlängerung, um das Spiel endgültig zu unseren Gunsten zu wenden.

Ein Schuss von hinten landete einige Meter seitlich neben mir. Ohne lange nachzudenken, rannte ich auf den Ball zu und nahm ihn an. Ich dribbelte so weit nach vorne, wie ich nur konnte, spielte dann zu Marco, der ziemlich gut mittig stand und sofort weiter in Richtung Tor sprinten konnte. Er musste den Ball dann aber doch noch mal weitergeben, denn die Abwehr unserer Gegner war einfach zu perfekt. Jan stand dann nicht mehr ganz so günstig, als er den Ball von Marco bekam, schaffte es aber noch einige Meter weiter in die Mitte. Was genau dann passierte, konnte ich nicht sehen, denn ich war einer der letzten, der von hinten in den Strafraum gerannt kam.

Ich hörte nur den Pfiff des Schiedsrichters. Ich wusste nicht, warum er pfiff, ich wusste nur, dass es leider kein Tor war.

Das nächste, was ich sah – und dafür musste ich zwei Mal genau hingucken – war die rote Karte in der ausgestreckten Hand des Schiedsrichters, dann sah ich, dass einer von unseren Gegnern sich laut schimpfend auf den Weg vom Platz machte und der Schiri auf den Elfmeterpunkt zeigte.

Jetzt erst hatte ich alles realisiert. Das war unsere Chance. Das war mit Abstand die größte Chance des ganzen Abends.

Keiner traute sich ran.

„Du?“, fragte Marco mich. Ich schüttelte bloß den Kopf und begann selber, mich nach einem geeigneten Schützen umzusehen.

Patrizio sah mich an. Er sah mich so an, wie er mich ansah, wenn er etwas ganz anderes wollte. Ich machte mir ein bisschen Sorgen, dass jemand unseren besonderen Blickkontakt bemerken würde und sich etwas dabei denken könnte.

Warum sah er mich jetzt auf einmal so an? Ich bekam Lust, Dinge mit ihm zu tun, die ich in den letzten Tagen öfters mit ihm getan hatte, von denen selbstverständlich niemand etwas wissen durfte.

Er nickte mir zu. Erst ganz vage, dann immer deutlicher.

„O.k., ich mach’s!“, verkündete er laut. Er nickte dem Schiri zu, ließ sich von ihm den Ball geben und ging mit angespannter Körperhaltung in den Strafraum und zum Elfmeterpunkt.

Ich wusste nicht, ob ich hin oder weg schauen sollte. Ich hatte eh keinen Einfluss mehr und musste das Beste hoffen.

Ich sah, wie sich Patrizio und der Keeper bereit machten, wie der Schiri kontrollierte, dass alle richtig standen und sich dann selber auf seine Position begab.

Wir alle standen an der Strafraumgrenze. Es war die größte Chance des Abends.

Der laute Pfiff ertönte. Patrizio nahm nicht viel Anlauf, knallte dann den Ball mit dem linken Fuß in Richtung rechter Ecke. Damit hatte der Keeper nicht gerechnet.

Ich wusste, dass es wesentlich weniger war als eine Sekunde, aber für mich spielte es sich trotzdem wie Zeitlupe ab.

Der Keeper sprang in die falsche Ecke und der Ball verfehlte den Pfosten um wenige Zentimeter. Doch diese wenigen Zentimeter waren auf der falschen Seite. Kein Netz wackelte, kein Ball kam aufs Spielfeld zurückgekullert.

Stattdessen sahen wir uns alle geschockt an. Patrizio tat mir unendlich leid. Bisher war noch keiner von uns in einer vergleichbaren Situation gewesen und so konnte sich keiner vorstellen, was es für ihn bedeutete. Er ging langsam und mit gesenktem Kopf zurück. Ich legte meinen Arm um ihn, als er an mir vorbeikam und wir zusammen zurück in unsere Hälfte gingen.

Ich wollte etwas sagen, aber ich fand nicht die passenden Worte. Ich hätte ihn gerne geküsst und gestreichelt, aber ein kleines bisschen Restgespür für die Realität hielt mich davon ab.

Ich kam schnell wieder zu einem Ballkontakt und stürmte nach vorne. Aber schon kurz hinter der Mittellinie war wieder Schluss für mich.

Bald waren die neunzig Minuten vorbei und die gerade mal zwei Minuten Nachspielzeit blieben uns noch. Nachdem die anderen noch mal einen Ball auf unser Tor geschossen hatten, diesmal allerdings auch verfehlt hatten und Sven den Ball soweit wie möglich nach vorne abgeschlagen hatte, war schon mehr als eine Minute davon vorbei. Danach ertönte der Pfiff, der endgültig alle Wolken platzen ließ. Während die anderen in Jubel ausbrachen, ließen wir uns erschöpft und enttäuscht zu Boden fallen. Ich setzte mich direkt neben Patrizio und nahm ihn in den Arm. Die paar Tränen, die aus seinen

Augenwinkeln tropften, wischte er sich mit dem Handgelenk ab.

„Mein Gott, wir könnten jetzt noch versuchen zu gewinnen, wenn ich nicht so blöd gewesen wär", schluchzte er mir vor. Dass er so getroffen war, hatte ich nicht erwartet.

„Komm, die Welt ist nicht untergegangen! Die anderen waren halt einfach besser als wir. Wenn wir das nächste Mal was gewinnen können, dann gewinnen wir das auch." Ich war zwar prinzipiell nicht gut im Aufmuntern, aber bei Patrizio hatte ich erstaunlich viel Erfolg. Er stand auf und schon bald zeigte sich wieder ein erstes Lächeln auf seinem Gesicht.

„Hauptsache, du bist nicht sauer auf mich", flüsterte er mir zu.

„Quatsch."

Eine gute halbe Stunde später, nach einigen lästigen Fototerminen und vielen geschüttelten Händen, saßen wir mit Silbermedaillen um den Hals in der Kabine. Es herrschte beängstigende Stille. Niemand sagte etwas, niemand ging duschen. Dirk und Alex hatten sich zu uns gesetzt und schwiegen mit. Erst nach einer Weile sprudelten die ersten Worte aus Dirk heraus.

„Was is'? Ab unter die Dusche und dann geht's los, den zweiten Platz feiern. Und jetzt erst mal weg mit dieser Endzeitstimmung. Ich hätte vorher nie gedacht, dass wir es überhaupt so weit bringen."

Tatsächlich löste sich die bedrückende Stimmung erstaunlich schnell. Bald standen wir alle unter der Dusche, wo einige schon wieder ihren üblichen Spaß hatten.

Dieses Mal war es schon nach Mitternacht, als wir überhaupt in der Innenstadt ankamen. Die meisten machten den Eindruck, als hätten sie die Niederlage schon vergessen. Patrizio wirkte immer noch etwas enttäuscht, aber die Mischung aus meiner Anwesenheit und ein paar Bier konnte das auch ändern.

Wir schafften es, uns nach nur gut zwei Stunden unauffällig abzuseilen und den Bus zurück ins Hotel zu nehmen.

In unserem Zimmer verbrachten wir noch einige Stunden damit, auf unsere ganz eigene Weise den zweiten Platz zu feiern, bevor wir mit den ersten Sonnenstrahlen aneinander gekuschelt in seinem Bett einschliefen.

13

Entsprechend müde waren wir am nächsten Morgen, als wir um kurz nach elf unsanft aus unseren süßen Träumen geweckt wurden. Spätestens jetzt hatte uns die Realität wieder eingeholt. Es war Sonntag, wir mussten bis zwölf Uhr auschecken und am nächsten Tag sollte es wieder in die Schule gehen. Wäre es nach mir gegangen, hätte dieses Leben ewig so weiter gehen können.

Ich schmiss alle meine schmutzigen und sehr schmutzigen Klamotten in meinen Koffer, wohl wissend, welche Freude ich meiner Mutter damit machen würde. Aber die Uhrzeit erlaubte es mir nicht, darauf noch Rücksicht zu nehmen.

Patrizio und ich achteten darauf, keine Spuren, wie etwa Kondome, von dem zu hinterlassen, was sich die letzten Tage in unserem Zimmer abgespielt hatte.

Dirk hatte sich tatsächlich zum Oberaufseher aufgespielt und jedes einzelne Zimmer kontrolliert. Bei uns war er einigermaßen zufrieden und relativ zügig. Etwas Sorge machte ich mir um Marco und seine Partykommune. Ich hoffte für sie, dass die festen, flüssigen und gasförmigen Reste ihrer Veranstaltungen verschwunden waren.

Die Rückfahrt war erstaunlich still. Es war davon auszugehen, dass der Großteil von uns noch einen beträchtlichen Promillesatz im Blut hatte. Spätestens auf der Autobahn waren die meisten eingeschlafen oder zumindest im Dämmerzustand.

Patrizio und ich hatten es uns auf der letzen Bank bequem gemacht. Halb ausgestreckt hingen wir in unseren Sitzen und ich merkte schnell, wie ich immer wieder wegsackte.

Es war schon später Nachmittag und wir waren schon in Nordrhein-Westfalen, als ich wieder ganz wach wurde.

„Na, wieder da?“, fragte mich Patrizio, der mir ganz offensichtlich eine Weile beim Schlafen zugeguckt hatte.

„Und du bist die ganze Zeit munter, oder was?“, fragte ich zurück.

„Ne, ne, hab auch ‘n bisschen gepennt.“

Wir ließen uns beide wieder entspannt zurückfallen. Der Tag

war auf jeden Fall gelaufen. Es würde Abend werden eh wir zu Hause wären und so ein richtiger Bett-Ersatz war der Sitz im Bus auch nicht.

Um kurz vor acht rollte der Bus dann auf den Parkplatz am Sportplatz. Meine Eltern und einige andere Eltern standen schon da und winkten uns peinlich zu.

„Wann sehen wir uns wieder?", fragte Patrizio mich mit einer etwas bedrückten Stimme, als der Bus zum Stehen kam.

„Am Dienstag is' doch wieder ganz normal Training", antwortete ich vielleicht etwas unüberlegt. Erst als ich aus dem Bus ausstieg, fiel mir ein, dass er mir damit wohl etwas anderes sagen wollte. Leider kam ich nicht mehr dazu, noch einmal mit ihm zu sprechen. Erst begrüßte meine Mutter mich, indem sie mich halb zerquetschte, dann tat mein Vater Ähnliches.

Ich kämpfte mich durch das Gerangel zum Gepäckraum des Busses und zog unter größerem Kraftaufwand meinen Koffer raus, den mein Vater mir sofort aus der Hand nahm.

Ich winkte denen kurz zu, von denen ich mich noch nicht persönlich verabschiedet hatte und stieg dann zu meinen Eltern ins Auto.

Der Abend war in der Tat nicht mehr lang für mich. Nachdem meine Eltern mich bei Kartoffelsalat und Würstchen über die vergangene Woche ausgefragt hatten, wobei ich natürlich das ein oder andere verschwieg, lag ich sehr bald in meinem Bett.

Nadja stand schon an den Fahrradständern vor der Schule, als ich kurz vor acht ankam.

„Schatzi!", rief sie mir laut zu, als ich in Sichtweite war. Ich war froh, sie zu sehen. Die ganze letzte Woche hatte es mich etwas traurig gemacht, bis auf ein paar SMS nichts von ihr gehabt zu haben. Ich musste zugeben, mich in meinen Gedanken manchmal etwas über sie geärgert zu haben, denn ich hätte mir von unserer inzwischen fast zwei Monate alten Beziehung noch etwas mehr erhofft. Noch immer war sie die alleinige treibende Kraft, die bestimmte, was wir wann zusammen taten. Sie gab mir nicht das Gefühl, in einer Beziehung zu sein, in der zwei völlig freie und gleichberechtigte Partner glücklich miteinander leben können.

„Ich hab dich voll vermisst." Sie begrüßte mich mit diesen Worten und einem kräftigen Kuss auf den Mund.

„Ich dich auch!" Ich nahm sie in den Arm und setzte zu einem neuen Kuss an, der sich zu einem Zungenkuss vertiefte.

Nachdem wir genügend Zärtlichkeiten ausgetauscht hatten, bekam ich Zeit, mein Fahrrad abzuschließen. Es war genau acht und ich sah uns schon wieder zu spät in den Matheunterricht reinplatzen.

„Komm, wir müssen rein", sagte ich mit einem liebevollen Ton zu Nadja, nahm ihre Hand und ging mit ihr ins Gebäude.

Während die chronisch verunsicherte Referendarin vorne irgendetwas von binomischen Formeln erzählte, schottete ich mich geistig völlig ab. Ich spürte dieses merkwürdige Bedürfnis in aller Ruhe ganz alleine nachdenken zu müssen.

Etwas war komisch. Irgendwas störte mich. Die Küsse und Umarmungen mit Nadja waren nicht mehr so wie ich sie in Erinnerung hatte. Irgendetwas fehlte mir dabei und ich konnte nicht genau sagen was.

Seit ich wusste, wie es sich anfühlte von Patrizio geküsst und umarmt zu werden, hatten sich meine Erwartungen wohl ganz von alleine in die Höhe geschraubt.

Bei dem Kuss mit Nadja musste ich unweigerlich an Patrizio denken und daran, dass es mir mit ihm besser gefallen hatte. Ich hatte keine Ahnung, warum das so war, und noch weniger wusste ich, wie ich damit umgehen sollte.

Die letzte Woche war doch ein Erlebnis abseits von der alltäglichen Realität. Ich war davon überzeugt, dass das, was dort passiert war, danach völlig unbedeutsam werden würde und alles wieder so wäre wie vorher. Nadja war doch meine Freundin, die ich über alles liebte und die der einzige Mensch war, den ich küsste, umarmte oder streichelte. Oder war ich mir gegenüber nicht ehrlich, was das anging? Konnte es wirklich sein, dass die Sache mit Patrizio nicht abgeschlossen war, sondern möglicherweise gerade erst begonnen hatte? Aber wie um Himmels Willen könnte diese Sache weitergehen? Wir teilten uns kein Zimmer im Luxushotel mehr, wo wir jede Nacht alleine waren und tun konnten, was wir wollten. Wir konnten uns ja wohl kaum in der Stadt treffen, Hand in Hand die Fußgängerzone entlang gehen und uns unter den Augen Hunderter anderer küssen. Das ging einfach nicht. Alle würden uns für schwul halten und das war doch so ziemlich das Schlimmste, was man sein konnte. Oder waren wir schon längst schwul? Ich hatte keine Ahnung, wie sich das anfühlte, ob man überhaupt etwas merkte. Meine Eltern hatten mich zwar nicht so erzogen, dass ich schwul sein als Todsünde empfand, aber so richtig offen hatten wir nie über Sexualität geredet. Alles was ich wusste, hatte ich aus eigener Erfahrung, von Freunden oder aus dem Internet.

Ich kramte vorsichtig mein Handy aus der Hosentasche. Noch wichtiger, als dass die dumme Lehrerin mich nicht beim SMS schreiben erwischte, war, dass Nadja das nicht tat und die saß immerhin neben mir. Ich hatte keinen Bock, mir irgendeine Lüge ausdenken zu müssen, wenn sie mich fragte, wem ich schrieb.

‚Ich vermisse dich', war das Einzige, was ich ins Handy tippte, bevor ich Patrizios Nummer raussuchte und auf abschicken drückte. Damit stand nichts mehr in meiner Macht und ich konnte nur noch abwarten, wie er reagierte. Ich hoffte natürlich, er würde bald zurückschreiben und mir sagen, wo wir uns treffen könnten. Bis zum Ende der Stunde wurde mein Wunsch noch nicht erfüllt, aber ich war bereit zu warten. Vielleicht war er ja nicht der Typ, der im Unterricht SMS las und beantwortete.

Als ich in der Pause Nadja zum Rauchen begleiten musste, empfand ich das nicht mehr als angenehm. Ich hatte mein Handy wieder auf laut gestellt, um es sofort hören zu können, wenn Patrizio zurückschrieb. Ich wünschte mir, statt mit Nadja mit Patrizio in irgendeiner unbeobachteten Ecke zu stehen und rumzuknutschen. Dass es so war, bereitete mir einiges an Kopfzerbrechen und das Einzige, was mir klar war, war, dass sich das ein oder andere ändern musste und sicher auch ändern würde.

In der zweiten Pause hatte Patrizio mir immer noch nicht geantwortet. Ich bekam ein etwas mulmiges Gefühl als ich mir vorstellte, er hätte mich und unsere gemeinsamen Erlebnisse verdrängt und verleugnet. Er konnte es sich noch weniger als ich leisten, als schwul zu gelten. Ich konnte mir gut vorstellen, dass auf der Hauptschule die Todesstrafe darauf stand.

Ich hatte mich – etwas unter Druck – mit Nadja für den Abend verabredet. Nach etwas Aufregendem sah es wieder nicht aus.

Auf meinem Nachhauseweg hielt ich kurz vor meinem Ziel noch mal an, holte mein Handy raus und wählte entschlossen Patrizios Nummer. Ich musste etwas tun und ich hatte keine Lust mehr zu zögern.

„Hi, Marcel“, sagte er in einem mir völlig fremd gewordenen coolen Ton.

„Hast du meine SMS nicht gekriegt?“, fragte ich. Ich hatte mir eigentlich vorgenommen, das Gespräch direkt auf den Punkt zu bringen, aber der Mut schien mich wieder ein wenig zu verlassen.

„Ja, und?“ Er machte mich fast traurig mit dieser Art. Was sollte das um Himmels Willen? Ich war felsenfest davon überzeugt gewesen, dass er sich freuen würde zu hören, dass ich ihn vermisste.

„Ey, was is‘ denn?“, fragte ich ihn ganz direkt. „Hab ich irgendwas falsch gemacht? Hast du keinen Bock auf mich, oder was?“ Vielleicht war das doch eine Stufe zu direkt, denn ein paar Sekunden herrschte Stille in der Leitung.

„Komm um sieben heute Abend zum Baggersee im Norden, da wo der Wald anfängt, weisste, was ich meine? O.k.?“

„Ja, o.k.“, sagte ich. Mit dem Nachdenken fing ich allerdings erst danach an, nachdem wir ohne weitere Grußformeln aufgelegt hatten.

Warum war er so und was sollte das mit dem Treffen am Abend? Um die Uhrzeit war kein Mensch mehr in dem Wald am Baggersee. Für einen Moment kam die etwas absurde Vorstellung in meinen Kopf, dass Patrizio mich in eine Falle locken wollte. Aber wie mir nach kurzem Überlegen klar wurde, hatte er nicht den geringsten Grund dazu. Fürs Erste beschloss ich, nach Hause zu fahren, meinem alltäglichen Leben nachzugehen und später zu entscheiden, was ich am Abend tun würde. Nadja oder Patrizio, war die große Frage. Einem von beiden müsste ich eh absagen, aber so ganz entschlossen, wer mir wichtiger war, war ich wohl noch nicht.

Am Nachmittag hatte ich mich entschieden. Ich schrieb Nadja eine SMS, dass ich am Abend doch leider keine Zeit hätte und beschloss, zu dem zugegeben etwas eigenartigen Treffen mit Patrizio zu gehen. Meinen Eltern hatte ich zwar schon erzählt, dass ich vorhatte zu Nadja zu gehen und es war nicht so, dass ich meine Eltern gerne anlog, aber letztendlich hatte ich dann keine Lust mehr, ihnen meine Planänderung für den Abend zu erklären. Patrizio kannten sie ja noch nicht einmal. Da hätte ich zu viel erzählen müssen und mich aller Wahrscheinlichkeit nach in den einen oder anderen Widerspruch verstrickt.

Der Wald am Baggersee lag direkt hinter der Stadtgrenze. Ich hatte es nicht weit dahin und machte mich deshalb zu Fuß auf den

Weg. Patrizio wohnte, wenn ich ihn richtig verstanden hatte, noch näher dran, in der Siedlung, die direkt gegenüber dem Baggersee lag. Inzwischen war das Jahr schon soweit vorgeschritten, dass die Sonne schon um kurz vor sieben sehr tief stand. Auch musste ich ein langärmliges Shirt und eine Jacke tragen und somit den Sommer endgültig als Vergangenheit akzeptieren.

Es war ziemlich genau sieben, als ich über die Landstraße ging, die unsere Stadtgrenze bildete und auf deren anderen Seite unser Treffpunkt lag.

Patrizio wartet schon auf mich. Er stand an den Poller gelehnt, der den Fußgängerweg vor Autos schützen sollte, und bemerkte mich zunächst gar nicht, denn er war sehr in den Blick auf seine Uhr vertieft. Er sah verdammt gut aus. Ich vermutete sogar, er hatte sich extra zurechtgemacht. Seine Frisur war wieder perfekt gestylt, er trug eine ziemlich coole schwarze Lederjacke, eine moderne, blau-weiß verwaschene Jeans und um seinen Hals hing eine Kette mit einem silbernen Anhänger, der im matten Licht der Straßenbeleuchtung, die soeben angegangen war, schimmerte.

„Hi“, sagte ich. Er sah auf. Ein leichtes Lächeln verbreitete sich in seinem Gesicht.

„Hi.“ Wir begrüßten uns mit einer innigen Umarmung. Wir konnten wohl einfach nicht anders, als uns um den Hals zu fallen und uns zu spüren. Fast vierundzwanzig Stunden hatten wir uns nicht gesehen.

Ich holte Luft, um etwas zu sagen, doch verstummte ich wieder, bevor ich den ersten Laut rausgebracht hatte.

Patrizio ging es ähnlich. Wie lang es genau war, dass wir uns schweigend anstarrten, konnte ich nicht genau ausmachen.

Langsam näherten wir uns einander immer mehr ohne dabei die Verbindung zwischen unseren Blicken abzubrechen. Unsere Lippen verschmolzen miteinander und das Gefühl, das ich so gut kannte und das mir so gut gefiel, kam wieder in mir hoch. Meine Hände wanderten über seine Arme, seinen Nacken und seinen Rücken. Ein paar seiner Finger spürte ich durch meine Haare wandern. Erst nach einer kleinen Ewigkeit ließen wir voneinander ab.

„Und ich dachte schon, du magst mich nicht mehr.“ Das war mir so rausgerutscht, aber ich war dann doch auf die Antwort gespannt, denn sein Verhalten am Telefon fand ich immer noch etwas komisch.

„Quatsch", meinte er. „Ich kann nur nicht immer so mit dir reden, wie ich will. Wenn Kumpels von mir dabei sind, ist das doch so …"

Ihm fehlten zwar die Worte, ich verstand aber trotzdem, was er mir sagen wollte.

Er musste für seine Kumpels den coolen, harten Typ markieren, der er für mich nicht war.

Irgendwie fand ich das ganz süß. Ich gehörte damit ja wohl zu den Menschen, die ihn am besten kannten. Ich hatte nicht gemerkt, dass es schon so weit gekommen war.

„Macht doch nichts", verzieh ich ihm ganz leise und ganz nah an seinem Ohr. Sofort nahm ich ihn wieder in den Arm und drückte ihm einen Kuss auf die Wange.

„Die Woche war so geil, oder?" Damit hatte er in jeder Hinsicht recht. Wir gingen zusammen ein Stück den Waldweg entlang – Arm in Arm.

„Na klar. Ich weiß gar nicht, wie ich's ohne dich in meinem Zimmer noch aushalten soll." Diese Antwort schien ihm wohl besonders gut zu gefallen. Sofort drückte er mir einen Kuss mitten auf den Mund.

Fast eine Stunde gingen wir zusammen den Weg entlang. Inzwischen war es völlig dunkel. Die meiste Zeit hatten wir nicht gesprochen, sondern einfach nur einander gespürt, uns geküsst und gestreichelt. Das Ganze hatte bei mir einiges an Glückshormonen freigesetzt, die mir etwas zusätzlichen Mut gaben.

„Ich will wieder mit dir ficken", meinte ich so entschlossen, wie ich so etwas noch nie gesagt hatte.

Er streichelte mir durchs Gesicht.

„Klar! Morgen nach dem Training. Komm einfach mit zu mir. Dann bin ich bis abends allein zu Hause."

Das klang ja wunderbar. Ich hätte nicht gedacht, dass wir so bald wieder die Gelegenheit für unsere Lieblingsbeschäftigung bekämen.

„Morgen geht's so richtig zur Sache, du geile Sau", hauchte er mir verdammt dreckig ins Ohr und machte mir damit echte Vorfreude auf den nächsten Abend.

„Ich versprech's dir! Morgen kriegst du den geilsten Orgasmus deines Lebens", machte er weiter. Der Kleine nahm den Mund ganz schön voll, aber mir gefiel das und ich war gespannt, was er alles mit mir vorhatte und konnte es kaum noch abwarten.

Seine Hand wanderte jetzt an meinem Gürtel entlang, schweifte ein paar Mal zu meinem Arsch aus und hielt dann genau über meinem Schwanz inne. Deutlich spürte ich seine Finger durch die Hose.

„Morgen kannst du dein Gewehr wieder entladen!" Ich konnte nichts mehr sagen. So geil hatte er mich noch nie gemacht und mir war klar, dass ich sobald ich zu Hause war, mir als allererstes ordentlich einen abwichsen würde.

14

Schon nach dem Aufstehen freute ich mich auf den Abend. Mir war klar, dass sich in Zukunft für mich und Patrizio nicht oft die Möglichkeit geben würde, ganz ungestört in einem Bett zusammen Spaß zu haben. Meine Eltern waren äußerst selten beide weg und wenn, dann nur kurz. Ich hoffte deshalb, dass sich bei Patrizio öfter die Gelegenheit ergeben würde.

Beim Training verhielten wir uns extrem cool. Wir begrüßten uns zwar und sprachen ein paar kurze allgemeine Sätze, doch wir achteten sehr darauf, nicht den Eindruck zu erwecken, in irgendeiner Hinsicht mehr als nur gute Kumpels zu sein. In der Kabine nahmen wir ganz unwillkürlich die Plätze nebeneinander, aber sobald wir auf dem Feld standen, hielten wir uns völlig fern voneinander. Beim Warmlaufen konnte ich eh nicht viel sprechen, aber die paar Sätze, die ich rauskriegte, wechselte ich mit Marco. Er hatte großes Interesse an meiner Beziehung zu Nadja. Mit ihm hätte ich ja eigentlich darüber reden können, aber ich kürzte die Sache ab, indem ich ihm versicherte, alles wäre in bester Ordnung und ich wär so glücklich wie noch nie.

„Und haste se schon gefickt?" Hätte mich jemand gefragt, ob ich Patrizio gefickt hätte, hätte ich natürlich ‚Nein' gesagt, aber andersrum wollte ich bei dieser Frage nicht lügen.

„Kein Kommentar. Ein Gentleman genießt und schweigt", zog ich mich elegant aus der Affäre.

„Also nein." Sven, der uns völlig überraschend eingeholt hatte, hatte offenbar mindestens die Hälfte von unserem Gespräch mitgekriegt. Wir mussten ihn etwas verwirrt ansehen, damit er mit seiner Erklärung rauskam.

„Wenn ein Junge ‚Kein Kommentar' sagt, heißt das ‚Ja', wenn ein Mädchen das sagt, heißt das ‚Nein'. Ganz einfach." Dann ging ihm auch schon die Puste aus und er musste sich wieder zurückfallen lassen. Sehr interessant, was er da für Menschenkenntnis an den Tag legte.

„Wenn du se echt noch nich' gefickt hast, is' was nich' o.k." Im Moment hatte ich wirklich keinen Nerv für Marcos Beziehungstipps und gegen meine eigentliche Auffassung meinte ich:

„Sven labert Scheiß. Ich hab sie schon mehr als einmal …" Marco würde ja wohl kaum auf die Idee kommen, Nadja genau so unverblümt zu fragen wie mich.

Patrizio und ich konnten es nicht lassen, uns regelmäßig vielsagende Blicke zuzuwerfen. Ich konnte es kaum erwarten, wieder mit ihm in einem Bett zu liegen, seine Finger an meinem Schwanz zu spüren, meine Zunge mit seiner spielen zu lassen, seinen Schwanz in den Mund zu nehmen und ihn einfach überall spüren zu können.

Ich war auf dem besten Weg, eine dicke Beule in meiner Hose zu bekommen und das war beim Fußballspielen nicht gerade förderlich.

Ich war froh, als die Dämmerung aufkam und wir aufhörten.

„So, und jetzt beeilen wir uns aber", flüsterte mir Patrizio auf dem Weg in die Kabine zu.

Als Antwort nickte ich bloß. Zu auffällig durften wir natürlich nicht wirken, deswegen stellten wir uns wie alle ganz gemütlich unter die Dusche. Ich sah nicht zu Patrizio rüber, denn sonst hätte die Gefahr bestanden, dass sich mein sowieso schon halbsteifer Schwanz in wenigen Sekunden zu einem gigantischen Monster aufrichtete. Der Blick in die anderen Richtungen bestätigte mir, was ich schon immer vermutet hatte. Keiner der anderen Jungen konnte mich so geil machen wie Patrizio. Das musste doch bedeuteten, dass ich nicht schwul war und Patrizio nur eine ganz besondere Ausnahme war. Aber was für eine Ausnahme? Wovon? Darüber sollte ich mir schon noch im Klaren werden.

Patrizio und ich waren die Ersten, die mit dem Duschen fertig waren. Mag sein, dass wir den ein oder anderen damit erstaunt hatten, aber das war uns jetzt auch egal.

Wir zogen uns in Windeseile an und verließen die Kabine gemeinsam.

„Bis wie viel Uhr haben wir eigentlich Zeit?“, fragte ich Patrizio. Ich hoffte, dass es spät sein würde.

„Meine Eltern kommen erst um elf. Mein Bruder kommt vielleicht ein bisschen früher, aber mach dir mal keine Sorge. Du hast genug Zeit, mich zu ficken, bis ich wahnsinnig werde.“

Es war extrem unvorsichtig von ihm, sich vor dieser Äußerung nicht umzusehen, ob jemand in Hörweite war. Glücklicherweise konnte ich mich nachträglich davon überzeugen, dass dem nicht so war. Darüber hinaus war ich sehr angetan, zu hören, wie geil mein kleiner Freund war und ich war mir sicher, dass es ein besonders heißer Abend würde. Meinen Eltern hatte ich schon von vornherein gesagt, dass ich zu einem Kumpel aus dem Verein mit nach Hause gehen würde und es etwas später werden könnte. Damit hatten sie sich zu meinem Erstaunen zufrieden gegeben und ich hatte noch nicht einmal gelogen.

„Wo ist eigentlich der Rest von deiner Familie?“, fragte ich ihn während wir auf unsere Fahrräder stiegen.

„Mein Bruder is‘ bei seiner Freundin, meine Eltern arbeiten Dienstags immer bis zum Schluss im Restaurant und meine Schwester ist ja immer bei denen.“

Seine Eltern betrieben ein kleines italienisches Restaurant in der Innenstadt, wie er mir schon ein paar Mal erzählt hatte.

„Heißt das, wir haben in Zukunft dienstags abends öfters Zeit?“, fragte ich mit hörbarer Freude.

„Nur wenn mein Bruder bei seiner Tussi is‘. Aber is‘ der ja meistens, also, warum nicht? Und jetzt komm! Mein Arsch sehnt sich nach dir und der Rest auch.“ Zum Glück sprach er dieses Mal deutlich leiser, denn so langsam kamen die Nächsten durchs Tor vom Sportplatz.

„O.k., ab die Post.“ Bevor wir noch von irgendwem aufgehalten werden konnten, waren wir schon längst außer Sichtweite.

Nur gut fünf Minuten später kettete ich mein Fahrrad an ein Geländer in der Einfahrt eines ziemlich neuen Reihenhauses.

„Nicht schlecht“, kam es mir so raus. Unser Haus war etwas kleiner und sah vor allem nicht so modern aus.

„Was? Das Haus?“

„Ja."

„Dann warte mal ab, gleich wird's noch viel besser." Er konnte es einfach nicht lassen, mich mit seinen Sprüchen immer geiler zu machen.

„Dann nichts wie rein." Er brauchte etwas Zeit, bis er den Schlüssel rausgekramt hatte.

„Hallo!?", rief er vorsichtshalber mal, nachdem er das Licht im Flur angemacht hatte.

„Wie gesagt, niemand da." Er drückte an allen Ecken und Enden auf Lichtschalter, während ich ihm die Treppe hinauffolgte. Auf dem Flur oben waren insgesamt fünf Türen. Das Haus gefiel mir, aber so ganz übersichtlich fand ich es nicht. Patrizio öffnete die Tür ganz am Ende und schaltete das Licht an.

Sein Zimmer war wesentlich kleiner als meins. Es hatte nur ein Fenster, vor dem ein kleiner Schreibtisch stand. Auf dem Schreibtisch lag ein zugeklappter Laptop und auf einem Tisch in einer Ecke stand ein winziger Fernseher. Die lebenswichtigen Einrichtungsgegenstände besaß er also. An der anderen Wand standen noch ein Schrank und ein Regal, zum kleinen Teil mit Büchern, zum großen mit DVDs, Computerspielen und anderen Dingen gefüllt.

„Das braucht dich alles gar nicht zu interessieren. Das sollte dich interessierten!", säuselte er mir ins Ohr und zeigte auf sein Bett. Er zog mir mit ein paar Handgriffen die Jacke aus. Den Pullover zog ich mir selber aus und schmiss ihn zur Jacke auf den Boden. Patrizio war noch schneller als ich. In wenigen Sekunden trug er nur noch seine Jeans und ich konnte wieder seinen wunderbaren Oberkörper betrachten. Ich legte meine Hand auf seine Schulter und wanderte langsam an seinem Arm runter und spürte seine Muskeln. Einfach geil. Er zupfte immer kräftiger an meinem T-Shirt, bis ich ihm schließlich half, auch das loszuwerden. Wir ließen uns zusammen aufs Bett fallen und begannen wieder, uns gegenseitig das Gesicht abzulutschen. Obwohl wir immer noch unsere Jeans trugen, spürte ich, was für eine dicke Schlange da unter Patrizios Hose lauerte und nur darauf wartete, befreit zu werden. Ich richtete mich auf, blieb aber über ihm knien. Ich öffnete langsam seinen Gürtel und jeden einzelnen Knopf seiner Hose, fasste ihm dann unter die Boxershorts und griff nach der dicken Schlange.

Es störte mich extrem, dass ich immer noch meine Hose trug, denn die war inzwischen mehr als überflüssig. Ich rutschte zur Seite und zog mir in Windeseile die Hose aus und schmiss die Boxershorts gleich hinterher. Sofort zog Patrizio, der sich inzwischen auch die Restklamotten abgestreift hatte, mich mit seinen kräftigen Armen zu sich zurück.

„Komm her, du geile Sau“, stöhnte er.

„Komm her und fick mich!“ Wie konnte ein Junge nur so geil sein? Und vor allem, wie schaffte er es, mich so scharf zu machen, dass ich nichts lieber tun wollte, als ihm seinen Wunsch zu erfüllen?

Er hatte – anders hatte ich es auch nicht erwartet – wieder alles perfekt vorbereitet und musste für Kondome und Gleitcreme nur noch unter sein Bett greifen.

Das fand ich ganz schön mutig. Wenn ich solche Sachen unter meinem Bett verstecken würde, würde es keine zwei Tage dauern, bis meine Mutter sie bei einer ihrer sogenannten Aufräumaktionen finden würde. Ich griff nach einem Kondom, packte es aus, suchte kurz nach dem richtigen Ende und streifte mir das Ding über meinen kerzengraden Ständer. Eine Fingerspitze Gleitcreme reichte völlig und mein Ding flutschte durch meine Finger.

„Dann komm her! Zeig mir deinen Arsch!“, zischte ich, hatte aber das Gefühl, dabei bei Weitem nicht so erotisch zu klingen wie Patrizio.

Nachdem er mir sehr interessiert beim Überstreifen des Kondoms zugesehen hatte, drehte er sich um und streckte mir willig seinen Arsch hin.

Ich stützte mich mit den Handflächen auf seinem Rücken ab, während ich ihm immer näherkam und meine Riesenlatte ganz, ganz langsam von seinem Loch angezogen wurde.

„Geil!“, schrie ich, als ich anfing, mich vor und zurück zu bewegen. Patrizio war, wenn ich das richtig sah, viel zu geil, um noch was zu sagen.

Mit einer Hand wanderte ich von seinem Rücken zu seinem Bauch, streichelte langsam zu seiner Brust hoch und glitt dann wieder runter über den Bauch zum Schwanz. Dort erwartete mich eine Latte, die so hart war, als wäre sie aus Stahl. Ich bekam die Vermutung, dass eine Berührung dieser Latte eine gewaltige Explosion auslösen würde und dem Spaß vorzeitig ein Ende setzen würde. Deswegen ließ ich meine Hand wieder über seinen Bauch streicheln, an dem ich alle acht Muskeln deutlich fühlen konnte.

Sehr bald spürte ich, wie sich bei mir ein Höhepunkt aufbaute, wie ich ihn wohl noch nie gehabt hatte. Mein kleiner, geiler Freund hatte mir also nicht zu viel versprochen.

Ich stieß meine Latte immer intensiver in ihn rein und meine Hand bewegte sich vorsichtig zu der Spitze seiner Stahllatte.

Patrizio gab irgendwelche bedeutungslosen Laute von sich und ich tat – soweit ich überhaupt Herr über meine Sinner war, das gleiche. Mit drei Fingern umklammerte ich seine Latte und ohne viel Weiteres tun zu müssen, flossen gigantische Spermaströme über meine Hand – schon wieder ungefähr im gleichen Moment, in dem meine Schlange in seiner Höhle explodierte.

„Marcel, du bist einfach nur geil", bestätigte er mir immer noch völlig außer Atem, als wir wenig später nackt aneinander gekuschelt da lagen.

„Und du bist noch viel geiler, Patrizio." Wie ich das so sagte, merkte ich, wie bereits jetzt ganz allmählich die Lust in mir aufkeimte, das Ganze zu wiederholen.

Ich schwang mein rechtes Bein über Patrizio, sodass ich auf ihm kniete und unsere Schwänze, die beide schon wieder so gut wie komplett ausgefahren waren, sich einander immer wieder leicht berührten.

Auf der einen Seite gab es tausend Sachen, die ich gern mit Patrizio gemacht hätte, auf der anderen fiel mir nichts so recht ein. Nachdem er mir einen so geilen Orgasmus beschert hatte, fühlte ich mich verpflichtet, ihm auch noch etwas Gutes zu tun.

Ich beugte mich nach vorne und drückte ihm einen kräftigen Kuss auf die Brust. Mit meinen Lippen bewegte ich mich zielsicher an seinem Körper herab und war sehr schnell dabei mit meinen Lippen an seiner Schwanzspitze zu spielen. Mit Daumen und Zeigefinger umgriff ich seinen Schaft und zog langsam seine Vorhaut zurück. Erst dann konnte sein ganzer Stolz in meinen Mund eindringen und meine Zunge kitzelte mit einer atemberaubenden Geschwindigkeit über seine Eichel. Es war einfach ein unbeschreiblich tolles Gefühl, diesen geilen Jungen stöhnen zu hören. Meine Lippen saugten immer kräftiger und schneller und ich spürte, dass es sich nur noch um Sekunden handeln konnte, bis die harte Latte in meinem Mund explodierte.

Patrizios Stöhnen wurde immer lauter und lauter und dann spritzten die ersten Tropfen in meinen Mund. Mein Mund füllte sich immer mehr mit der warmen Flüssigkeit und ohne lange nachzudenken schluckte ich alles, was ich abbekommen hatte, runter.

Kaum hatte ich mich zur Seite gedreht, spürte ich schon, wie Patrizio sich mit seinen Fingern daran machte, auch aus meiner Latte noch mal einiges rauszupumpen.

Dieser Abend übertraf alles, was ich bisher erlebt hatte, und ich war tierisch froh, Patrizio dafür zu haben.

„Ficken is‘ auch irgendwie Sport, ne?“, meinte er – immer noch etwas außer Atem zu mir, als wir regungslos nebeneinander im Bett lagen und ins Nichts starrten.

„Ficken mit dir is‘ Hochleistungssport“, bestätigte ich ihm und er rutschte ein bisschen näher an mich und legte seinen Kopf an meine Schulter.

„Halb zehn schon“, sagte er irgendwann. Mir war die Zeit egal. Ich hatte gigantischen Spaß mit Patrizio gehabt und lag jetzt mit ihm in einem Bett – besser hätte die Situation gar nicht sein können.

„Wann können wir uns wiedersehen?“ Diesmal war ich es, der das unbedingt wissen wollte.

„Spätestens am Wochenende, denk ich. Meine Eltern sind dann oft den ganzen Tag weg und mein Bruder is‘ bei seiner Ische.“

„Also kann ich dann wieder hierher kommen?“

„Klar.“ Das klang schon wieder sehr provozierend sexy.

„Du kannst hierher kommen und dann zeig ich’s dir mal so richtig, du geiler dreckiger Hengst.“ Wenn er mich mit dieser Art nicht geil gemacht hätte, hätte er mir sicherlich große Angst gemacht.

Er drückte mir einen Kuss auf den Mund, den ich mit viel Energie erwiderte und der sich schließlich zu einem heftigen Zungentanz entwickelte.

Völlig abrupt ließ Patrizio von mir ab und ich bemerkte einen etwas erschreckten Gesichtsausdruck. Dann hörte auch ich ein Geräusch.

„Scheiße, da kommt irgendwer nach Hause“, flüsterte er und in seiner Stimme merkte ich, wie nervös, fast panisch er war.

Ohne dass noch irgendetwas gesagt werden musste, sprangen wir beide auf und zogen uns so schnell an, wie wir das wahrscheinlich noch nie getan hatten.

„Scheiße, Scheiße“, hörte ich Patrizio immer wieder leise flüstern, obwohl schon längst nichts Verdächtiges mehr auf unser wahres

Treiben hindeutete.

„Hallo, jemand da?", rief eine Stimme von unten.

„Mein Bruder", flüstere Patrizio so leise, dass ich es kaum hören konnte. So nervös hatte ich ihn noch nie erlebt.

„Ich sag dem einfach, dass du 'n Kumpel aus'm Verein bist, o.k.?"

Da war ja nichts gelogen dran und ich konnte mir auch nicht vorstellen, dass Patrizios Bruder was dagegen hatte, dass er Freunde mit nach Hause nahm.

„Ja, o.k."

„O.k., dann komm einfach mit runter."

Ich zog mir meine Jacke an und nahm meine Sporttasche. Lange wäre ich ja eh nicht mehr geblieben und ich empfand das irgendwie als passende Gelegenheit zu gehen, obwohl ich natürlich am liebsten die ganze Nacht mit Patrizio im Bett rumgemacht hätte.

„Ja, hi! Ich bin's", rief Patrizio runter. Seine Aufregung legte sich nur langsam.

„Ich hab noch 'n Kumpel mitgenommen."

Zusammen gingen wir die Treppe runter. Im Flur standen zwei Personen. Ein junger Mann, der äußerlich geradezu schockierende Ähnlichkeiten mit Patrizio hatte und eine junge Frau, auch dunkelhaarig, klein und schlank – allem Anschein nach Patrizios Bruder und dessen Freundin.

Ich sah die beiden kurz an und bekam sofort zwei Hände entgegengestreckt.

„Hi, ich bin Silvio, ich bin Patrizios Bruder, wie du bestimmt sehen kannst."

Er sah seinem Bruder sehr ähnlich, aber beim Sprechen wirkte er völlig anders. Irgendwie sprach er normaler und flüssiger, aber Patrizios Art zu Sprechen war ja eines der Dinge, die mir so sehr an ihm gefielen.

„Ich bin Marcel, ich bin bei deinem Bruder in der Mannschaft."

Wir nickten uns freundlich zu und dann schüttelte ich dem Mädchen die Hand.

„Ich heiße Chiara, ich bin seine Freundin." Sie sprach mit einem leichten Akzent, bestimmt war sie auch Italienerin.

„Also, ich wollt dann eh gehen, vielleicht sieht man sich ja bald mal wieder." Was Besseres fiel mir nicht ein. Patrizio, der immer noch leicht unsicher in der Gegend rumstand, tat mir ein bisschen leid.

„Klar, Patrizios Freunde können jederzeit kommen“, erklärte Silvio mir.

Ich schüttelte noch mal Hände zum Abschied. Patrizio hätte ich natürlich gerne einen Kuss auf den Mund gedrückt, aber mir war natürlich klar, dass wir uns auf einem Territorium bewegten, auf dem wir nicht mehr als Kumpel waren.

Und ganz kumpelhaft klatschte er zum Abschied meine Hand ab und öffnete dann die Tür, durch die ich in die dunkle Nacht verschwand. Freundlicherweise machte er noch die Beleuchtung in der Einfahrt an, so dass ich zumindest mein Fahrrad finden konnte. Man hätte meinen können, er wollte mich rausschmeißen, aber das verzieh ich ihm. Ich wusste ja schon, wie wichtig es ihm war, dass niemand in seiner Familie von unserem Geheimnis erfuhr und ich akzeptierte das. Bei mir war es ja nicht viel anders.

Nur die Frage, wie es auf Dauer weitergehen sollte, plagte mich schon wieder und immer noch.

15

Ich war in den nächsten Wochen viel mit Nadja zusammen. Wir gingen händchenhaltend durch die Stadt, wobei wir einmal sogar Silvio und Chiara begegnet waren, wir waren fast jede Woche einmal im Kino, hatten zwei Mal einen ganzen Tag in Düsseldorf mit shoppen und ähnlichem verbracht und besuchten uns ständig gegenseitig, um mit der Familie zusammen zu essen, zu feiern oder uns einfach in unsere Zimmer zu verkriechen. Ich bekam öfters das Gefühl, dass sie doch so langsam Sex wollte, doch auf einmal war ich es, der sie hinhielt. Ich war schwer verunsichert. Mein erstes Mal hatte ich mit Patrizio gehabt. Da konnte man nichts dran rütteln und das würde so für immer in meinem Lebenslauf stehen. Aber das erste Mal mit einem Mädchen, das worauf ich mich die letzten drei, vier Jahre gefreut hatte, machte mir auf einmal Sorgen. Die Erlebnisse mit Patrizio hatten mich verändert. Der Sex mit einem anderen Jungen war ein fester Bestandteil meines Lebens geworden, was dazu führte, dass für mich an Mädchen auf einmal so vieles befremdlich war.

Aber ein Leben, in dem ich nur Sex mit Jungen hatte, konnte

ich mir auch nicht vorstellen.

Der Gedanke mit Nadja Schluss zu machen, war mir schon einmal gekommen, aber ich war dann wieder zurückgeschreckt, denn mir war klar, dass das nicht die Lösung meiner Probleme, sondern vielmehr die Quelle neuer Probleme gewesen wäre. So blieb ich also mit Nadja in einer Beziehung, die vom freundschaftlichen Aspekt sicher sehr glücklich war, der aber entscheidende Punkte fehlten. Ich konnte mich rein körperlich einfach nicht für Nadja begeistern.

Mit Patrizio sah es hingegen ganz anders aus. Die letzen Wochen hatten uns noch ein ganzes Stück weitergebracht. Bei jeder Gelegenheit – ob ich alleine zu Hause war oder er – trafen wir uns und verbrachten so viele geile Stunden wie nur möglich und entdeckten dabei auch immer wieder neue Facetten, die unser Sexualleben weiter aufflammen ließen. Bei Patrizios Familie war ich inzwischen als neuer bester Freund oder so akzeptiert.

Dadurch, dass ich seine Eltern kennen lernte, wurde mir klar, warum Patrizio so große Angst davor hatte, als schwul zu gelten. Seine Eltern waren stolz darauf, konservativ und katholisch zu sein und gegen alles was in irgendeiner Weise anders war als sie. Eigentlich passte das gar nicht zu ihnen, denn sonst waren sie ziemlich nette Menschen.

Als Patrizio mir in der letzten Woche vor den Weihnachtsferien erzählte, dass er mit seinen Eltern, seinen Geschwistern und Silvios Freundin für die Weihnachtstage nach Palermo fliegen würde, war ich erst mal extrem frustriert. Eine ganze Woche hatten wir noch nie aufeinander verzichten müssen.

Glücklicherweise würde er noch vor Silvester wiederkommen, denn Silvester war ich alleine zu Hause. Eine Woche vor den Ferien hatten meine Eltern mir erzählt, dass sie mit ihren Freunden, die sie auch schon nach Holland mitgenommen hatten, für vier Tage nach Berlin zu dem großen Feuerwerk fahren würden.

Ich musste meinen Eltern natürlich wieder einige tausend Mal versichern, dass ich alleine klarkäme und sie auch ganz bestimmt nicht vermissen würde.

Ich erinnerte mich, dass Marco und ich uns im vorherigen Jahr, als wir beide noch fünfzehn waren, fest vorgenommen hatten, dieses Silvester – egal wo, egal wie – eine Riesenparty zu feiern. Doch wie es jetzt aussah, sollte daraus nichts werden. Stattdessen würden Patrizio und ich ganz ungestört in meinem Bett zusammen ins neue Jahr ficken. Darauf freute ich mich schon und das half mir darüber hinweg, ihn vorher eine Woche nicht sehen zu können. Ich sah es schon kommen, wieder so oft wichsen zu müssen, wie in der Zeit, bevor wir angefangen hatten, uns gegenseitig zu befriedigen.

Nachdem ich allen Ecken und Enden frohe Weihnachten und einen guten Rutsch gewünscht hatte, ging ich mit Nadja Hand in Hand aus dem Schulgebäude. Auch sie war über die Weihnachtstage mit ihren Eltern bei Verwandten in Süddeutschland und auch sie würde ich vermissen, das war ganz klar.

Sie war schon seit über drei Monaten meine Freundin und alles stimmte, außer dass wir keinen Sex hatten. Sie schien ihn offenbar nicht nötig zu haben und ich holte ihn mir bei Patrizio.

Nadja kuschelte sich an mich und ich legte meinen Arm um sie.

„Wann sehen wir uns denn wieder, Schatzi?“, fragte sie mich und gab ihrer Stimme dabei einen enttäuschten Klang.

„Wann bist du denn wieder da?“

„Am achtundzwanzigsten, nachmittags.“ Das war ein Tag bevor Patrizio wieder kam und meine Eltern abreisten. Und sobald meine Eltern weg waren, wollte ich die Zeit nur für mich und Patrizio haben, also gab es kaum Möglichkeiten.

„Dann komm doch direkt am Abend vorbei.“

„Echt? Supi! Da freu ich mich!“ Ich war mir ziemlich sicher, dass sie sich nicht mehr so freuen würde, wenn sie wüsste, dass ihr Freund an allen anderen Abenden vorhatte, mit einem anderen Jungen in die Kiste zu steigen.

Nachdem sowohl Patrizio als auch Nadja, die sich übrigens dank meines Geschicks immer noch nicht kennen gelernt hatten, für ein paar Tage nicht da waren, hatte ich wieder viel Zeit zum Nachdenken.

Ich überlegte auch mal, die Sache mit Patrizio zu beenden, mein erstes, richtiges Mal mit Nadja zu haben und dann wieder ganz normal zu leben. Aber sobald ich geil wurde und mir vorstellte, meine Geilheit bald wieder mit Patrizio befriedigen zu können, war diese Option sofort aus dem Rennen.

Am Tag vor Heiligabend fasste ich einen Entschluss. Ich beschloss, direkt als erste große Handlung im neuen Jahr Sex mit Nadja zu haben. Sie war bereit dazu und wartete nur noch auf mich und mir war klar, dass es nicht mehr lange dauern würde, bis sie mich explizit darauf ansprach.

Die Silvesternacht würde ich mit Patrizio verbringen, das stand schon fest, aber am Neujahrstag würde ich abends Nadja zu mir einladen und mit ihr einen romantischen Abend verbringen und schließlich versuchen, sie zu verführen, was mir hoffentlich nicht schwerfallen würde. Wenn mir der Sex mit ihr gefiel, dann musste ich Patrizio schonend beibringen, dass ich ihn nicht mehr dafür brauchte. Wenn nicht, dann war Nadja einfach nicht die passende Frau für mich und ich musste mir eine andere suchen, was ich sehr ungern getan hätte, denn immerhin liebte ich sie und das war ja auch nichts, was man einfach so ein- und ausschalten konnte.

Am nächsten Tag kam dann meine Schwester zu uns und richtete sich in ihrem alten Zimmer ein. Von da an hatte ich kaum noch die Gelegenheit, mich mit etwas anderem zu beschäftigen, als mit der Familie. Das war einfach typisch Weihnachten und ich hatte nichts dagegen. Ich war aber auch wieder froh, als es vorbei war, denn dieses Jahr war das erste Jahr, in dem es wirklich etwas Wichtigeres in meinem Leben gab. Ich musste Ordnung in mein Liebes- und Sexleben bringen und das lieber heute als morgen.

Den krönenden Abschluss der Festtage bildete das gemeinsame Abendessen mit meinen Eltern, meiner Schwester und Nadja, die unentwegt davon sprach, was für eine depressive und hässliche Gegend der Schwarzwald sei. Mit meinem Vater schien sie da einen Verbündeten gefunden zu haben, meine Mutter war völlig anderer Meinung und ich konnte nichts dazu sagen.

„Und, Schatzi, was machst du die nächsten Tage so?“, fragte Nadja mich, während wir zusammen in meinem Bett lagen und ich sie in meinem Arm hielt. Ich hätte ihr gerne durch die Haare gestreichelt, aber das wollte sie nicht. Genauso gerne hätte ich ihr an den Arsch gepackt, aber auch das wollte sie nicht. Mit Patrizio konnte ich alles machen, was ich wollte und ich freute mich schon, am nächsten Abend mit ihm hier liegen zu können.

„Ich weiß noch nicht. Das was man halt so macht, wenn man sturmfrei hat.“ Mit anderen Jungen zu ficken gehörte sicher nicht dazu, aber das erzählte ich ihr ja auch nicht.

„Ich lad vielleicht ‘n paar Kumpel ein, wir saufen ‘n bisschen. Silvester machen wir so was wie ‘ne Riesenparty, also langweilig wird mir bestimmt nicht.“ Ich spürte sofort, dass sie etwas anderes erwartet hatte, als das, was ich ihr gerade vorgelogen hatte. Sie wollte wohl, dass ich meine sturmfreien Tage voll und ganz ihr widmete. Als ich das ein paar Monate zuvor schon mal wollte, wollte sie nicht. Jetzt sah die ganze Sache umgekehrt aus.

„Und wann machen wir beide wieder was zusammen?“ Sie streichelte mir sanft über den Rücken, aber meine Antwort konnte sie dadurch auch nicht beeinflussen.

„Also, wenn ich an Neujahr nüchtern bin, kannst du zu mir kommen.“

„Und wann ist das?“ Ich hatte zwar nicht vor, viel zu trinken, aber das musste sie ja nicht wissen.

„Ja, nachmittags, abends, mal schauen.“

„Boa, Schatzi, dann trink halt nicht so viel. Das is‘ doch eh nicht gesund.“

Das musste sich ein Sportler von einer Raucherin ja wohl nicht sagen lassen. „Silvester ist nur einmal im Jahr“, erklärte ich ihr. „Da säuft jeder mal ‘n bisschen mehr.“ Es gefiel mir, ihr gegenüber so ein bisschen den Proll raushängen zu lassen, von dem ich sonst relativ wenig hatte.

„Schatzi, am 1.1. komm ich dich besuchen und wir machen was schönes, o.k.?“ Sie klang fast ein bisschen streng, aber auch dadurch konnte sie meine Pläne nicht mehr durchkreuzen.

„Ich liebe dich“, sagte sie einfach so aus dem Nichts.

„Ich dich auch.“

Wir lagen bis kurz vor Mitternacht zusammen in meinem Bett und ich bekam schon die Sorge, dass Nadja bei mir übernachten wollte. Da hatte ich natürlich nichts gegen, aber wenn sie dann Sex wollte, hätte sie mich aus dem Konzept gebracht.

Am nächsten Morgen wurde ich viel zu früh von dem Lärm im Haus wach. Meine Schwester packte ihre Sachen zusammen und meine Eltern schleppten zwei sperrige Koffer durchs Haus.

Beim Abendessen hatten meine Eltern mich noch gefragt, ob ich irgendwelche Sightseeing-Tipps für Berlin hätte, aber ich musste ein weiteres Mal eingestehen, nichts von der Stadt gesehen zu haben und außer Fußball spielen und feiern nichts gemacht zu haben. Das entsprach der Wahrheit, die für die Ohren meiner Mitmenschen gedacht war. Noch in Boxershorts und T-Shirt und mit extrem zusammengekniffenen Augen wandelte ich die Treppe runter.

„Auch schon wach?“, fragte mich meine Schwester laut und nah an meinem Ohr.

„Ja, so halb“, nuschelte ich und ging weiter runter in den Flur.

„Morgen, Marcel. Wir hätten gar nicht mehr damit gerechnet, dir noch tschüss sagen zu können. Wir wollten eigentlich noch früher los.“ Mein Vater packte hektisch seine Brieftasche, sein Handy und die Autoschlüssel in die Taschen seines Wintermantels.

Ich nahm mir vor, direkt wieder schlafen zu gehen. Gut fünf Minuten stand ich im Flur rum, bis meine Eltern endlich reisefertig waren und ich beide kurz umarmte und zusah, wie sie sich von meiner Schwester verabschiedeten.

„Wenn irgendwas ist, du kannst uns immer auf dem Handy erreichen, o.k.?“

„Ja, ja“, sagte ich demonstrativ gelangweilt. Die Sorgen meiner Eltern konnte ich zwar verstehen, empfand sie aber als völlig unbegründet.

Ich schloss die Tür hinter ihnen und winkte ihnen aus dem Küchenfenster noch mal zu.

„Du gehst jetzt garantiert direkt wieder pennen“, schlussfolgerte meine Schwester völlig richtig.

„Wann bist du denn weg?“

„In zwanzig Minuten fährt der Bus zum Bahnhof. Wenn du solange durchhältst, können wir uns gerne noch ‘n Kaffee machen.“

„Läuft das eigentlich immer noch gut zwischen dir und Nadja?“, fragte meine Schwester mich, als wir drei Minuten später am Küchentisch saßen und ich eine Süßstoffkapsel nach der anderen in meinen Kaffee schmiss.

„Natürlich. Hast du doch gestern gemerkt.“

„Also, ich hab gemerkt, dass du mit irgendwas unzufrieden bist. Du weißt, dass du mich um Rat fragen kannst.“

Früher hatte ich oft mit meiner Schwester über mein Privatleben geredet. Eine Zeit lang war sie mir sogar eine wichtigere Anlaufstelle als meine Eltern, falls mich irgendwelche Kleinigkeiten plagten. Doch inzwischen hatte sich das ein wenig verändert. Ich kam immer noch gut mit ihr klar, aber ich war nicht mehr daran gewöhnt, intime

Gespräche mit ihr zu führen. Ich hatte also ganz bestimmt nicht vor, ihr von der Geschichte mit Patrizio zu erzählen. „Wie gesagt, alles o.k. Dass Mädchen manchmal zickig sein können, brauch ich dir doch nicht zu erklären." Sie grinste. Ich hatte sie wohl davon überzeugt, dass es in meiner Beziehung keine ernsthaften Probleme gab und es war gar nicht so einfach, meine Schwester von etwas zu überzeugen, wenn sie einen Verdacht hatte.

„O.k., ich muss dann auch los", sagte meine Schwester, nachdem sie regelmäßig auf die Uhr gesehen hatte. Ihre Reisetasche stand schon im Flur, ihre Jacke hing in der Küche über einer Stuhllehne.

„Alles klar, wir hören voneinander." Ich konnte es kaum fassen, für die nächsten vier Tage das Haus für mich alleine zu haben.

Nur noch ein paar Stunden, bis Patrizio wiederkommen würde. Ich ging zurück in mein Zimmer, legte mich wieder in mein Bett und deckte mich zu. Aber da ich eine Tasse ziemlich starken Kaffee getrunken hatte, war das mit dem Einschlafen nicht so einfach. Über eine halbe Stunde lag ich wach. Dann blätterte ich ein bisschen das Fernsehprogramm durch und als ich nichts fand, blieb ich einfach schlaflos in meinem dunklen Zimmer liegen.

Irgendwann war ich dann doch mal kurz eingeschlafen, danach wieder wach im Bett geblieben und schaffte es so, dass der Tag verstrich, ohne dass ich irgendetwas von Bedeutung tat. Auch als ich aufstand, machte ich eigentlich nichts anderes als dumm rumzusitzen und zu warten.

Um sechzehn Uhr rief ich Patrizio zum ersten Mal an. Sein Handy war noch aus, er saß also noch im Flieger. Um siebzehn Uhr war sein Handy immer noch aus und ich wurde ungeduldig. Ich begann, ihn im Zehn-Minuten-Takt anzurufen. Ich vermisste ihn immer mehr, je näher seine Rückkehr kam. Ich stellte mir schon vor, am Abend mit ihm in meinem Bett zu liegen und wieder die geilsten und verrücktesten Sachen zu machen.

„Ja, hallo?" Gegen halb sechs erreichte ich ihn endlich.

„Hi, ich bin's, Marcel."

„Du hast schon hundert Mal probiert, stimmt's?" Obwohl ich ihn nicht sehen konnte, war ich mir sicher, dass er das leichte Grinsen aufgesetzt hatte, dass ihn manchmal so attraktiv wirken ließ.

„Ich vermiss' dich halt."

„Ja, o.k.“ Er redete so, wie er redete, wenn jemand zuhörte, der nicht alles wissen sollte.

„Kommst du heute Abend zu mir?“, fragte ich.

„Wir sind immer noch am Flughafen, dauert alles noch ‘n bisschen, soll ich so um halb neun kommen?“

„Klar. Bis nachher dann.“ Ich hätte ihm gerne noch etwas Erotisches ins Ohr gehaucht, aber ich fand das gemein, in einer Situation, in der er nicht so frei sprechen konnte, wie er wollte. Dafür konnten wir unsere sexuellen Energien für den Abend aufsparen und dann umso intensiver freisetzen.

„Jo. Bis nachher, Alter.“

Am liebsten wäre mir gewesen, wenn Patrizio für die nächsten vier Tage komplett bei mir eingezogen wäre, aber da hatten seine Eltern ja auch noch ein Wörtchen mitzureden. Zwei Tage später, an Silvester wollte er aber die ganze Nacht bei mir bleiben, womit feststand, dass das Ende des Jahres für mich auch den Höhepunkt des Jahres bilden konnte. Eine ganze Nacht durchficken – dazu waren wir selbst in Berlin nicht wirklich gekommen.

Mich reizte der Gedanke, Patrizio nackt die Tür aufzumachen, um ja keine wertvolle Sekunde zu verlieren. Letztendlich trug ich dann aber doch eine Figur betonende Boxershorts mit sichtbarer Beule vorne, denn irgendwas zum Ausziehen sollte mein kleiner geiler Freund ja haben.

16

Wir schafften es noch nicht einmal in mein Zimmer. Kaum hatte ich ihm die Tür geöffnet, fiel er über mich her, dass ich fast hätte Angst kriegen können.

„Endlich hab ich dich wieder, du geile Sau!“ Das war seine Art zu sprechen, die ich gewohnt war.

Heftig rumknutschend taumelten wir wie aneinander gekettet ins Wohnzimmer. Zum Glück hatten wir einen gemütlichen Teppichboden, denn selbst bis zum Sofa schafften wir es nicht mehr. Patrizios Jacke und sein Pullover lagen schon irgendwo in der Gegend verstreut, nur noch das T-Shirt verhüllte diesen einzigartigen, traumhaften Oberkörper, den ich unbedingt wieder berühren wollte.

Innerhalb weniger Sekunden hatte ich mich auch darum gekümmert und konnte endlich wieder meine Hände über diesen Körper gleiten lassen, den ich so vermisst hatte.

Unser Rumkuscheln entwickelte sich zu einem kleinen Ringkampf und diesmal ging es noch schneller, bis Patrizio gewonnen hatte und meine Arme auf den Boden drückte. Von diesem geilen Jungen ließ ich mich immer wieder gerne besiegen.

„Bleib einfach liegen, du wirst gleich sehen, was du davon hast.“ Das klang sehr verheißungsvoll und ich zögerte nicht, ganz entspannt auf dem Boden liegen zu bleiben und mich von Patrizio verwöhnen zu lassen. Seine Zunge leckte über mein Gesicht, meinen Hals, meine Brust immer weiter an mir herab, bis sie am Bund meiner Boxerhorts ankam, die momentan natürlich mehr als überflüssig waren. Mit den Zähnen griff Patrizio nach dem Stück Stoff und zog mit allen Kräften daran. Er musste dann zwar doch die Hände zur Hilfe nehmen, aber mir gefiel es sehr, dass er versuchte, alles mit dem Mund zu machen. Er war und blieb der geilste Junge unter diesem Himmel und als meine Megalatte immer mehr von seinem Mund umschlossen war, war ich mir sicher, dass er auch der geilste Junge im Universum war.

Leider verging die Zeit wieder viel zu schnell und bald war es schon nach zehn. Wir waren beide ziemlich durchgeschwitzt und außer Atem, denn bei uns beiden war der Sex nach wie vor Hochleistungssport.

„Ich muss los.“ Das machte ihn traurig. Das hörte ich sofort.

„Ich könnte unendlich weitermachen.“

„Das machen wir übermorgen auch. Wir ficken ins neue Jahr, das garantier ich dir.“ Ich wurde besser, aber ich konnte noch immer nicht so geil sprechen wie er.

Während er sich wieder winterlich anziehen musste, hatte ich mir nur die Boxershorts angezogen, denn ich freute mich schon auf eine erfrischende Dusche, die mir natürlich mit Patrizio zusammen wesentlich besser gefallen hätte.

„Sehen wir uns morgen eigentlich?“, fragte mich Patrizio, als ich ihn zur Tür brachte.

„Also, ich hab nichts vor. Wenn du nachmittags oder abends vorbeikommen willst, freu ich mich. Dann geh ich morgen Mittag Kondome kaufen, viel mehr brauchen wir ja nicht.“ Der Spruch musste einfach sein, denn mir war gerade aufgefallen, dass Patrizio und ich einhundert Prozent unserer gemeinsamen Zeit mit Sex verbrachten. Für Beschäftigungen, die für zwei Kumpels normal gewesen wären, hatten wir überhaupt keine Zeit mehr, weil wir einfach ständig geil wurden, sobald wir uns einander gegenüber standen.

Nachdem ich ein paar Spermaflecken vom Teppichboden entfernt hatte, verbrachte ich den Rest des Abends so wie ein ganz normaler Junge, dessen Eltern ihm für ein paar Tage das ganze Haus überlassen hatten.

Bis weit nach Mitternacht saß ich nur in Boxershorts vor dem großen Fernseher im Wohnzimmer. Danach dachte ich auch noch nicht ans schlafen, sondern spielte ein bisschen am PC und surfte im Internet rum. Normalerweise hätte ich eine solche Gelegenheit genutzt, mich in aller Ruhe mit den zahlreichen Pornoseiten zu beschäftigen. Zum einen war ich aber vollends befriedigt, denn schließlich hatte ich ja einen heißen Abend mit Patrizio verbracht, zum anderen wusste ich gar nicht mehr, was für Pornos ich mir überhaupt noch angucken sollte.

Schwulenpornos hatte ich mir auch schon einmal – zumindest kurz – angesehen, aber dem konnte ich nicht das Geringste abgewinnen. Ich sah das als gutes Zeichen, denn meiner Ansicht nach sprach das dafür, dass ich vielleicht doch nicht so unnormal war, wie ich schon befürchtet hatte. Ganz so sicher war ich mir allerdings nicht mehr, als ich feststellte, dass die normalen Pornos, also die mit Frauen, bei mir auch nicht mehr das auslösten, was sie früher ausgelöst hatten. Ich war anscheinend – zumindest zurzeit weder schwul noch hetero. Ich war einfach nur Patrizio-fixiert und das war ja nun keine Sache von Dauer. Ich konnte und wollte mir nicht vorstellen, wie dann mein Leben mit sechzig aussehen würde.

Meinen Plan hatte ich ja gefasst. Ich wollte es mit Nadja ausprobieren, um dann entscheiden zu können, wie es weitergehen sollte.

Viel mehr Gedanken um mich und mein kompliziertes Leben wollte ich mir in der Nacht gar nicht mehr machen, denn sehr viel weiter hatten mich meine Gedanken noch nie gebracht.

Ich machte stattdessen weiter mit den verrückten Dingen, die man so tat, wenn man sturmfrei hatte. Um drei Uhr nachts kochte ich mir eine Dose Fertignudeln, setzte mich damit vor den Fernseher und rief zwei Mal bei einer Call-in-Sendung an, wobei ich zwei Mal die nette Stimme hörte, die mir sagte, dass ich es unbedingt noch mal versuchen sollte.

Bis halb fünf Uhr morgens hatte ich die Nacht rumgekriegt, ohne wirklich etwas Produktives zu tun. Dennoch erschöpft ließ ich mich dann in mein Bett fallen und das nächste, was ich sah, war die Uhr an meinem DVD-Player, die vierzehn Uhr noch was anzeigte.

Entsprechend meinem späten Schlaf, kam mir der nächste Tag besonders kurz vor. Ich hatte Patrizio versprochen, dass er am Abend wieder vorbeikommen könnte und dass ich mich um die Kondome kümmern würde. Gleitcreme hatte ich zum Glück schon im Badezimmer gefunden. Das wäre mir doch eine Nummer zu peinlich geworden, in der Drogerie oder Apotheke Kondome und Gleitcreme zu kaufen, denn Kondome und Gleitcreme zusammen hatten ja eine Bedeutung und die sollte niemand mit mir verbinden.

Um sechzehn Uhr machte ich mich zu Fuß auf den Weg zur Apotheke um die Ecke und auf meinem Rückweg war es schon zappenduster. Die Kombination aus langem Schlaf und tiefstem Winter hatten bei mir das Gefühl hervorgerufen, der Tag wäre drei bis vier Mal so schnell vergangen. Das Beste hatte ich natürlich noch vor mir und dafür brauchte man kein Tageslicht.

Ich machte an der Pizzeria, hundert Meter von unserem Haus entfernt, Halt, denn der größte Nachteil der Abwesenheit meiner Eltern war, dass es nichts Vernünftiges zu essen gab. Meine Mutter redete ständig davon, dass ich Kochen lernen sollte, aber ich hoffte darauf, eines Tages eine Frau zu erwischen, die mich für den Rest meines Lebens bekochen könnte. Vielleicht würde es ja sogar Nadja sein, dass musste ich abwarten.

Zumindest war es Nadja, die mich am Nachmittag und am Abend einige Male anzurufen versuchte, während ich auf Patrizio wartete. Ich hätte zwar gerne mit ihr gesprochen, aber mir gefiel es nicht, mit ihr sprechen zu müssen, während ich geil war und auf den Jungen wartete, der mich befriedigen sollte. Das war mir irgendwie doch zu unangenehm. Beim fünften oder sechsten Mal ging ich dann doch dran.

„Hi Schatzi, ich hab schon voll oft versucht, wo warst du?"

„Sorry, hab ich nich' gehört."

„Was machste heute noch? Mir is' voll langweilig." Sie klang etwas betrübt, aber ich wusste, dass das aufgesetzt war. Es war ihre Art zu versuchen, mich dazu zu kriegen, was mit ihr zu unternehmen, aber diesmal konnte sie noch so lange betteln – der Abend war für Patrizio eingeplant und der nächste sowieso und erst dann war ihr Tag.

„Ich hab dir doch schon gesagt, heut‘ kommt ‘n Kumpel vorbei und morgen mach‘ ich Party. Übermorgen hab ich Zeit."

„Das heißt, wir sehen uns dieses Jahr gar nicht mehr?" Sie tat mir auf einmal doch ein bisschen leid, aber ich blieb hartnäckig.

„Wohl nicht, aber du wirst es überleben. Dann kannst du dich ja umso mehr auf übermorgen freuen."

„Was is‘n das überhaupt für ’n Kumpel, der da ständig bei dir is‘? Kenn‘ ich den überhaupt?" Mist. Ihr war also schon aufgefallen, dass ich überdurchschnittlich viel Zeit für Patrizio aufbrachte.

„Der is‘ aus‘m Verein. Wirst ihn bald kennen lernen." Das war zwar ein völlig leeres Versprechen, denn das wollte ich so lange wie möglich verzögen, wenn nicht gar ganz verhindern. Der Gedanke daran, mit beiden zusammen irgendwas zu machen, war mir einfach zu unangenehm.

Ich musste also Nadja enttäuscht zurücklassen und so sehr ich sie auch liebte – oder mochte, oder wie auch immer man meine ganzen Gefühle nannte, sofern es überhaupt schon Namen dafür gab, war es mir egal, denn ich war wieder geil und wartete auf Patrizio.

Dieses Mal nahmen wir uns die Zeit, in mein Zimmer zu gehen und uns in mein Bett zu legen, aber dann ging es genauso heftig zur Sache wie am Vorabend und ich war mir gar nicht mehr sicher, ob man das überhaupt noch toppen könnte, was ich für die Silvesternacht eigentlich vorhatte. An diesem Abend kamen wir schon auf drei bis vier Orgasmen pro Person, irgendwann war ja auch eine biologische Grenze da und die wollte ich mit Patrizio gemeinsam finden.

„O.k., morgen komm ich dann um acht und dann überlegen wir uns was Geiles, o.k.?"

„Ich garantier‘ dir, das Feuerwerk in meinem Bett wird tausend Mal kräftiger als das da draußen." Ich nahm den Mund wieder ziemlich voll, als ich mich um kurz nach zehn mit einem intensiven Zungenkuss, der mich schon wieder leicht erregt werden ließ, verabschiedete, aber da hatte ich Pech gehabt – weg war er.

Ich suchte mir ein paar DVDs aus der reichhaltigen Sammlung

meiner Eltern raus und fand im Keller eine Packung Chips, die nur minimal die Haltbarkeitsgrenze überschritten hatte. Damit bekam ich den Rest des Abends und die Nacht erstaunlich gut rum, auch wenn eine ganze Nacht mit Patrizio natürlich wesentlich angenehmer gewesen wäre.

Der letzte Tag des Jahres begann für mich ziemlich spät und so hätte ich beinahe die letzten Sonnenstrahlen des Jahres verpasst. Nachdem ich geduscht und gefrühstückt hatte, war es draußen schon dunkel.

Gegen sechs Uhr abends rief Marco mich an und versuchte, mich doch noch davon zu überzeugen, mit ihm auf die Riesenparty nach Düsseldorf zu fahren. Ich musste ihm wieder etwas von irgendwelchen anderen Plänen und einer anderen Riesenparty vorstammeln, damit er sich geschlagen gab. Ich hätte ihm natürlich ruhig erzählen können, dass ich mit Patrizio feierte, aber ich hatte dann doch die Sorge, dass ihm das etwas komisch vorkommen konnte und das wollten ich und Patrizio ja um jeden Preis verhindern.

„Also gut, aber irgendwann gehen wir mal wieder Party machen oder bist du zur Abstinenz konvertiert?“ Ich war maximal zur Sexsucht konvertiert, aber das war garantiert keine Info für Marcos Ohren.

Ich hatte zwei Flaschen Sekt und ein paar Bier in den Kühlschrank gestellt, aber selbst das war ja eigentlich zu viel. Ein bisschen Gesöff gehörte zum Silvesterfeiern einfach dazu, aber eigentlich hatten wir ja etwas anderes vor und seit ich den Spruch ‚Bacchus ist ein Feind der Venus‘ gehört hatte und erst recht, seit ich ihn verstanden hatte, war ich da immer sehr vorsichtig. Es war schon ein paar Mal vorgekommen, dass ich auf einer Party überhaupt nichts trank, sondern alles daran setzte, am Ende ein Mädel abschleppen zu können. Bisher war noch nie etwas daraus geworden und im Moment gab es ja in jeder Hinsicht keinen Bedarf mehr.

Ich hatte mich sogar richtig angezogen, denn Patrizio immer halbnackt die Tür zu öffnen, wurde auch irgendwann langweilig und vor allem mussten wir ja nicht immer gleich mit dem Ficken loslegen.

Ziemlich genau um acht klingelte es an der Tür. Zu meiner Überraschung hatte Patrizio eine Flasche Sekt in der Hand. Damit hatten wir definitiv zu viel.

Zum sprechen kamen wir wieder gar nicht – sofort klebten unsere Lippen aneinander.

„Kalt genug?“, fragte er mich, während er mir die Flasche Sekt vors Gesicht hielt. Ich fühlte kurz und nickte.

„Aber du willst nicht jetzt schon mit dem Saufen anfangen?“

„‘n bisschen. Was dagegen?“ Eigentlich schon, aber wenn er mich so ansah, musste ich ihm einfach zustimmen.

„Aber nicht zu viel“, warnte ich. „Nicht, dass wir nachher nicht mehr können.“

Mit seiner freien Hand griff er mir ganz ohne Vorwarnung zwischen die Beine und drückte ganz leicht zu. Geiles Gefühl!

„Wieso sollten wir nicht? Is‘ doch noch alles dran!“

„Witzig“, meinte ich gespielt genervt und wuschelte ihm durch die Haare.

„Außerdem, ein bisschen Alkohol wirkt sogar noch anregend“, erklärte er mir, während wir zusammen hoch in mein Zimmer gingen. Ich fragte mich zwar, wo er dieses Wissen hernahm, aber ich kaufte es ihm einfach mal ab.

Völlig anders als ich es erwartet hatte, schafften wir es, fast zwei Stunden lang einfach wie zwei ganz normale Freunde Silvester zu feiern. So kam mir das alles schon wieder viel normaler vor. Im Fernsehen sahen wir eine Weile einen von diesen lustigen Jahresrückblicken und stellenweise gelang es denen sogar richtig gut, uns kurz vors Totlachen zu bringen.

Auf einem anderen Sender lief natürlich wieder ‚Dinner For One‘, aber da waren wir uns beide einig, dass wir beide inzwischen so viele Jahreswechsel erlebt hatten, dass uns dieser Schwarzweißstreifen zum Hals raushing.

Patrizio hatte recht gehabt. Nach zwei recht vollen Gläsern Sekt fühlte ich mich ziemlich erregt und ihm sah ich an, dass es ihm genau so ging. Das war das Zeichen – jetzt sollte es losgehen. Wie im Zeitraffer zog ich mein eigenes T-Shirt über meinen Kopf und schmiss es soweit weg, wie ich nur konnte, um mich dann mit seinen Klamotten beschäftigen zu können. Der Ärmste, der durch den kalten Winter reisen musste, um mich zu besuchen, trug einen dicken Pulli und ein langärmliges T-Shirt und das war natürlich viel zu viel. Ich krabbelte mit meinen Fingern unter seine Klamottenschicht und berührte den geilen warmen Körper. Patrizio nahm mir die Arbeit ab und zog sich Pulli und T-Shirt mit einem Handgriff aus. Zwei Sekunden später lagen die Klamotten völlig unbeachtet in einer Ecke meines Zimmers. Endlich hatte ich meinen Patrizio so wie ich ihn wollte – halbnackt und extrem geil. Unsere Arme umklammerten unsere Körper und wir berührten uns überall, wo wir uns nur berühren konnten. Seine Zungenspitze kitzelte über meine Brust und meine Latte wuchs immer weiter und weiter.

„Na, du geiler Hengst. Willste mich ficken?“ Dabei leckte er sich über die Lippen und starrte mich mit einem eindeutigen Blick an. Er wurde von Mal zu Mal geiler und es schien nach oben keine Grenze zu geben.

„Liebend gern.“ Gegenseitig fummelten wir uns an den Gürteln rum, bis wir beide Hose und Boxershorts in der Gegend der Kniekehlen hängen hätten. Zum Glück hatte ich alles sehr gut durchorganisiert und so musste ich nur noch neben mich auf mein Nachttischchen greifen und hatte alle nötigen Utensilien sofort parat.

Patrizios geiler, knackiger Arsch lag wie auf einem Präsentierteller vor mir und schien es kaum noch erwarten zu können, meine Lanze endlich zu empfangen.

Hastig zog ich das Kondom rüber und schmierte ein bisschen Gleitcreme drüber. Endlich konnte sie losgehen, unsere ganz spezielle Silvesterparty. Ganz behutsam glitt die Schlange in die Grotte und begann zu tanzen. Erst leise, dann immer lauter und hemmungsloser hallte unser Stöhnen durch den Raum.

Am Ende waren es dann doch nur wenige Minuten, bis sich bei mir unaufhaltsam der Höhepunkt aufbaute und da meine Finger bei Patrizio an Schwanz und Eiern ein wenig Hilfestellung geleistet hatten, stand auch er kurz davor einen ordentlichen Schuss abzugeben. Immer schneller rutschte mein Schwanz vor und zurück und dann fühlte ich, wie der Saft nur so rausschoss und schon bald danach sah ich wie Patrizios Saft quer über mein ganzes Bett spritzte, aber das war mir in diesen Sekunden so was von egal. Es war ein umwerfendes, unbeschreibliches Gefühl.

„Erst mal unter die Dusche?“ Ich fand Patrizios Idee gar nicht mal so schlecht. Wir konnten uns ein wenig erfrischen und dabei gleich die zweite Runde starten. Ich griff nach seinem Schwanz und knetete ihn sanft mit meinen Fingern.

„Wenn du schon geil genug bist für die Dusche, dann komm.“ In meiner Hand fühlte ich, wie Patrizios Schlange schlagartig zu neuem Leben erwachte.

Ohne uns wirklich loszulassen, gingen wir zusammen ins Bad. Ich stellte das Wasser auf eine angenehme Temperatur, schließlich wusste ich, dass ab einer gewissen Gradzahl abwärts nichts mehr lief.

Mindestens zwanzig Minuten verbrachten wir damit, uns gegenseitig mit Duschgel einzuseifen und unsere Schwänze zu reiben. Irgendwann flossen dann einige Millionen Samen mit dem Wasserstrahl den Ausguss runter und wir drehten das Wasser ab.

Als wir wieder – mit T-Shirt und Boxershorts notdürftig bekleidet - auf meinem Bett lagen, war es schon nach elf. Weniger als eine Stunde blieb uns noch vom alten Jahr und die wollten wir effektiv nutzen.

„Scheiße, der Sekt is‘ bald leer." Eigentlich bedeutete das, dass Patrizio schon genug getrunken hatte. Aber ich wollte ihm ja keine unnötigen Sorgen machen.

„Ich hab noch zwei Flaschen im Kühlschrank. Also bitte keine Panik." Aber bevor ich Nachschub holte, beschäftigte ich mich noch ein weiteres Mal mit Patrizios Schwanz. So langsam bekam ich das Gefühl, dass wir beide niemals endgültig befriedigt waren und immer weitermachen konnten.

Fünf Minuten vor Mitternacht füllten wir unsere Sektgläser wieder auf und nachdem wir uns einigermaßen vernünftig angezogen hatten, gingen wir auf unsere Terrasse, von der man angeblich das Feuerwerk auf dem Marktplatz sehen konnte.

„War ein geiles Jahr, oder?", fragte Patrizio mich mit gedämpfter Stimme.

„Der erste Teil ging so, aber der zweite war geil", meinte ich.

„Stimmt. Vor 'nem halben Jahr kannten wir uns noch gar nicht." Patrizio sah nachdenklich aus. Möglicherweise ging ihm genauso viel durch den Kopf wie mir und er machte sich auch Sorgen um unsere Zukunft. Vielleicht hatte er sogar auch eine Freundin, wobei ich mir sicher war, dass er mir davon erzählt hätte. Wenn nicht, dann wäre er in einer ähnlichen Situation wie ich gewesen.

„Was wünschst du dir fürs neue Jahr?" Er sprach sehr leise, fast etwas melancholisch. Seine Frage hatte ich allerdings nicht erwartet. Ahnte er denn nicht, dass es mir nach all dem Durcheinander der letzten Zeit so gut wie unmöglich war, eine sinnvolle Antwort zu finden? Deswegen schwieg ich.

„Ich wünsch mir,…“, wollte er ansetzen, doch dann verstummte er auch. Ich bekam das Gefühl, dass ihm schon wieder etwas auf dem Herzen lag, mit dem er einfach nicht raus wollte.

„Ey, noch eine Minute“, stellte ich nach einem Blick auf die zuverlässige Uhr im Wohnzimmer überrascht fest. Ich holte die zwei Sektgläser vom Wohnzimmertisch, ging zurück auf die Terrasse und drückte Patrizio eins in die Hand.

„So, eben das neue Jahr begrüßen und dann geht's weiter, würd ich sagen.“ Mir war der Spruch spontan eingefallen und ich fand ihn ziemlich passend. Daher wunderte ich mich, als Patrizio nicht darauf reagierte.

Von weiter Ferne hörten wir Stimmen. Irgendwo hatte eine Massenveranstaltung mit dem Countdown begonnen. Denen schlossen wir uns an und dann ging auf einmal alles ganz schnell.

„Drei!“

„Zwei!“

„Eins!“

„Frohes neues Jahr, Patrizio!“

„Frohes neues Jahr, Marcel!“ Wir stießen an, und leerten dann ziemlich zügig unsere Sektgläser. Das Knallen des Feuerwerks hatte begonnen und am Himmel konnten wir einzelne bunte Funken sehen.

Schließlich wurde es uns dann doch zu kalt und wir gingen zurück in mein Zimmer. Ich war doch ein wenig in Trinklaune gekommen und schüttete mir noch ein Glas Sekt ein. Noch fühlte ich mich völlig nüchtern und bereit zu neuen Abenteuern.

Mir war nicht sofort aufgefallen, dass Patrizio beinahe regungslos auf meinem Bett saß und starr zu Boden blickte.

„Jetzt komm, so kalt wars doch auch nicht.“ Zu spät merkte ich, dass mein Spruch absolut daneben war und es um etwas Ernsteres ging. Als Patrizio den Kopf zu Seite drehte und mich ansah, bemerkte ich eine winzige Träne in seinem Augenwinkel.

„Hey, was ist denn?“ Sofort setzte ich mich zu ihm und legte meinen Arm um ihn. Ein paar Tränen liefen seine Wangen runter und er versuchte, sie hinter seinem Handrücken zu verstecken. Er rutschte ein paar Zentimeter zur Seite und löste sich damit aus meiner Umarmung.

„Soll ich dir wirklich sagen, was los ist?“

Natürlich sollte er das. Ich hatte keinen Bock darauf, dass er mir irgendetwas verheimlichte, was ihn so sehr belastete. Immerhin war ich doch auch irgendwo ein Freund, mit dem er über alles reden konnte.

„Bitte.“

„Ok, Marcel, ich sag's dir einfach. Ich muss es dir ja eh irgendwann sagen.“ Er atmete noch einmal durch und suchte dann den Blickkontakt mit mir. „Ich liebe dich, Marcel. Schon die ganze Zeit.“

17

Ich sagte erst mal gar nichts. Ich wusste nicht, was ich sagen sollte. Ich griff nach meinem Kopfkissen, drückte es an die Wand und lehnte mich daran.

Ich musste die Worte in Ruhe auf mich wirken lassen und begreifen, was sie bedeuteten.

„Was meinst du damit?“, fragte ich Patrizio. Das mag ziemlich doof geklungen haben, denn es war ja eigentlich ein simpler Satz, den er mir da gesagt hatte. Er hatte gesagt, dass er mich liebte. Aber was sollte ich damit anfangen?

„Marcel, das alles, was wir in den letzten Monaten gemacht haben, war unheimlich geil, aber das ist nicht alles, was ich will.“ Was konnte man denn da noch mehr wollen? Das ging mir nicht in den Kopf. Aber ich blieb still und ließ ihn weiterreden.

„Als ich dich zum ersten Mal gesehen hab, beim allerersten Training im September, hab ich mich sofort in dich verliebt. Und ich hab dich jeden Tag immer mehr geliebt. Ich hab rund um die Uhr an dich gedacht. Ich konnte einfach nicht mehr ohne dich. Kannst du dir das überhaupt vorstellen?“

Jetzt hätte ich wirklich nichts mehr sagen können. Einiges wurde mir auf einmal klar und unter anderem wurde mir klar, dass mir das alles eigentlich schon viel früher hätte klar werden müssen. Ich hatte mich die ganze Zeit davon genervt gefühlt, dass Patrizio so aufdringlich war. Jetzt wusste ich, warum er sich so verhalten hatte. Er wollte einfach nur Kontakt zu mir, er wollte mir nahe sein. Er stand auf mich. Und unser erster gemeinsamer Sex im Hotel war dann wohl auch kein Produkt des Zufalls und des Alkohols, sondern möglicherweise eine ganz gezielt geplante Aktion von Patrizio.

Ich hätte eigentlich sauer sein müssen, aber so recht konnte ich nicht. Er hatte mir damit eine geile Zeit beschert und dafür war ich ihm dankbar. Ich wusste allerdings nicht, wie es jetzt weitergehen sollte. Ich konnte mir das alles noch nicht vorstellen.

„Und?“, fragte Patrizio, aber das hätte ich genau so sagen können. Wir befanden uns in einer Sackgasse. „Wie soll's jetzt weitergehen?“ Patrizio hatte ein großes Bedürfnis mit mir über die Sache zu reden und dafür hatte ich vollstes Verständnis.

„Schlag was vor.“ Was Besseres fiel mir nicht ein und die Situation wurde mir langsam unangenehm.

Patrizio drehte sich zu mir und legte eine Hand auf meine. Unwillkürlich zog ich die Hand weg.

„Marcel, merkst du nicht, dass da schon längst viel mehr zwischen uns ist als einfach nur Sex?“

„Vielleicht. Aber ...“

„Marcel, liebst du mich auch? Ja oder nein?“

Oh Mann, warum musste das neue Jahr direkt so kompliziert anfangen? Jede andere Frage hätte ich sofort beantworten können – nur nicht die.

„Das beutetet, dass wir schwul sind, oder?“ Das war noch so eine dämliche Gegenfrage von mir. Natürlich waren wir dann schwul. Das alles, was wir in letzter Zeit gemacht hatten, war auch schon schwul, aber da hatte ich nichts gegen gehabt. Im Gegenteil, ich hätte gerne noch lange weiter damit gemacht. Aber jetzt war es zu spät dafür und ich stand vor einer schweren Entscheidung.

„Ja und? Ich bin schwul. Und ich komm‘ damit klar. Ich bin schwul und ich bin in dich verliebt. Alles andere liegt bei dir.“

Ich zögerte eine Weile, dann rutschte ich zu ihm rüber und legte meinen Arm um seine Schulter.

„Muss ich mich jetzt entscheiden?“, fragte ich ihn und versuchte so ruhig und verständnisvoll zu klingen wie möglich.

„Warum können wir nicht einfach so weitermachen wie bisher? Es war doch alles so wunderbar.“ Ich merkte selber, dass ich dummes Zeug redete. Er hatte mir gestanden, in mich verliebt zu sein und das war nichts, was man einfach so vergessen konnte. Wir konnten nicht einfach so weitermachen und so tun, als wäre nichts passiert.

Patrizio legte seinen Kopf auf meine Schulter und ich drückte ihn an mich. Er tat mir leid, denn ich merkte, wie kompliziert die

Situation für ihn war.

Ein paar Monate zuvor hätte ich jeden Menschen verprügelt, der mir unterstellt hätte, schwul zu sein. Hinter diesem Wort hatte für mich nie mehr gesteckt als eine Beleidigung, die man nicht auf sich sitzen lassen konnte. Jetzt war ich jedoch an einem Punkt angekommen, an dem das so nicht mehr für mich galt. Ich hatte gemerkt, dass schwul auch etwas unheimlich Geiles, Schönes und Spannendes sein konnte.

Wir saßen eine ganze Weile so da, hielten uns aneinander fest, bewegten uns nicht und sagten nichts. Die Uhr hatte keine Bedeutung mehr für uns.

Ich schielte ein paar Mal zur Seite und versuchte Blickkontakt zu Patrizio herzustellen, doch sein Blick blieb in der Leere.

Ich stellte mir vor, wie es wäre, mit Patrizio händchenhaltend durch die Straßen zu gehen, ihn Schatz zu nennen, ihm immer wieder zu sagen, dass ich ihn liebte, ihm süße SMS zu schreiben oder mit ihm ins Kino zu gehen, um in der letzten Reihe heftig rumzuknutschen.

Alle diese Vorstellungen gefielen mir auf ihre Art; ich merkte sogar, dass ich mir einiges davon sogar wünschte und manche Dinge, die ich mit Nadja zusammen tat, lieber mit Patrizio zusammen machen würde. Waren das genug Zeichen? Bedeutete das, dass ich ihn auch liebte?

Ich wartete noch ein bisschen, ob er vielleicht von seiner Seite aus das Schweigen brechen würde, doch es blieb still. Dann fasste ich meinen endgültigen Entschluss. Ich spürte, wie das Blut in meinen Adern immer schneller pulsierte und meine Hände leicht zu zittern begannen. Ich atmete tief durch und versuchte mich zu beruhigen.

„Patrizio, ich liebe dich auch." Ich versuchte so sicher und entschlossen zu klingen, wie es nur möglich war.

Ganz langsam wendete Patrizio seinen Kopf zur Seite und endlich konnte ich wieder in seine Augen blicken – in die Augen, die ich liebte und schon immer geliebt hatte. Ich begann mich zu wundern, warum ich von mir aus nie gemerkt hatte, dass da möglicherweise noch mehr zwischen uns beiden war.

„Meinst du das wirklich ernst?"

Wieso zweifelte er denn noch?

„Ja tu ich. Ich liebe dich wirklich. Ich hätte eigentlich von selber drauf kommen müssen."

„Sind wir dann jetzt zusammen?" Er drückte mir einen ganz leichten Kuss auf die Wange.

„Klar. Ich muss nur noch mit meiner Freundin Schluss machen." Da hatte ich wieder viel schneller gesprochen als gedacht. Ich konnte doch nicht einfach so aus heiterem Himmel mit Nadja Schluss machen und ihr noch nicht einmal einen vernünftigen Grund nennen. Genauso wenig konnte ich ihr seelenruhig erklären, dass ich jetzt einen Jungen liebte und deshalb leider keine Gefühle mehr für sie hätte und mir alles Bisherige nur eingebildet hätte.

„Das würdest du einfach so tun?" Patrizio war völlig zu recht misstrauisch. Das konnte alles noch zu einem größeren Problem werden.

„Ich denk mir irgendwas aus, aber ich kann ja schlecht mit dir und mit ihr zusammen sein."

„Du bist echt der Beste, Marcel, ich liebe dich." Wir küssten uns lange und intensiv.

„Aber nur, weil wir jetzt ein Paar sind, müssen wir doch nicht mit dem geilen Sex aufhören, oder?", fragte ich etwas unsicher, denn schließlich war der geile Sex ja das Besondere an unserer sowieso schon besonderen Beziehung.

„Hast du das echt gedacht, mein Süßer?" Patrizio kam so langsam zu seiner alten Form zurück.

„Ich werd dir gleich zeigen, dass das Ficken noch tausend Mal geiler sein kann, wenn man ein Paar ist, warte ab." Da hatte er sich ja hohe Maßstäbe gesetzt und ich war gespannt, wie er dem gerecht werden wollte.

Es war einfach traumhaft – wie im Paradies. Bis weit in die Nacht hatten wir den tollsten Sex, den man sich vorstellen konnte. Ein Orgasmus toppte den anderen und in den Pausen, die wir zwischendurch einfach immer mal wieder brauchten, kuschelten wir uns zärtlich aneinander und flüsterten uns romantische Dinge zu. Patrizio war der geilste, hübscheste, süßeste, coolste – einfach der beste Junge, den es auf der Welt gab. Davon wurde ich in dieser Nacht endgültig überzeugt.

Erst nach fünf Uhr morgens waren wir beide so geschafft von dieser geilen Nacht, die möglicherweise unser beider Leben verändert hatte. Als er sich zur Seite drehte, knipste ich schnell das Licht aus, kuschelte ich mich so nah an ihn wie ich nur konnte und legte meinen Arm um seinen Körper. Er taste nach meiner Hand und als er sie gefunden hatte, griff er nach ihr und ließ sie nicht mehr los.

Genauso verbunden wachten wir um zwei Uhr nachmittags auf. Als Erstes musste ich die vergangene Nacht vor meinem inneren Auge Revue passieren lassen. Ich musste mir selber noch mal vergewissern, dass alles echt und nichts geträumt war. Patrizio und ich waren ein Paar und ich hoffte, dass wir das so lang wie möglich bleiben würden.

„Guten Morgen, Schatz." Das war wirklich Patrizio, der so mit mir redete und mich dazu auf den Mund küsste.

„Guten Morgen, Süßer. Gut geschlafen?" Es fiel mir erstaunlich leicht mit ihm als meinem Freund zu reden. Es gefiel mir sogar und ich bedauerte, dass wir nicht schon früher ein Paar geworden waren. Auf der anderen Seite fand ich den Neujahrstag sehr passend, um einen neuen Lebensabschnitt zu beginnen. Ich wünschte mir, dass es ein schöner Lebensabschnitt werden würde – die Zeit mit Patrizio, meinem Freund.

„Ich fürchte, ich muss gleich mal nach Hause, aber wenn du willst, komm ich heute Abend wieder." Ich wollte meinen Schatz nicht gehen lassen, aber ich musste.

„Aber komm so schnell zurück wie du kannst." Ich hatte nur noch eine Nacht alleine, bevor meine Eltern zurückkehren würden und die musste ich einfach nutzen. Ich sah es kommen, dass es danach wieder wesentlich schwieriger für uns werden würde, ungestört Zeit miteinander zu verbringen.

„Marcel? Können wir noch über eine Sache sprechen?", fragte er mich, als wir zusammen im Wohnzimmer saßen.

„Klar."

„Wir sind jetzt zusammen, o.k.? Aber das bleibt unser Geheimnis, oder?" Da sprach er etwas ziemlich Wichtiges an.

„Na klar bleibt das unser Geheimnis. Wenn wir auf der Straße sind, und vor allem im Verein, sind wir einfach nur gute Freunde. Ich würde zwar liebend gerne Arm in Arm mit dir durch die Stadt gehen, aber ich bin mir nicht sicher, ob wir das überleben würden."

„Gut. Und bitte, die letzten Menschen, die das wissen dürfen sind meine Eltern und meine Geschwister. Die würden mich, glaub ich, wirklich umbringen." Ich merkte, dass es Patrizios größte Angst war, von der er da gerade sprach. Ich selber musste mir auch noch meine Gedanken dazu machen, ob und wie ich meinen Eltern davon erzählen sollte. Bei Patrizio schien das allerdings von vornherein ausgeschlossen. In seiner Familie schien es im Bezug auf solche Dinge keine Toleranz zu geben. Ich fand das traurig und Patrizio tat mir unendlich leid, in dieser Situation stecken zu müssen.

Als Patrizio gegangen war, nachdem er mir geschworen hatte, so schnell wie möglich wieder zurückzukommen, fühlte ich mich so einsam wie noch nie. Es war unglaublich, wie schnell und intensiv dieser Junge mich derart in seinen Bann gezogen hatte, dass ich ohne ihn kaum noch atmen konnte.

In dieser Gefühlsstimmung war natürlich erst recht nichts für mich im Fernsehen zu finden.

Meine Eltern hatten mir eine E-Mail mit Bildern von ihrer Silvesterfeier geschickt. Ich war recht erstaunt, denn ich hätte nicht gedacht, dass sie in ihrem Alter immer noch so ausgelassen feiern konnten, wie die Bilder es zeigten.

Aber ich war mir sicher, dass kein anderer Mensch auf dieser Welt eine so schöne Silvesternacht verbracht hatte wie ich. Diese Nacht hatte mir die Augen geöffnet. Ich wusste endlich, wen ich wirklich liebte.

Für einen kurzen Moment machte mein Herz riesige Luftsprünge, als es nur eine knappe Stunde später an der Tür klingelte. Ich hatte nicht erwartet, dass mein Süßer so schnell zurückkommen würde.

Doch ich hatte Nadja vergessen. Sie fiel mir erst wieder ein, als ich freudig die Tür aufgerissen hatte und sie vor mir stand.

Ohne dass ich sie in irgendeiner Weise drum gebeten hatte, warf sie sich mir um den Hals.

„Frohes neues Jahr, Schatzi. Alles Gute und dass das mit uns noch lange weitergeht.“ Nachdem sie das gesagt hatte, begann sie mir auf einmal ein wenig leid zu tun. Wenn es ihr größter Wunsch fürs neue Jahr war, lange mit mir zusammen zu bleiben, dann nahte für sie ein Moment der großen Enttäuschung, denn für mich gab es keinen Rückweg mehr und ich musste das tun, was uns allen gegenüber fair war, Patrizio, Nadja und mir.

„Schatzi, warum hast du dich nicht gemeldet? Ich dachte, du rufst vorher noch mal an. Ich sollte doch heute zu dir kommen. Du hast mich doch nicht etwa vergessen, Schatzi, oder etwa doch?“

So konnte nur sie reden und während es mich bisher nicht gestört hatte, konnte ich es jetzt kaum aushalten. Patrizio redete nie so. Er sagte einen Satz nach dem anderen und gab mir die Chance, ihm zu folgen. Er war, wie mir immer klarer wurde, der Mensch, der wirklich zu mir passte. Er konnte mir alles geben, was ich brauchte und Nadja nur einen Bruchteil davon.

In mich gekehrt und ohne Worte führte ich Nadja ins Wohnzimmer. Sie hatte es schon verdient, in aller Ruhe alles erklärt zu bekommen – zumindest das, was für sie bestimmt war.

„Ich muss mal mit dir reden." Ich versuchte ernst und neutral zu klingen. Sie sollte schon merken, dass es um etwas Größeres und Problematisches ging.

„Was is' denn?"

Ich merkte, dass sie besorgt war. Ich räusperte mich, holte Luft und setzte dann – extrem nervös – zum Sprechen an.

„Nadja, ich will nicht drum rum reden, ich sag's dir einfach." Nur für eine Sekunde beobachtete ich sie, konnte aber an ihrer Körpersprache nichts Besonderes feststellen. „Das mit uns beiden, zumindest als Paar, das geht nicht." Ich hörte auf zu sprechen und sah Nadja an.

Sie schien das von mir Gesagte nur langsam aufzunehmen und zu verarbeiten. „Was meinst du?" Sie klang völlig schockiert und war offenbar nicht mehr ganz bei sich.

Ich stattdessen blieb sachlich und vor allem deutlich.

„Das bedeutet, dass ich Schluss mache. Es tut mir sehr leid, aber ich hab gemerkt, dass wir beide einfach nicht zusammen passen. Akzeptier das bitte einfach. Wenn wir uns in der Schule wieder sehen, können wir vielleicht mal schauen, ob wir Freunde werden können."

Ein paar Tränen füllten ihr Gesicht. „Is' es, weil wir noch keinen Sex hatten?" Sie schluchzte in einem fort. „Wenn du willst, dann schlaf ich mit dir. Jetzt und hier." Sie sprang auf und ich begann mir ernsthaft Angst zu machen. „Ich wollte noch warten, verstehst du das nicht? Es sollte besonders schön werden. Ich hab doch auch noch nie … und …" Sie sackte auf dem Boden zusammen und heulte wie ein Schlosshund.

Ich fühlte mich restlos überfordert, auch wenn ich mir keine Vorwürfe machen konnte. Ich hatte alles so behutsam gemacht, wie ich nur konnte. Auf den Gedanken per SMS oder ähnlich Schluss zu machen, wäre ich gar nicht gekommen.

„Marcel, bitte, gib uns noch eine zweite Chance, ich werde alles anders machen“, flehte sie, aber sie wusste natürlich nicht, dass es im Endeffekt überhaupt nicht ihre Schuld war. Möglicherweise hätte sie mich sogar verstanden, wenn ich ihr erklärt hätte, dass ich erst jetzt meine wahren Gefühle entdeckt hatte und glücklich mit einem Jungen zusammen war.

„Nadja, du hast nichts falsch gemacht, glaub mir. Ich wäre auch gerne noch mit dir zusammen geblieben, aber es geht nicht. Und jetzt geh bitte. Versteh es einfach. Tut mir leid.“

Sie schleppte sich völlig verstört zur Tür. Normalerweise hätte ich einen Menschen in diesem Zustand niemals alleine weggehen lassen, aber irgendwie war das im Moment die einzige sinnvolle Möglichkeit.

„Oh Mann. War die echt so daneben? Die Tussi hätt‘ ich gern ma‘ kennen gelernt.“ Patrizio war von meinen ausführlichen Erzählungen über meine Spontantrennung von Nadja beeindruckt.

Wir lagen zusammen in meinem Bett, im Hintergrund lief der Fernseher und Patrizio kuschelte sich an mich. Wir waren – zumindest noch – komplett angezogen und auch wenn wir genau wussten, dass wir uns im Laufe des Abends noch zur Genüge unserer geilen Lieblingsbeschäftigung widmen würden, stand sie nicht mehr so sehr im Mittelpunkt. Wir waren einfach zwei verliebte Jungs. Da spielte der geile Sex natürlich eine zentrale Rolle, aber Zärtlichkeiten, gemeinsame Gespräche und solche Dinge hatten für uns auch eine Bedeutung bekommen.

Wie alles Schöne verging der Abend viel zu schnell und ich war völlig perplex, dass es schon nach elf war und Patrizio leider gehen musste.

„Meine Eltern machen so schon Stress, da kann ich nicht ständig die halbe Nacht wegbleiben.“

Schade eigentlich. Ich hätte ihn für immer bei mir behalten können.

„Aber ich will dich wiedersehen, Schatz.“ Ich fand es einfach toll, Patrizio Schatz zu nennen.

„Wir werden schon was finden, Süßer. Und wenn wir uns irgendwo einschließen müssen. Verzichten werd ich auf keinen Fall auf dich.“

Ich öffnete die Haustür und kalte Winterluft blies in den Flur. Zum Abschied nahmen wir uns noch einmal in den Arm, drückten uns fest und küssten uns lange und ausgiebig.

„Ich liebe dich“, flüsterte Patrizio, als er durch die Tür ging.

„Ich dich auch“, rief ich ihm hinterher.

18

Die Rückkehr in die Schule nach den Ferien fühlte sich für mich eigenartig an. Spätestens jetzt gab es ein Geheimnis, dass ich mit mir rumtrug und das mir eine Art Doppelleben bescherte.

Ich hatte keine Ahnung, wie ich mich Nadja gegenüber verhalten sollte. Als ich im Nachhinein noch mal über unsere Trennung nachdachte, musste ich mir eingestehen, dass mein Verhalten ziemlich komisch rübergekommen sein musste. Eventuell war Nadja gerade dabei, in der ganzen Schule rumzuerzählen, ich wäre völlig gestört und unzurechnungsfähig.

Als ich ins Klassenzimmer kam, saß sie jedoch unauffällig auf ihrem Platz und blickte ins Nichts. Dass sie auf ihrem Platz saß, machte die Sache für mich so schwer. Mein Platz war neben ihr und wenn ich mich dahin setzen würde, könnte sie das als ein falsches Zeichen deuten. Andererseits empfand ich es als etwas übertrieben, mir einen anderen Platz zu suchen.

Ich setzte mich auf meinen Platz, begrüßte Nadja so wie man einen Klassenkameraden begrüßte und schenkte ihr danach keine Aufmerksamkeit mehr.

In der Pause merkte ich am deutlichsten, dass sich etwas geändert hatte. Zum ersten Mal seit einer Ewigkeit stand ich wieder mit Marco und anderen Jungs aus der Klasse in der Ecke des Schulhofes, die wir schon in der fünften Klasse zu unserer gemacht hatten.

„Jetzt erklär mir doch mal genauer, was da los is’“, lag Marco mir in den Ohren.

Wie einige Monate zuvor, als ich gerade mit Nadja zusammen gekommen war und er mich mehrfach täglich mit seiner Fragerei quälte, ob ich denn nun mit ihr zusammen war oder nicht, nervte er mich jetzt mit seinem Verlangen nach einer detaillierten Erklärung unserer Trennung. Er konnte nicht merken, dass ich nicht darüber sprechen wollte. Ich wusste selber ja noch nicht, wie es mit mir und

Nadja weitergehen sollte – ob wir uns für immer aus dem Weg gehen sollten, oder uns mal in Ruhe aussprechen würden, und wenn, was ich ihr dann sagen sollte.

„Ich hab mich einfach von ihr getrennt, weil ich keinen Bock mehr hatte. Das hab ich dir doch schon zig Mal erzählt. Mehr gibt es dazu nicht zu sagen." Das war meine neue Standardformulierung für Marco.

„Ja und warum?", war seine Standardreaktion. Ich wusste, dass alles, was ich irgendwem aus der Klasse erzählte, innerhalb kürzester Zeit bei Nadja ankommen würde und das konnte ich mir nicht leisten. Ein plausibler Trennungsgrund wäre natürlich gewesen, dass es zwischen uns mit dem Sex nichts geworden war, aber wenn Nadja so etwas gehört hätte, hätte sie sofort gehandelt und versucht, unsere Beziehung mit extra viel Sex neu aufleben zu lassen und das war ja auch nicht das, was ich brauchte.

„Es gibt keinen bestimmten Grund. Mir hat das einfach nicht mehr gefallen, kapierst du das nicht?"

Wahrscheinlich kapierte Marco das wirklich nicht. Er war jetzt fast ein Jahr mit Janine zusammen und die Beziehung schien perfekt zu laufen. Ich ging aber auch davon aus, dass Marco nicht heimlich nebenbei Sex mit einem Jungen hatte. Von daher waren unsere Situationen nur begrenzt miteinander zu vergleichen.

Ich sah ihm an, dass ihn meine Antworten nicht zufrieden stellten, aber das war sein Problem. Aus mir würde er definitiv nichts weiter rauskriegen.

Sobald ich zu Hause war, war das eine Leben für mich abgehakt und das andere konnte beginnen. Ich lebte nur noch dafür, am Abend für ein, zwei Stunden zu Patrizio zu gehen. Auch wenn seine Eltern da waren und wir nicht so hemmungslos miteinander rummachen konnten, wie wir es gerne getan hätten, konnten wir uns wenigstens nahe sein. Vollkommen glücklich konnten wir nur noch sein, wenn wir uns sahen, sonst fehlte jedem von uns ein Teil in seinem Leben.

Als ich am Abend zu Patrizio kam, begegnete ich auf dem Weg in sein Zimmer seinem Vater, seiner Schwester, Silvio und Chiara, die, wie ich den Eindruck hatte, öfter bei der Familie ihres Freundes war als bei ihrer eigenen. Ich begrüßte die Familienmitglieder und als ich dem Vater begegnete und er mich mit einem kritischen Gesichtsausdruck ansah, dachte ich für mich selber, ‚Wenn du wüsstest, dass ich deinen Sohn poppe…' und sofort konnte ich mir ein fettes Grinsen nicht mehr verkneifen.

Vorsichtig schloss Patrizio seine Zimmertür hinter uns und dann erst fielen wir uns um den Arm und fingen an, uns gegenseitig die Zunge in den Mund zu schieben. Das waren die Augenblicke, auf die ich eigentlich ständig wartete und die mir viel zu selten waren.

Wir legten uns zusammen auf Patrizios Bett und kuschelten uns aneinander.

„Wenn irgendwer die Tür aufmacht, lässt du mich sofort los, o.k.?", sagte er auf leisester Stufe. Seine enorme Panik mit mir in einer eindeutigen Situation erwischt zu werden, behinderte ein wenig unsere Romantik und ich freute mich schon auf die nächste Gelegenheit, bei der wir wieder alleine bei einem von uns waren und es so laut miteinander treiben konnten, wie die Wände es aushielten.

Ich erzählte Patrizio von meinem Stress mit Nadja und wie Marco mich ständig mit Fragen löcherte und er erzählte mir – was er sehr selten tat – von seiner Schule. Er erzählte mir von seinen Kumpeln aus seiner Klasse, mit denen er zwar gut klar kam, die er aber in Wirklichkeit auch nicht mochte, allein schon wegen ihrer unmissverständlichen Ansichten über Schwule.

„Wir haben's halt nicht leicht", meinte er schließlich zu mir.

„Aber wenigstens haben wir uns", entgegnete ich und küsste ihn.

Der Abend verging wieder viel zu schnell für mich.

„Morgen sind meine Eltern ja wieder abends nich' da. Komm doch dann einfach nachmittags so um sechs oder so", meinte Patrizio, während ich mir meine Jacke anzog.

„O.k., mach ich. Bis morgen." Wesentlich leiser und dichter an seinem Ohr fügte ich dann noch hinzu:

„Ich liebe dich." Dafür bekam ich gleich einen Kuss auf den Mund.

„Ich dich auch, Schatz. Du bist einfach der Beste." Ein letztes Mal drückten wir uns, bevor er seine Zimmertür öffnete und wir die andere Welt betraten, in der wir Kumpel waren und auf Mädchen standen.

Später am Abend, gerade als ich das Licht ausgemacht hatte und schlafen wollte, bekam ich eine SMS.

‚ich liebe dich über alles schatz. du bist der wichtigste mensch in meinem leben. ich kann echt nich mehr ohne dich. <3 i love you', schrieb Patrizio und machte mich damit unendlich glücklich. Wenn ich von Nadja solche SMS bekommen hatte, hatte mich das nie so gerührt. Ich antwortete Patrizio auf der Stelle und alles, was ich schrieb, kam von Herzen. Auch das war bei Nadja anders gewesen, wie mir klar wurde.

Am nächsten Morgen, bei meinem hektischen Frühstück, nervte meine Mutter mit Fragen, auf die ich sehr gerne verzichtet hätte.

„Sag mal, Marcel, wer ist eigentlich dieser Junge, bei dem du ständig bist? Wann lernen wir den denn endlich mal kennen? Bring den doch auch mal mit hierher."

„Ja, mach ich bald mal. Der is' aus'm Verein, hab ich doch schon gesagt." Ich hatte Patrizio deshalb noch nie zu mir nach Hause eingeladen wenn meine Eltern da waren, weil ich genau wusste, dass meine Eltern – besonders meine Mutter – zu den Eltern gehörten, die Freunde ihrer Kinder mit sinnlosen Fragen löcherten und gerne mal ohne anzuklopfen in mein Zimmer kamen, auch, beziehungsweise vor allem, wenn ich Besuch hatte. Dass sie mich und Nadja des Öfteren beim Kuscheln gestört hatte, war zwar nicht schön, aber wir waren dran gewöhnt. Mit Patrizio war das alles anders. Irgendwann würde ich meinen Eltern sicher erklären, dass ich offensichtlich eher auf Jungs stand und das selber viel zu spät und nur dank Patrizio gemerkt hatte.

Die nächsten Wochen sahen alle sehr ähnlich aus. Der Höhepunkt eines jeden Tages war die Zeit, die ich mit Patrizio verbringen konnte. Und wenn wir uns mal an einem Tag nicht sahen, spürte ich deutlich, dass mir etwas fehlte. Das Schlimmste waren das Training und die Spiele, als wir dann die ganze Zeit zusammen waren, ohne uns unsere wahren Gefühle zeigen zu können.

Für Dirk und die anderen in der Mannschaft waren wir immer noch das Dreamteam schlechthin. In den ersten Spielen der Rückrunde waren wir noch erfolgreicher als wir es eh schon waren. Im ersten Spiel der Rückrunde, auf einem ziemlich schlechten Ascheplatz, gewannen wir 8:1 und sowohl ich als auch Patrizio trafen dabei je vier Mal und auch wenn wir mal nicht trafen, blieben wir die vielleicht wichtigsten Spieler im Team. Besser konnte es im Fußball gar nicht für uns laufen. Unserer Tabellenposition kam das zugute und die Chance im Sommer zum ersten Mal in der Vereinsgeschichte in die Bezirksliga aufzusteigen, wurde immer größer.

Wenn wir unter der Dusche standen, sahen ich und Patrizio uns nicht an. Wir hatten Angst, unabsichtlich irgendwelche Zeichen zu geben, die bei den anderen verdächtig hätten wirken können. Mit dem Wichsen unter der Dusche hatten wir auch weitgehend aufgehört. Stattdessen warteten wir auf die nächste Gelegenheit, uns gegenseitig und in einer angenehmeren und privateren Umgebung einen abzuwichsen. Auch wenn wir uns inzwischen als Paar sahen und uns ständig süße Sachen sagten – unser geiler Sex hatte in keinster Weise darunter gelitten. Ich war mir sicher, dass so was nur zwischen zwei Jungen möglich war. Bei Mädchen dauerte es erst mal eine halbe Ewigkeit bis sie einen überhaupt ranließen und dann wurde der Sex schnell zu einer monotonen, langweiligen Sache. Zumindest hörte ich solche Sachen manchmal von Klassenkameraden. Ich selber war ja – zum Glück musste ich inzwischen sagen – noch nie in so einer Situation gewesen.

Inzwischen hatte ich Patrizio auch mit meinen Eltern bekannt gemacht. Wir hatten es bisher aber vermieden, zu heftig miteinander zu kuscheln, knutschen oder was auch immer, wenn er bei mir war und meine Eltern zu Hause waren.

Mit Nadja sprach ich überhaupt nicht mehr. Ich saß in der Schule auch nicht mehr neben ihr und sie machte auch überhaupt keine Anstalten mehr, mit mir Kontakt aufnehmen zu wollen. Ich hoffte sogar, sie würde bald einen neuen Freund finden, so dass die Sache zwischen uns endgültig der Vergangenheit angehörte.

Im Laufe des Februars wurde es schon spürbar wärmer draußen. Ein Heimspiel Mitte Februar war das erste Spiel seit langem, bei dem wir nicht mehr froren, als wir in Trikot und kurzer Hose auf den Platz liefen. Entsprechend erfolgreich spielten wir auch.

„Jungs, wenn ihr heute gewinnt, dann sind wir in der Tabelle soweit vorne, dass wir zu 98 Prozent aufsteigen. Und ihr wisst, was das für uns bedeuten würde“, hatte Dirk uns auf das Spiel eingestimmt. Gleich nach fünf Minuten stand es eins zu null für uns, ausnahmsweise mal, ohne dass ich oder Patrizio beteiligt waren. Lange konnte der Rest der Mannschaft allerdings nicht auf uns verzichten und in der fünfzehnten Minute spielte Patrizio mir den Ball so genial vor der Füße, dass ich nur noch abziehen musste und der Ball elegant rechts im oberen Eck landete.

Mit einem 4:0 zur Halbzeit standen wir auf der sicheren Seite und gingen die zweite Hälfte des Spiels eine Spur lockerer an. Trotzdem waren wir unseren Gegnern haushoch überlegen und eine Minute vor Abpfiff traf ich noch völlig unvorhergesehen zum 10:0. So hoch hatten wir in dieser Saison noch nie gewonnen.

Vollends zufrieden gingen wir in die Kabine und unter die Dusche. Eine Viertelstunde später stand ich mit Patrizio bei den Fahrradständern und wir beeilten uns, unsere Fahrräder klarzumachen, um endlich von den anderen wegzukommen und in unsere Welt zu fahren.

„Das Wetter ist schön, wir haben haushoch gewonnen und ich liebe dich. Da müssten wir doch eigentlich was draus machen." Patrizio klang so charmant, dass ich sofort weich wurde.

„Ich folge dir, wohin du auch gehst."

„Gut", meinte er.

„Ich fahr nämlich jetzt nach Hause. Also komm mit."

„Patrizio? Bist du das?", rief sein Vater aus dem Wohnzimmer, als wir zusammen ins Haus kamen.

„Ja, ich bin's. Ich hab Marcel mitgebracht. Wir sind oben."

„Alles klar."

Irgendwie mochte ich an Patrizios Eltern, dass sie sich nicht zu sehr in seine Angelegenheiten einmischten, wie meine Eltern das so gerne taten, sondern ihn auch einfach mal machen ließen, was er wollte.

„Na, krieg ich jetzt die Belohnung für meine vier Tore?", fragte ich Patrizio, als wir die Zimmertür hinter uns geschlossen hatten. Ich begann dabei schon mal vorsorglich an seinem Gürtel rumzufummeln. Vorne in seiner Hose spürte ich schon eine deutliche Beule, der meine Beule in nichts nachstand. Wir zogen uns bloß die Jacken aus, ließen uns dann aufs Bett fallen und schoben uns gegenseitig die Hände in die Hose. Das war zwar nicht das Allerromantischste, aber wir hatten es nun mal dringend nötig.

Erst als wir unsere beiden verdächtigen Taschentücher tief in Patrizios Papierkorb vergraben hatten, waren wir wieder einigermaßen entspannt.

„Du hast echt ‘nen geilen Schwanz, Marcel“, flüsterte Patrizio mir ins Ohr, als wir zusammen in seinem Bett lagen.

„Deiner ist noch viel geiler“, erwiderte ich. Ich konnte einfach nicht anders, als Patrizio zu lieben.

Ich kniete mich über ihn, kam ihm dann langsam immer näher und drückte meine Lippen auf seine. Unsere Lippen saugten sich erst leicht aneinander fest, dann berührten sich unsere Zungenspitzen und schließlich waren wir dabei, einen heftigen Zungenkuss auszutauschen, der einfach nicht enden wollte. Ich fühlte seine Hand, die über meinen Rücken glitt und meine Hand spielte ein bisschen mit seinen Haaren rum. Ich liebte es einfach, durch seine dichten, kräftigen, schwarzen Haare zu streichen. Überhaupt, liebte ich einfach alles an diesem Jungen.

Immer heftiger spielten unsere Zungen miteinander und bald konnte ich gar nicht mehr ausmachen, wo mein Mund endete und seiner begann. Es war einfach unbeschreiblich.

Zunächst hatte ich überhaupt nicht gehört, wie jemand die Tür geöffnet hatte. Das erste, was mich aus meinem versunkenen Zustand holte, war dieser ohrenbetäubende Schrei.

„Patrizio! Was soll das?“

Blitzartig lösten wir uns voneinander und rutschten zur Seite. Patrizios Vater stand mitten im Zimmer, die Hände vors Gesicht geschlagen.

„Papa, das is‘…“ Aber Patrizio fand keine erklärenden Worte. Ich saß vor Schock erstarrt regungslos auf dem Bett.

„Das kann doch nicht sein. Das kann doch nicht sein“, schrie Patrizios Vater unaufhörlich.

„Dio mio, warum muss das ausgerechnet mir passieren? Warum muss ausgerechnet mein Sohn …“ Er faltete die Hände wie zum Gebet und sah nach oben.

So langsam bekam ich furchtbare Angst. Patrizio hatte mir immer erzählt, dass es dem Weltuntergang gleichkäme, wenn seine Eltern uns zusammen beim Rummachen erwischen würden und jetzt war dieser worst case eingetroffen.

Sein Vater kam mir näher. Instinktiv sprang ich vom Bett auf, um auf einen möglichen körperlichen Angriff reagieren zu können. Ich rechnete im Moment mit allem.

„Du!“, schrie er mich an.

„Raus! Raus aus meinem Haus und lass dich hier ja nicht wieder sehen."

„Aber, Papa …" So verängstigt hatte ich Patrizio noch nie gehört. Er tat mir furchtbar leid. Ich fühlte mich so machtlos, dabei hätte ich nichts lieber getan als ihm geholfen.

„Du bist still. Wir unterhalten uns später noch!", meinte sein Vater zu ihm gewandt.

Ich wollte mir gar nicht ausmalen, was sein Vater mit ihm machen würde, sobald ich weg war.

„Und jetzt verschwinde endlich." Mit einer gewissen Bestimmtheit schubste er mich zur Zimmertür. Ich schnappte mir meine Jacke und meine Sporttasche und rannte die Treppe runter. Patrizio rannte mir hinterher, aber auf der Treppe hatte sein Vater ihn eingeholt und hielt ihn fest.

„Papa, bitte!", schrie Patrizio verzweifelt.

„Schweig!"

„Marcel …" Er wollte mir etwas sagen, aber er traute sich nicht, obwohl jetzt eigentlich alles egal war. Ich sah ihm ein letztes Mal ins Gesicht.

„Ich liebe dich auch. Über alles", dachte ich ganz fest, sprach es aber nicht laut aus.

Erst zu Hause merkte ich wie mir die Tränen ins Gesicht schossen. Wieso musste so etwas passieren? Wieso zum Teufel hätten wir nicht vorsichtiger sein können?

Ohne meinen Eltern ‚Hallo' zu sagen, schlich ich mich in mein Zimmer, schmiss mich auf mein Bett und ließ den Tränen freien Lauf. Ich konnte nicht mehr ohne Patrizio leben. Jede Sekunde ohne ihn hatte keinen Wert für mich und wenn ich ihn nicht wiedersehen würde, könnte ich nie mehr glücklich leben. Ich hoffte, er würde versuchen, von zu Hause abzuhauen und zu mir kommen.

Mindestens zehn Mal probierte ich den ganzen Tag über, ihn auf dem Handy anzurufen, aber erst ging niemand ran und dann war das Handy ganz ausgeschaltet.

Ich konnte nichts tun und noch schlimmer war, dass es niemanden gab, mit dem ich darüber reden konnte. Außer mir und Patrizio gab es niemanden, der über uns Bescheid wusste.

Ich überlegte hin und her. Es gab wirklich nichts, was ich hätte tun können. Wenn ich noch ein paar Leute auf meiner Seite gehabt hätte, hätte ich zu seinen Eltern fahren und ein bisschen Stress machen können. Aber alleine lief ich nur Gefahr von seinem Vater erschlagen zu werden.

Verdammte Scheiße, warum musste das so kommen? Warum mussten Patrizios Eltern so bescheuert sein? Warum konnten sie uns nicht einfach in Ruhe lassen? Es konnte doch nicht verboten sein, dass wir uns liebten.

19

Ich hatte gedacht, Patrizios Eltern würden sich wieder einkriegen und die Sache würde allmählich an Bedeutung verlieren.

Erst als Patrizio am Dienstagabend nicht beim Training war, bekam ich wirklich Panik. Im Kopf ging ich alle erdenklichen Szenarien durch. Sogar der Gedanke, seine Eltern hätten ihn umgebracht, kam mir, aber den musste ich gleich wieder verdrängen – das war mir einfach zu krass. Etwas realistischer fand ich meine Befürchtung, seine Eltern sperrten ihn zu Hause ein und hielten ihn von jeglichem Kontakt zur Außenwelt fern. Leider kannte ich noch nicht einmal jemanden, der mir sagen konnte, ob Patrizio am Montag und Dienstag in der Schule war.

Besonders schmerzhaft für mich war, dass alle mich fragten, was mit Patrizio los wäre. Schon in der Kabine kam einer nach dem anderen auf mich zu.

„Du musst doch wissen, was mit dem is'."

„Der war doch bisher immer da."

„Ey, du bist doch so gut mit dem befreundet. Hat der dir nichts gesagt?"

Und immer wieder musste ich die gleiche Antwort wiederholen.

„Nein, ich weiß nichts. Ich wundere mich selber."

Das tat ich wirklich. Insgeheim hoffte ich immer noch, dass seine Abwesenheit nichts mit den Geschehnissen vom Samstag zu tun hatte und er aus irgendwelchen anderen Gründen nicht da war und am Donnerstag wiederkommen würde. Ganz realistisch betrachtet musste ich allerdings schon zugeben, dass das alles höchstwahrscheinlich miteinander zu tun hatte. Seine Eltern konnten ihn allerdings nicht ewig einsperren. Irgendwann würde jemandem was auffallen, gerade wenn er wirklich nicht in der Schule erschien. Das gab mir einen winzigen Hoffnungsschimmer, der allerdings beim weitem nicht ausreichte, meine Seele zu erhellen.

„Weiß irgendwer was von Patrizio?“, brüllte Dirk, als wir uns im Halbkreis um ihn versammelt hatten.

„Du, Marcel?“ Ich schüttelte bloß den Kopf.

„Der Spinner kann doch nicht einfach nicht kommen.“ Ich hätte Dirk am liebsten umgebracht. Patrizio war kein Spinner. Er war ein armer Junge, der nichts Unrechtes getan hatte und trotzdem in massiven Schwierigkeiten steckte.

Völlig unkonzentriert schoss ich die Bälle in die falschen Richtungen und stand beim Trainingsspiel nur sinnlos auf dem Feld rum. Ohne Patrizio hatte ich keinen Wert für das Team.

Als ich nach dem Training zu meinem Fahrrad ging, war mein Schmerz am größten. Wenn alles gut gewesen wäre, wäre Patrizio jetzt bei mir gewesen und wir wären zusammen zu ihm nach Hause gefahren. Der Dienstag war unser Tag – der Tag, an dem wir auf jeden Fall ein paar Stunden für uns hatten.

Ich wollte gar nicht dran denken, aber der Gedanke brachte mich auf einen anderen Gedanken. Wenn seine Eltern dienstags immer bis spät abends in der Pizzeria waren, dann waren sie im Moment wahrscheinlich nicht zu Hause. Und wenn sie Patrizio wirklich eingesperrt hatten, dann war er jetzt alleine im Haus. Eigentlich war es Wahnsinn, aber es war auch die einzige Möglichkeit, die ich noch sah, irgendetwas zu tun.

Ich fuhr nicht nach Hause, ich fuhr zum Haus von Patrizios Familie. Auf den letzten Metern merkte ich, dass ich ganz automatisch immer langsamer fuhr. Ich hatte wahnsinnige Angst – wovor konnte ich selber nicht genau sagen. Wenn sein Vater oder sein Bruder zu Hause waren und einer mich angreifen sollte, konnte ich doch die Flucht ergreifen. Ich glaubte, ich hatte Angst davor, irgendetwas Schlimmes zu erfahren.

Nur ein Licht brannte im Haus. Ich hoffte, dass es von Patrizio war und er mir gleich die Tür aufmachen würde.

Ich lehnte mein Fahrrad an die Mauer in der Einfahrt, schloss es nicht ab und ließ meine Sporttasche um meine Schulter hängen – reine Vorsichtsmaßnahme für den Fall, dass ich schnell die Flucht ergreifen musste.

Ganz langsam ging ich die zwei Stufen zur Tür hoch. Mein Finger schwebte eine ganze Weile über dem Klingelknopf und es fühlte sich an, als würden zwei Mächte in mir miteinander kämpfen – die Angst und die Liebe.

Ich drückte den Knopf. Ich hörte das laute Summen von innen. Das war die letzte Sekunde, in der ich noch hätte abhauen können, aber ich fühlte mich festgewachsen, wie in einem dieser Albträume, in denen man wegrennen wollte, sich aber nicht bewegen konnte.

Ich hörte, wie sich im Haus etwas bewegte. Damit war es eh zu spät. Die Klinke wurde von innen runter gedrückt und jemand zog die Tür auf.

Es war nicht Patrizio. Sofort machte ich mich bereit zur Flucht. Ich drehte mich um und rannte zu meinem Fahrrad.

„Ey, warte!", rief Silvio mir hinterher. Ich bekam Todesangst, als ich sah, dass Patrizios Bruder hinter mir herrannte und mich am Arm packte, bevor ich die Flucht ergreifen konnte.

„Lass mich los", schrie ich und versuchte verzweifelt, mich zu befreien. Aber Silvio war stärker als ich.

„Ganz ruhig!" Er sprach nicht laut, er sprach einfach nur energisch und deutlich.

„Gut, dass du da bist, Marcel. Ich würd gern mit dir reden. Komm mal mit rein. Hier is' zu kalt." Jetzt war ich höchst verunsichert. Vielleicht wollte er wirklich mit mir reden, vielleicht war das aber auch nur eine Falle und ich würde dieses Haus nie wieder lebend verlassen. Vermutlich war es nur der Gedanke an Patrizio, der mich dazu verleitete, schnell mein Fahrrad abzuschließen und mit Silvio ins Haus zu gehen.

Ich folgte ihm die Treppe hoch, genauso wie ich Patrizio so oft die Treppe hoch gefolgt war. Er öffnete eine andere Tür auf dem Gang. Sein Zimmer war nur wenig größer als Patrizios, aber etwas effektiver eingerichtet.

Zu seiner Freundin Chiara, die auf seinem Bett saß, sagte er ein paar Worte, von denen ich ausging, dass sie Italienisch waren. Chiara verließ daraufhin sofort das Zimmer und machte die Tür von außen zu.

„Was ist?", fragte ich mit einem distanzierten Ton. Ich stellte meine Sporttasche auf den Boden. Meine Jacke behielt ich an. Ich hatte nicht vor, lange hier zu bleiben. Silvio antwortete mir nicht.

„Wenn du mir nicht sagen willst, was mit Patrizio los ist, kann ich gleich wieder gehen."

Silvio machte ein wenig den Eindruck auf mich, als wollte er mir schon etwas sagen, aber nicht wusste, wie.

„Liebst du ihn sehr?“ Mit der Frage hatte ich wirklich nicht gerechnet und verstand auch nicht, was er damit bezwecken wollte. Entsprechend ungehalten reagierte ich auch.

„Wenn du’s unbedingt wissen willst: Ja.“

„Gut.“ Ja natürlich war das gut, aber was hatte ihn das zu interessieren?

„Verrätst du mir jetzt endlich, was mit Patrizio los ist? Wo ist er?“ Ich fühlte mich zunehmend genervt.

„Also erst mal warst du nie hier und unser Gespräch hat nie stattgefunden, o.k.?“ War ich möglicherweise in einem schlechten Mafiafilm gelandet?

„Ja klar und jetzt sag.“

„Patrizio ist weg.“ Ich hatte zwar die einzelnen Wörter verstanden, aber nicht den Sinn dahinter.

„Was heißt das, er ist weg?“ Schon wieder überkam mich die Angst.

„Patrizio ist in Sizilien.“

Ich verstand immer weniger. Ich hatte mir alle möglichen Horrorgeschichten um Patrizios Verbleib ausgemalt und er war in Sizilien.

„Was macht der denn da?“ Das musste Silvio mir jetzt im Detail erklären, sonst hätte er gar nicht erst damit anzufangen brauchen.

„Pass auf. Erst mal Folgendes. Ich hab das alles mitgekriegt und ich sag dir eins, ich hab überhaupt nichts dagegen.“

Das freute mich. Damit hatte ich vorher nicht gerechnet. Aber er sollte mal auf den Punkt kommen und mir sagen, warum zum Teufel Patrizio in Sizilien war.

„Übrigens, als ich dich kennengelernt habe, hab ich sofort gemerkt, dass ihr beide euch volle Kanne liebt. So glücklich hab ich meinen Bruder noch nie erlebt. Da hab ich mich einfach für ihn gefreut.“

Da wusste Silvio wohl früher Bescheid als wir selber, aber das war ja jetzt nicht das Thema.

„Du kannst dir gar nicht vorstellen, was am Samstag bei uns los war.“ Ich wollte es mir gar nicht vorstellen.

„Wir haben alle die ganze Zeit im Wohnzimmer gesessen und alle nur rumgeschrien und Patrizio saß mittendrin und hat die ganze

Zeit nur geheult."

Mir wurde auch nach Heulen zumute. Wieso mussten die meinem Schatz so was antun? Das hatte er einfach nicht verdient. Er war der tollste Junge auf der Welt. Wie konnte ein Mensch so grausam sein, ihn so zu behandeln?

„Und dann hat mein Vater ihn in sein Zimmer geschickt und dann wollte er mit uns darüber reden, was wir mit ihm machen sollten. Ich hab mich da rausgehalten, ich fand das einfach nur übertrieben." Silvio erzählte mir zwar alles detailliert, aber ich wusste immer noch nicht, was Patrizio in Sizilien machte.

„Dann hat mein Vater beschlossen, Patrizio nach Sizilien zu schicken. Ganz in der Nähe von Palermo, in so 'nem winzigen Dorf wohnt unsere Tante, also die Schwester von meinem Vater mit ihrem Mann. Und bei denen is' Patrizio jetzt. Heute Vormittag hat mein Vater ihn zum Flughafen gebracht."

Das war zwar alles in sich logisch, hatte aber für mich trotzdem noch immer keinen tieferen Sinn.

„Und was soll das bringen?", fragte ich Silvio deshalb.

„Was weiß ich. Kann ich in die leicht gestörten Köpfe meiner Eltern reingucken?"

„Ja, aber eure Eltern müssen doch irgendein bestimmtes Ziel verfolgen? Sie schicken Patrizio doch nicht einfach so dahin."

„Du musst erst mal verstehen, dass schwul sein für meine Eltern ganz weit oben in der Hitliste der Todsünden ist. Meine Eltern sind etwas krank drauf, was das mit der Kirche und dem ganzen Krams angeht. Ich hab auch keinen Plan, wo das herkommt."

Ich wurde nur schrittweise schlauer.

„Also haben die ihn jetzt zur Strafe dahin geschickt, oder was?"

„Ich denke, die haben gedacht, Patrizio so weit wie möglich weg von der Quelle des Übels zu bringen und das bist in diesem Fall leider du."

„Und was macht Patrizio jetzt da?" Ich hatte nicht das Gefühl, dass es ihm dort gut ging.

„Weiß ich nicht genau. Ich glaub, meine Eltern meinen irgendwie, ihn heilen zu können, wenn du verstehst, was ich meine."

„Ich mein, geht er da zur Schule? Er kann doch kaum italienisch. Er muss doch da total einsam sein. Das hält er doch überhaupt nicht aus." Krampfhaft versuchte ich die Tränen zu unterdrücken, die immer stärker gegen meine Augen drückten.

„Keine Ahnung, ich glaub eher, er muss sich den ganzen Tag von meiner Tante anhören, was für schlimme Sünden er begangen hat und Gott um Vergebung bitten."

„Ach du Scheiße, is' eure Tante etwa auch so drauf wie eure Eltern?"

„Ne. Schlimmer." Das musste ja Horror für Patrizio sein. Das hielt er garantiert nicht lange aus, so viel wusste ich sicher.

Ich stellte mir Patrizio vor, wie er in so einem kleinen Kaff, in dem nichts los war, von seiner durchgeknallten Tante mehr oder weniger gefangen gehalten wurde und mich bestimmt genauso vermisste, wie ich ihn. Jetzt konnte ich nichts mehr gegen die Tränen tun und ließ sie frei.

‚Ich hol dich da raus, Patrizio', schwor ich mir in diesem Moment und ballte vor Wut und Hass die Faust in der Tasche. Niemand auf der Welt hatte das Recht, mir meinen Schatz wegzunehmen. Und wenn es doch jemand tat, würde ich mir ihn wiederholen, egal, was ich dafür tun musste. Patrizio und ich gehörten zusammen und das würde nie jemand ändern können.

„Irgendwas muss man doch dagegen tun können", sagte ich verzweifelt zu Silvio. „Kannst du nicht irgendwas tun?"

Er herrschte Stille. Silvio dachte angestrengt nach, zumindest wirkte er so.

„Du liebst ihn wirklich über alles, stimmt's?", sagte er nach einer Weile.

„Hab ich doch schon gesagt. Ich kann einfach nicht mehr ohne ihn. Ich …" Ich hatte nicht vor, Silvio mein ganzes Herz auszuschütten. Ich hoffte einfach nur, er könnte dafür sorgen, dass ich Patrizio so schnell wie möglich wiedersah.

„Was bist du bereit für ihn zu tun?"

Ich wunderte mich etwas, warum Silvio das wissen wollte, aber nach einer Antwort musste ich nicht lange suchen.

„Alles."

„O.k.", meinte Silvio und nickte dabei. „Jetzt musst du erst mal gehen. Ich weiß nicht genau, wann meine Eltern wiederkommen und die dürfen dich hier auf keinen Fall sehen. Schreib mir mal eben deine Handynummer auf. Ich hab eine Idee, aber ich muss mich noch um ein paar Dinge kümmern. Ich meld mich, sobald ich einen konkreten Plan hab, o.k.?"

Ich verstand zwar nicht ganz, was er mir genau sagen wollte, aber es hörte sich so an, als wäre die Sache nicht komplett hoffnungslos. Ich schrieb deswegen meine Handynummer auf ein abgerissenes Stück Papier, das Silvio mir in die Hand drückte, hängte mir dann meine Sporttasche um die Schulter und ging von Silvio begleitet die Treppe runter.

„O.k., ich hoffe, ich höre bald von dir", sagte ich in der Tür und gab ihm die Hand.

Ich war an diesem Tag noch lange wach. Ich stand in meinem dunklen Zimmer am Fenster und sah nach draußen in die fast sternenklare Nacht. Ich versank in meinen Gedanken.

‚Patrizio, vielleicht siehst du jetzt die gleichen Sterne wie ich und denkst an mich. Du bist das Wichtigste, was es auf der Welt für mich gibt und ich schwör dir, bald haben wir uns wieder.'

20

Am nächsten Tag war ich in der Schule rein körperlich anwesend. Meine Gedanken kreisten nur um Patrizio und sein Schicksal. Jede Sekunde dachte ich daran, wo er wohl gerade war und was er wohl gerade machte.

Möglicherweise fiel einigen meiner Klassenkameraden auf, dass ich so durcheinander war, aber auch das war mir egal. Im Moment lebte ich nur für ein Ziel: Ich musste Patrizio wiederhaben.

Ich war froh, als ich endlich zu Hause war und ganz allein mit meinen Gedanken sein konnte. Meine Mutter wunderte sich zwar, dass ich mich weigerte, mit ihr zu Mittag zu essen, aber darauf konnte ich keine Rücksicht nehmen. Ich saß einfach nur auf meinem Bett und wartete darauf, dass Silvio sich bei mir meldete und mir sagte, was ich tun müsste, um Patrizio wiederzusehen. Tausend Gedanken gingen mir durch den Kopf. Vielleicht hatte Silvio mich einfach nur verarscht und lachte sich jetzt darüber kaputt, dass ich Patrizio so sehr liebte. Vielleicht hatte er es aber doch ernst gemeint und seine Pläne – welche das auch immer waren – gingen einfach nicht auf und ich würde Patrizio nie wieder sehen. Ich hielt es nicht aus, auch nur daran zu denken.

Während ich auf meinem Bett saß, dachte ich an die Silvesternacht, als Patrizio mir gesagt hatte, dass er mich liebte und ich erst mal total verwirrt war. Jetzt konnte ich mich selber kaum noch verstehen, wie ich auch nur eine Sekunde daran hatte zweifeln können, Patrizio zu lieben. Ich war bereit und fest entschlossen, alles zu tun, was nötig war, um ihn wieder bei mir zu haben.

Wenige Minuten nach Mitternacht klingelte mein Handy. Ich hatte das Licht schon ausgemacht und wollte schlafen, aber an Schlaf war nicht zu denken, denn Patrizio war der Einzige, an den ich denken konnte.

„Ja", sagte ich und war sofort hellwach als ich Silvios Stimme hörte.

„Marcel?"

„Ja." Ich stand leise auf und öffnete meine Zimmertür einen Spalt. Auf dem Flur war es dunkel, meine Eltern waren also schon im Bett.

„Pass auf, hör mir jetzt einfach mal zu."

Irgendwie klang das gut, so als ob Silvio einen Plan hätte.

„Du darfst aber niemandem etwas sagen, o k.?"

„Ja o.k. und jetzt sag, was Sache ist. Ich halt das einfach nicht mehr aus." Ich muss wirklich verzweifelt geklungen haben, denn Silvio kam sofort auf den Punkt.

„Also, ich hab versucht, Flugtickets nach Palermo zu kriegen. Aussichtslos. Aber ich hab meinen Vater so lange belabert, bis er mir sein Auto geliehen hat. Ich hab gesagt, ich will mit einem Kumpel nach Holland fahren und das hat ihm gereicht. Wenn man sich beeilt, schafft man es in zwei Tagen nach Sizilien und ich werde das auch machen. Du kannst mit mir mitkommen." Ich sagte erst mal nichts. Ich freute mich, dass es einen Weg gab, Patrizio wiedersehen zu können, aber ich wusste noch nicht, wie die ganze Sache funktionieren sollte.

„Wann soll es denn losgehen?"

„Freitag, also übermorgen. Wir müssen ganz früh am Morgen losfahren, damit wir am Samstag noch ankommen. Ich hol dich so gegen halb acht ab, o.k.?" Damit hatte ich nicht gerechnet. Das ging mir irgendwie zu schnell. Unter normalen Umständen hätte ich so was nie gemacht, aber es ging um Patrizio und ich blieb dabei, alles für ihn tun zu wollen.

„Und wie geht's dann weiter?"

„Wir können uns da für ein, zwei Tage ein Zimmer nehmen. Am Montagmorgen können wir uns wieder auf den Rückweg machen und sind am Dienstagabend wieder hier. Bis dahin holen wir Patrizio da raus und dann sehen wir weiter."

Sein Plan war zwar eine gute Idee, schien mir aber vorne und hinten nicht durchdacht. Nie im Leben könnte ich meinen Eltern erklären, warum ich so spontan, und ohne für sie ersichtlichen Grund, für ein paar Tage nach Sizilien fahren wollte und noch weniger würden sie mir so was erlauben. Mir blieb also nur die Möglichkeit, unauffällig meine Tasche zu packen und am Freitagmorgen zu verschwinden. Aber das war nur die kleine Hürde. Wie stellte Silvio es sich vor, einfach so mit Patrizio wieder nach Hause zurückzukommen?

„Bist du sicher, dass das alles klappt?", fragte ich Silvio.

„Ich bin mir relativ sicher. Vertrau mir einfach." Relativ sicher war mir eigentlich nicht sicher genug und jemandem blind zu vertrauen, war auch nicht mein Ding, aber ich hatte keine andere Wahl, wenn ich Patrizio wiedersehen wollte und das war das Einzige, was ich wirklich wollte.

„O.k., ich komm mit."

„Super. Ich hab's gewusst. Du darfst aber niemandem davon erzählen, o.k.? Tu einfach so, als wüsstest du nichts und sei einfach am Freitag um halb acht an der Straßenecke bei eurem Haus, o.k.?"

„Ja, o.k."

Nach dem Gespräch mit Silvio konnte ich erst recht nicht mehr schlafen. Zu viel ging mir durch den Kopf, vor allem machte ich mir Sorgen, ob mit Silvios Plan alles funktionieren würde. Ich war noch nie in meinem Leben in Sizilien gewesen und hatte eigentlich immer gedacht, dass meine erste Reise dahin irgendwann in Form eines Urlaubs stattfinden würde. Jetzt war eine lange Reise mit dem Auto dahin die einzige Möglichkeit für mich, das Wichtigste wieder zu holen, das es in meinem Leben für mich gab – meinen über alles geliebten Patrizio.

Ich konnte nicht sagen, ob es Glück oder Pech war, dass am nächsten Morgen niemand zu Hause war, um mich zu wecken. Als ich die Augen öffnete und auf mein Handy sah, saßen meine Klassenkameraden schon in der dritten Stunde. Ich überlegte kurz, ob ich noch zur fünften Stunde hin sollte, aber so recht hätte sich das auch nicht gelohnt. Silvio hatte zwar gesagt, ich sollte so tun als wär nichts, aber er steckte ja nicht in meiner Haut. Seine große Liebe war nicht nach Sizilien entführt worden.

Ich verstand auch nicht, wie ich ernsthaft denken konnte, dass das Training am Abend mich irgendwie ablenken würde. Nirgendwo musste ich so sehr an Patrizio denken, wie auf dem Fußballplatz. Völlig egal, wer auf seiner Position spielte – für mich würde ihn niemals jemand ersetzten können.

„Also, Patrizio hat ja wirklich 'ne Schraube locker", sagte Dirk in seiner Begrüßungsrede.

„Der soll ja nicht glauben, dass er am Samstag spielen wird. Egal wie gut ein Spieler ist, er muss zu jedem Training erscheinen, das gilt auch für einen italienischen Möchtegern-Fußballgott."

Ich spannte alle Muskeln an und machte mich bereit, Dirk zu erwürgen. Wie konnte er so über mein Ein und Alles reden?

Ich konnte zwar nicht sagen, dass auch ich am Samstag nicht da sein würde, aber nach meinen Leistungen im Training hätte Dirk mich wahrscheinlich eh nicht aufgestellt. Ich und Patrizio, wir waren das Dreamteam der Mannschaft, aber ich alleine war nichts.

„Was is' eigentlich heute mit dir los?" Für Marco und mich ergab sich erst nach dem Training die Gelegenheit, uns zu unterhalten, auch wenn ich diesmal überhaupt keinen Bock darauf hatte.

„Wieso?"

„Erst kommst du nicht in die Schule und dann bist du beim Training mit Abstand der Schlechteste."

Wir waren die letzten, die die Kabine verließen. Vor lauter Trauer muss ich wohl extrem langsam gewesen sein. Wenigstens war es nett von Marco, dass er auf mich wartete, auch wenn er keine Ahnung von dem hatte, was in mir vorging.

„Keine Ahnung. Schlechter Tag."

Unsere Fahrräder waren die letzten, die noch in den Ständern standen.

„Schlechter Tag oder krank?"

„Wie?" Irgendwie wirkte Marco komisch auf mich. Ich verstand nicht ganz, was er wollte.

„Stimmt das, was sich so rumspricht?", fragte er und legte eine bedrohliche Miene auf.

„Wovon redest du?", fragte ich und versuchte dabei so irritiert wie möglich zu klingen. In Wirklichkeit schlug mir das Herz bis zum Hals und darüber hinaus. Ich ahnte, worauf Marco anspielte, obwohl es Teil meiner schlimmsten Befürchtungen war.

„Ich kann nur für dich hoffen, dass an diesem perversen Scheiß nichts dran ist." Marco kam mir ein Stück näher und hielt mir die geballte Faust entgegen. Niemals zuvor hatten wir uns so gegenüber gestanden. Früher war er öfters derjenige gewesen, der sich schützend vor mich gestellt hatte, wenn ich Probleme mit anderen Leuten hatte.

„Ich mein, das kann doch gar nich' sein. Du so 'ne dreckige Schwuchtel? Das hört man nämlich schon aus allen Ecken."

„Was laberst du da für einen Scheiß, du Spinner." Mein Selbstbewusstsein war gespielt und das offenbar sehr schlecht. Innerlich zitterte ich vor Angst.

„Du und der kleine dumme Italiener habt doch nicht wirklich miteinander ..." Er spuckte demonstrativ auf den Boden. „Einfach widerlich! Krank, pervers und widerlich!"

„Halt einfach die Fresse, Marco, und verpiss dich. Du laberst einfach nur Mist."

Dann saß die Faust in meinem Gesicht. Ich spürte einen kräftigen, dumpfen Schmerz und bekam den Geschmack von Blut in meinem Mund.

„Von so 'ner kranken Schwuchtel wie dir lass ich mir überhaupt nichts sagen. Ich krieg schon noch raus, ob das stimmt und wenn, dann schwör ich dir, dann bist du tot." Mit diesen Worten schnappte er sich sein Rad und ließ mich vor Schock gelähmt zurück.

Marco und ich kannten uns seit dreizehn Jahren und hatten uns mehr als einmal geschworen, dass unsere Freundschaft durch nichts zu zerstören wäre. Und ich hatte nichts weiter getan als mit dem Menschen zusammen zu sein, den ich liebte. Es passte nicht in mein Weltbild, dass das verboten war. Am allerwenigsten hatte ich von Marco erwartet, dass er so große Probleme damit haben würde. Zwar lästerte er öfters über Schwule, wobei ich auch schon das ein oder andere Mal mitgemacht hatte, aber ich war fest davon ausgegangen, dass er es bei seinem besten Freund respektieren würde. Ich konnte es nicht fassen, mich so getäuscht zu haben.

Jetzt hatte ich wirklich niemanden mehr und musste alles auf eine Karte setzen – Silvio und unsere Reise nach Sizilien.

„Was ist denn mit dir passiert?", fragte mich meine Mutter, als ich zur Tür reinkam und das Entsetzen stand ihr ins Gesicht geschrieben. Sofort sah ich in den Spiegel im Flur. Ein paar Blutspuren waren in meinem Gesicht verteilt und immer noch tropfte Blut aus meiner Nase und aus meinem Mund. Wenige Stunden zuvor hätte ich noch die Hand dafür ins Feuer gelegt, dass Marco so etwas niemals mit mir machen würde.

„Dummer Unfall. Fußball is‘ nicht ungefährlich“, antwortete ich patzig. Hätte ich angefangen, meiner Mutter die ganze Geschichte zu erzählen, wäre ich möglicherweise nicht vor meiner geplanten Abfahrt am nächsten Morgen fertig geworden.

„Sieht eher danach aus, als hättest du dich geprügelt. Willst du mit mir über irgendwas reden?“

„Ich würd mit dir reden, wenn es was gäbe. Aber im Moment ist alles perfekt.“ Entweder hatte ich sehr überzeugend gelogen oder meine Mutter gab auf, weil sie gemerkt hatte, dass aus mir nichts rauszuholen war.

Ich lag lange wach und stellte mir vor, wie ich Patrizio vielleicht schon am nächsten Tag wiedersehen würde. Ich machte mir auch Gedanken darüber, wie es auf Dauer weitergehen sollte, wenn Patrizio wirklich mit uns nach Deutschland zurückkommen würde. Dass seine Eltern ihm verzeihen, ihn wieder aufnehmen und sogar noch respektieren würden, hielten sowohl ich als auch Silvio für denkbar unwahrscheinlich. Am meisten störte mich allerdings, dass Silvio selber auch keinen durchdachten Plan zu haben schien.

Später setzte ich mich noch mal an meinen Schreibtisch, machte die kleine Lampe an, nahm mir ein paar Blätter Papier und fing an zu schreiben:

‚Liebe Mama, lieber Papa!‘ Sofort zerknüllte ich das Blatt und versenkte es in meinem Papierkorb.

‚Meine lieben Eltern‘, schrieb ich oben auf das neue Blatt. Eine Weile starrte ich auf die Wörter, zerriss dann das Blatt in mehrere Stücke, die ich im Papierkorb verteilte. Das wirkte alles einfach zu kindisch und nicht angemessen.

‚Hi‘, schrieb ich auf das nächte Blatt, setzte ein dickes Komma dahinter und war zum ersten Mal zufrieden mit meinem Werk.

‚Wundert euch nicht, dass ich nicht zu Hause bin und vor allem, macht euch keine Sorgen. Ich werde frühestens am Dienstagabend wiederkommen. Ich habe euch nichts davon erzählt, weil ich mir sicher war, dass ihr mich nicht verstehen würdet und mir meine Reise nicht erlaubt hättet. Jetzt will ich aber so fair sein und euch kurz schreiben, was los ist.

Ich habe nicht einfach so mit Nadja Schluss gemacht, wie ich immer gesagt habe. Ich habe mit ihr Schluss gemacht, weil ich jemand anderen liebe. Und egal, ob es euch passt oder nicht, der andere ist ein Junge. Es ist Patrizio, der Junge aus meinem Verein, den ich euch schon vorgestellt habe.

Wir sind seit Anfang des Jahres fest zusammen, waren das aber eigentlich schon viel früher. Leider kommen seine Eltern nicht gut damit klar und deshalb haben sie ihn mir weggenommen und nach Sizilien geschickt, weil da seine Tante wohnt. Die wollen eben nicht, dass wir uns wiedersehen. Aber das nehme ich so nicht hin. Sein Bruder Silvio will mir helfen, ihn da irgendwie rauszuholen. Deswegen fahre ich mit Silvio nach Sizilien. Mir ist egal, wie sauer ihr auf mich seid, ich hoffe nur, ihr versteht, dass ich keine andere Wahl habe. Ich liebe Patrizio über alles und werde deswegen alles für ihn tun.

Mein Handy hab ich dabei, aber wahrscheinlich meist ausgeschaltet, weil das so teuer ist. Ich kann euch also nicht garantieren, ob ihr mich erreicht. Ich kann euch aber versprechen, am Dienstag wieder zu Hause zu sein.

Bis dann

Marcel‘

Ich überflog den Text noch einmal. Er wirkte für mich ein bisschen wie ein mittelmäßiger Deutschaufsatz, aber ich war mir sicher, dass er verständlich war, solange meine Eltern sich nicht extra dumm und verständnislos stellten. Ich entschied mich also, nichts mehr an meinem Brief zu ändern, faltete das Blatt zusammen und versteckte es unter meinem Bett, wo ich auch schon meine gepackte Reisetasche lagerte, die meine Eltern Gottseidank nicht vorzeitig entdeckt hatten. Meine einzigen Hürden waren also nur noch, mich am Morgen mit der Tasche unauffällig aus dem Haus zu schleichen und den Brief so zu hinterlegen, dass meine Eltern ihn weder zu früh noch zu spät finden würden.

Ich löschte das Licht, legte mich ins Bett und über meine Gedanken an Patrizio muss ich dann irgendwann eingeschlafen sein.

21

Um halb sieben morgens klingelte mein Wecker. Endlich war es soweit. So als ob ich zur Schule gehen würde, duschte ich mich, suchte mir Klamotten raus, stylte meine Frisur und setzte mich zu meiner Mutter an den Frühstückstisch.

Mein Vater war schon zur Arbeit gefahren, ich wusste aber nicht genau, um wie viel Uhr meine Mutter zur Arbeit fahren würde. Ich hoffte, ich bekäme keine Probleme damit, mich mit meiner Reisetasche aus dem Haus zu schleichen.

„Du bist ziemlich früh heute." Meine Mutter sagte das so, als wäre es verboten, früh aufzustehen.

„Ich konnte halt nicht mehr schlafen."

„Weil du irgendwelche Sorgen hast, hab ich recht?"

„Nein und hör auf, mich damit zu nerven." Ich merkte selbst, dass meine Darstellung des sorgenfreien Sohnes äußerst unglaubwürdig war, aber es galt ja nur noch einige Minuten rumzukriegen.

„Marcel, wir unterhalten uns heute Nachmittag noch mal drüber. Jetzt muss ich gleich los."

Gottseidank. Das kam meinem Vorhaben extrem entgegen. Damit musste ich mir um nichts mehr Sorgen machen.

Ab Viertel nach sieben stand ich nur noch in meiner Zimmertür und horchte, wann meine Mutter endlich die Tür hinter sich schließen würde. Mein Herz raste. Nie in meinem Leben hatte ich so etwas vorgehabt. Ich hoffte sehr, dass meine Eltern meine Aktion nicht missverstehen würden. Es war ja nicht meine Absicht, von zu Hause abzuhauen. Ich wollte mir einfach nur meinen Freund zurückholen.

„Marcel?", rief meine Mutter von unten.

„Ich bin dann jetzt weg." Endlich.

„Alles klar, bis dann." Ich wollte eigentlich ‚Bis heut' Nachmittag' sagen, aber irgendwie wollte mir das nicht über die Lippen kommen. Ein wenig Mitleid empfand ich für meine Eltern. Mein Brief sagte zwar alles, was von Bedeutung war, aber wie ich meine Eltern kannte, würden sie sich trotzdem Sorgen machen. Zu dem kam noch die Ungewissheit, wie sie mit meinem relativ eindeutigen Outing umgehen würden. Wenn ich die eine oder andere Aussage meiner Eltern aus der letzten Zeit richtig interpretierte, hatten sie nichts gegen Schwule. Beim eigenen Sohn sah so was allerdings meistens noch etwas anders aus, also konnte ich erst mal nur abwarten und das Beste hoffen.

Nachdem meine Mutter das Haus verlassen hatte, blieb für mich nur noch eine Minute, um einmal tief durchzuatmen, meine Tasche und den Brief unter meinem Bett hervorzuholen, runterzugehen und mir Jacke und Schuhe anzuziehen. Als Letztes, bevor ich ging, platzierte ich meinen Brief gut sichtbar auf dem Küchentisch. Dabei wurde ich von einem Gefühl der extremen Zweifel und Unsicherheiten durchströmt. War das wirklich alles richtig, was ich hier tat? Vielleicht war es nicht fair, ohne Vorankündigung von zu Hause abzuhauen, vielleicht war es ein Fehler, dass ich mich mehr oder weniger als schwul geoutet hatte, aber es war definitiv kein Fehler, nichts unversucht zu lassen, um Patrizio zurückzuholen.

Ich trat vor die Tür, vergewisserte mich ein letztes Mal, dass ich alles hatte, was ich brauchte, zog dann die Tür zu, schloss ab und warf den Schlüssel durch den Briefkasten zurück ins Haus. Ich ging davon aus, dass meine Eltern bei meiner Heimkehr zu Hause sein würden und in Sizilien brauchte ich meinen Haustürschlüssel nicht.

Als ich aus unserer Einfahrt rausging, sah ich Silvio schon ungeduldig am Steuer eines ziemlich neuen, glänzend blauen Golf V warten.

Ich winkte ihm zu, als er mich bemerkt hatte, ging um das Auto rum, stopfte meine Reisetasche in den Kofferraum und nahm dann auf dem Beifahrersitz Platz.

„Hi“, begrüßte Silvio mich flüchtig.

„Ich hoffe, wir schaffen heute mindestens die Hälfte der Strecke. Vielleicht brauch ich zwischendurch mal ‘ne Pause. So ‘ne lange Strecke bin ich noch nie gefahren.“ Während er mir das erklärte, fuhr er auch schon los.

„Wie weit ist die Strecke eigentlich?“, fragte ich, während wir auf die Hauptstraße in Richtung Autobahn abbogen.

„So zweitausendfünfhundert Kilometer etwa plus die Strecke mit der Fähre, aber das ist nur etwa ‘ne halbe Stunde.“

„Und du kennst den Weg?“, wollte ich mich noch mal vergewissern.

„Naja, so mehr oder weniger. Jetzt müssen wir erst mal ein ganzes Stück geradeaus fahren“, meinte er, denn inzwischen waren wir auf der Autobahn.

Erst jetzt bemerkte ich, dass Silvio unsere Reise, zumindest was die Versorgung anging, nicht schlecht durchdacht hatte. Auf der Rückbank lagen mehrere große Colaflaschen und Chipstüten und obwohl mir ursprünglich nicht danach zumute war, bekam ich so langsam das Gefühl, die Fahrt würde gar nicht so unangenehm werden.

Irgendwo in der Nähe von Frankfurt machten wir unsere erste Pause. Auf einem ziemlich heruntergekommenen Rastplatz ließ ich den Liter Cola, den ich vorher in mich reingeschüttet hatte, wieder frei und wusch mir gründlich die fettigen Finger.

Ich hatte keine so gute Orientierung, dass ich immer genau wusste, wo wir waren, ich konnte nur den Schildern grobe Informationen entnehmen. Es machte allerdings den Eindruck auf mich, wir kämen ziemlich schnell voran, denn gegen zwölf Uhr mittags zeigten die Schilder, dass wir kurz vor Stuttgart waren.

Ich wusste, dass meine Mutter so gegen zwei Uhr nach Hause kommen würde. Noch wusste sie also nichts und dachte, ich säße in der Schule und alles wäre so wie immer. Dabei war ich bald fünfhundert Kilometer von zu Hause weg und kaum etwas war in Ordnung.

Silvio und ich redeten nicht viel. Er fuhr sehr konzentriert; teilweise mit fast hundertachtzig Stundenkilometern. Je schneller wir vorrankamen, desto besser, also störte ich mich nicht an seiner stellenweise recht waghalsigen Fahrweise.

Ich sah oft auf die Uhr und so ab kurz nach eins wurde ich nervöser. Bald würde es so weit sein, meine Mutter würde meinen Zettel finden, dann garantiert sofort meinen Vater anrufen und mehrfach versuchen, mich anzurufen. Ich konnte nicht sagen, ob ich drangehen würde oder nicht, wenn mein Handy klingelte. Ich hatte keine Idee, wie so ein Gespräch zwischen mir und meiner Mutter aussehen würde. Es ging ja nicht nur darum, dass ich abgehauen war, meine Eltern würden mich auch darauf ansprechen, dass ich mich geoutet hatte. Die Reise mit ihren ganzen Unsicherheiten war so schon keine einfache Sache für mich, da war für Diskussionen mit meinen Eltern kein Platz. Deshalb zog ich mein Handy aus meiner Hosentasche und tat etwas, was ich nur äußerst selten tat. Ich schaltete es aus.

Die Landschaft wurde hügeliger und die Schilder zeigten, dass die Schweiz nicht mehr weit weg war. Inzwischen war es zwei Uhr.

„So langsam könnte meine Mutter Bescheid wissen“, sagte ich. Auf einmal bekam ich das Bedürfnis zu reden.

„Was meinst du?“, fragte Silvio zurück.

„Worüber?“

„Na, über alles. Ich musste ihr doch ‘nen Zettel schreiben. Dass ich abgehauen bin, dass ich nach Sizilien will, warum ich dahin will, dass ich …“ Ich stockte einen Moment. So einfach ging mir das doch noch nicht über die Lippen.

„Dass ich schwul bin, dass ich mit Patrizio zusammen bin und so.“

„Aber vorher hast du niemandem davon erzählt, oder?“

„Nein, wie du gesagt hast.“

„Gut. Ich wollte nämlich absolut sicher gehen, dass meine Eltern keinen Wind kriegen. Das bringt hier nämlich alles nichts, wenn meine Tante Bescheid weiß, dass wir kommen. Ich trau der alles zu, auch dass die dann irgendwo anders hin verschwindet und dann sind unsere Chancen, Patrizio zu finden, verschwindend gering.“

Das wäre garantiert das Ende für mich gewesen. Trotz aller Zweifel ging ich tief in mir immer noch fest davon aus, Patrizio wiederzusehen und wieder mit nach Hause nehmen zu können. Ich wollte gar nicht daran denken, dass das schiefgehen könnte.

„Ich kann das immer noch nicht glauben, dass alle in eurer Familie so krass drauf sind. Patrizio hat doch nichts Verbotenes getan.“

„Naja, in ihren Augen schon“, erwiderte Silvio. „Ich versteh selber nicht, warum die heute immer noch so denken. Dass meine Großeltern vor über sechzig Jahren so drauf waren, ist klar. Aber deren Erziehung scheint wohl nachhaltig bei meinen Eltern gewirkt zu haben. Ich kann mit deren Einstellung jedenfalls nichts anfangen. Patrizio hat da wohl größere Probleme.“

„Wie meinst du das?“, fragte ich ihn.

„Also, ich sag mal so, ich hab gemerkt, dass mit meinem Bruder irgendwas anders war als sonst. Und das schon die ganze Zeit. Irgendwann kurz nach den Sommerferien fing er auf einmal an, sich anders zu verhalten.“

„Wie denn?“ Was Silvio mir erzählte, war zum Teil neu für mich und da es um Patrizio ging, interessierte es mich selbstverständlich.

„Er war einfach immer nur der coole Typ, der keine Probleme hatte und schon gar nicht irgendwelche tiefergehenden Gefühle kannte. Auf einmal war er irgendwie anders. Keine Ahnung, wie man das genau beschreiben soll. Er is' irgendwie ruhiger geworden, hat auf einmal viel weniger von sich erzählt, ist weniger mit seinen Freunden unterwegs gewesen und hat sich stattdessen in seinem Zimmer verkrochen."

Ich sagte nichts dazu. Ich hatte nicht gewusst, dass Patrizio so sehr darunter gelitten hatte, in mich verliebt zu sein. Dass er sich bei unserer allerersten Begegnung in mich verliebt hatte, wusste ich ja schon, aber ich war trotzdem davon ausgegangen, dass er einfach viel zu cool war, um so sehr davon belastet zu werden. Wie verzweifelt er wohl gewesen sein musste, als er sich in Berlin im Hotelzimmer an mich ranmachte. Wenn ich an dem Abend nicht etwas zu viel getrunken hätte, wäre vielleicht alles nie soweit gekommen und er würde immer noch heimlich und schweigend ich mich verliebt sein und ich wüsste immer noch nicht, wie es wirklich mit mir aussah.

„Ich ahnte sogar, dass er Liebeskummer hatte", erzählte Silvio weiter. „Dass es um dich ging, also einen Jungen, hätte ich nicht gedacht, aber mir war schon immer klar, dass ich niemals Probleme damit haben würde."

Ich wusste nicht, was ich dazu sagen sollte. Hätten wir Silvio nicht auf unserer Seite, würden Patrizio und ich uns wahrscheinlich nie wiedersehen.

„Und als du dann bei uns warst und mit meinem Bruder unten im Hausflur standest, war mir sofort klar, dass ihr mehr als nur Freunde wart und wir euch wohl gerade bei irgendwas erwischt haben, aber das hab ich dir, glaub ich, schon erzählt."

„Ja", meinte ich bloß und damit war unsere gesprächige Phase fürs Erste beendet.

Auf dem ersten Rastplatz in der Schweiz machten wir unsere nächste Pause. Ich schaltete aus reiner Neugier mein Handy wieder an. Während ich auf der diesmal etwas gepflegteren Toilette war und mir im Fast-Food-Restaurant einen Burger holte, gab mein Handy pausenlos den Ton eingehender SMS von sich.

Ich aß allerdings erst in Ruhe auf, setzte mich dann zurück ins Auto, neben Silvio, der sich den Sitz zurückgestellt hatte und wohl nicht ganz wach war.

Die beiden SMS, die mich im Schweizer Netz begrüßten, löschte ich sofort, doch die anderen waren nicht so leicht zu ignorieren.

‚Ruf mich bitte sofort an und lass uns persönlich darüber reden. LG deine Mutter', las ich als erstes und während ich die Wörter auf mich wirken ließ, spürte ich, wie meine Nervosität und Anspannung – wenn auch nur leicht – zurückgingen. So wie sich die SMS las, war meine Mutter nicht stinksauer.

‚Marcel, ich meine das ernst. Es ist wirklich wichtig, dass du dich bei uns meldest', war ihr zweiter Text, gut eine halbe Stunde später abgeschickt.

‚Marcel, ruf an!', schrieb mein Vater kurz und knackig bald darauf.

‚mama und papa haben mir bescheid gesagt. wenn du willst, kanste auch mit mir reden. lg melanie', war der Kommentar meiner Schwester zu der ganzen Geschichte.

‚sag mama und papa dass alles ok is. bin jetzt schon in der schweiz also ich komm garantiert nich zurück. bis dann', antwortete ich meiner Schwester kurzentschlossen und schaltete das Handy direkt wieder aus.

Silvio öffnete die Augen, drehte sich wohl noch etwas schlaftrunken um, griff nach einer Colaflasche, nahm ein paar kräftige Schluck und sah mich dann hellwach an.

„So, können wir weiter?", fragte er.

„Von mir aus gerne."

„Super, wir sind gut in der Zeit."

Ganz so gut wie bisher ging es auf dem Schweizer Teil unserer Reise nicht mehr voran. Hier und da staute es sich, so dass wir ein ganzes Stück der Autobahn nur im Schritttempo bewältigen konnten. Mit den vielen Tunneln und Gebirgsstraßen zog sich die Fahrt hin.

Ich hatte überhaupt nicht gemerkt, dass ich müde war und einschlief. Erst als ich wach wurde, fiel mir auf, dass sich einiges getan hatte. Draußen war die Dämmerung schon weit vorangeschritten und wie es aussah, hatten wir den schwierigsten Teil der Alpen hinter uns.

„Wo sind wir?", fragte ich Silvio und rieb mir den Schlaf aus den Augen.

„Immer noch Schweiz. Leider. Aber es läuft einigermaßen. Wenn gleich alles frei ist und ich durchhalte, schaffen wir es noch bis Florenz."

„Aha." Ich hatte zwar schon von Florenz gehört, aber wo genau es lag und was es für unsere Reise bedeutete, wusste ich nicht. Von

Geografie hatte ich nun mal keine Ahnung.

„Würde das dann heißen, dass wir in der Zeit sind?", fragte ich Silvio deshalb.

„Wenn wir morgen sehr früh weiterfahren, dann ja. Florenz ist ziemlich genau die Hälfte unserer Strecke."

„O.k."

Ich überlegte, ob ich mein Handy noch einmal einschalten sollte, aber dann verzichtete ich darauf. Irgendwie waren die SMS, die ich bestimmt noch von meinen Eltern erhalten hatte, sehr vorhersehbar. Was anderes, als dass ich mich sofort melden sollte, würden sie eh nicht geschrieben haben.

Ich lehnte mich also zurück und beobachtete den zunehmend dunkler werdenden Himmel.

‚Bald bin ich bei dir, Patrizio', ging es mir durch den Kopf.

Wir kamen sogar noch ein Stückchen weiter als Florenz. Dafür war es aber auch schon zwanzig vor elf, als wir uns entschieden, eine längere Pause einzulegen.

Wir waren beide so müde, dass wir uns aus lauter Faulheit nicht mehr auf die Suche nach einer Pension oder einem Motel machten. Silvio zeigte mir, wie man die Sitze im Auto so klappen konnte, dass man eine fast ebene Liegefläche hatte.

Sogar an zwei Decken hatte er gedacht.

„Für ein paar Stunden Schlaf ist das bequem genug, denke ich", meinte Silvio. „Wenn wir morgen Abend in Pianetto sind, also dem Dorf, wo meine Tante lebt, dann nehmen wir uns aber ein Zimmer. Es gibt da sogar mehrere kleine Pensionen. Kann also gar nichts schiefgehen."

Das klang gut. Ich hatte schon befürchtet, noch nicht einmal duschen zu können, bevor ich meinen Schatz wiedersah.

22

Um kurz nach sieben am nächsten Morgen waren wir schon wieder auf der Straße. Die zurückgeklappten Sitze mit der extrem eingeschränkten Bewegungsfreiheit waren nun wirklich nicht mit einem Bett vergleichbar. Ich konnte das alles wohl auch nur deshalb aushalten, weil der ständige Gedanke an Patrizio mich ermutigte, alles Mögliche auf mich zu nehmen. Dennoch war ich erleichtert, dass das die einzige Nacht bleiben sollte, die ich unter diesen Umständen verbringen musste.

Während der Fahrt gingen mir die verschiedensten Dinge durch den Kopf. Was meine Eltern wohl gerade machten? Hatten sie meine Entscheidung akzeptiert und fanden sich damit ab, dass ich erst in ein paar Tagen zurückkommen würde und nun mal so war, wie ich war? Oder hatten sie vielleicht gar nichts verstanden, mich bei der Polizei als vermisst gemeldet und es lief eine groß angelegte Suche nach mir? Ich war mir nicht sicher, ob meine Eltern wirklich verstanden hatten, dass ich nicht mehr das kleine Kind war, das keine eigenen Entscheidungen treffen konnte und keine Ahnung vom Leben hatte. Ich wusste ganz genau, was ich wollte. Ich liebte Patrizio und ich wollte ihn bei mir haben. Da wollte ich mir von niemandem reinreden lassen.

Anders als in Deutschland, konnte ich in Italien überhaupt nichts mit den Straßenschildern anfangen und hatte demnach nicht die geringste Ahnung, wo wir waren.

Gegen zwei Uhr Nachmittags machten wir eine kleine Mittagspause auf einem Rastplatz. Silvio nannte mir sogar den Namen der Stadt, in deren Nähe wir waren, aber ich konnte ihn mir weder merken, geschweige denn ihn geografisch irgendwie zuordnen.

Während der Fahrt sprachen Silvio und ich ein bisschen über die Dinge, die wir voneinander noch nicht wussten und so erfuhr ich, dass er im vergangenen Jahr Abitur gemacht hatte und seitdem in Köln auf der Fachhochschule irgendwas mit Wirtschaftswissenschaften studierte. Er war wohl gar nicht so scharf darauf gewesen, sondern tat das nur, weil sein Vater unbedingt wollte, dass aus ihm mal etwas Besseres würde als aus dem Rest der Familie und mir war klar, dass diesem Vater niemand gerne widersprach.

Ich hatte das Gefühl, dass wir einfach nur geradeaus fuhren. Zwar wechselten wir einmal die Autobahn und die Autobahnen hatten auch Kurven, aber ich hatte dennoch den Eindruck, spüren zu können, dass Italien ein langes schmales Land war.

Bald war es dann soweit, dass ich beim Blick aus dem Fenster sehen konnte, wie die Sonne dem Horizont immer näher kam und den Himmel in ein leichtes Rot hüllte. Mir gefiel dieses Bild unheimlich und ich wünschte mir nichts mehr als mit Patrizio zusammen die Sonne untergehen zu sehen. Auch wenn es möglicherweise nicht mehr lange war, bis ich ihn wiedersehen würde, war es doch unerträglich, so lange von ihm getrennt zu sein und nicht zu wissen, wie es ihm ging.

„Meinst du Patrizio hält das da überhaupt noch aus?“, fragte ich Silvio, weil ich einfach mit meinen Sorgen nicht alleine sein wollte.

„Ich denke, lange hält er das nicht aus. Er ist nicht der Typ fürs Dorf, er kann kein Italienisch, er hat mit Glauben und Kirche nichts am Hut und er vermisst dich, da bin ich mir sicher.“

Es tat gut zu wissen, dass Silvio mich unterstützte. Sehr viele Menschen, die das taten, gab es im Moment nicht auf der Welt. Ich wollte gar nicht daran denken, wie meine nächste Begegnung mit Marco aussehen würde oder wie Nadja reagieren würde, wenn sie erfuhr, dass ich sie die ganze Zeit mit einem Jungen betrogen hatte.

„Darf ich dich mal was fragen?“, meinte ich zu Silvio. Mir war eine Sache eingefallen, die mich interessierte.

„Klar.“

„Hast du ‘ne Ahnung, wie der Rest der Welt erfahren hat, dass ich mit deinem Bruder zusammen bin? Immerhin hat ein Kumpel von mir mich am Donnerstag dafür beinahe verprügelt.“

„Oh.“ Silvio überlegte kurz. „Also ich hab wirklich niemandem was davon gesagt. Aber Chiara hat das mitgekriegt und die is‘ ‘ne echte Quaseltante und meine Schwester darfst du auch nicht vergessen. Die is‘ zwar erst in der fünften Klasse, aber wenn’s um Tratsch geht, is‘ die auch voll dabei.“

An Giulia, die Schwester von Silvio und Patrizio, hatte ich gar nicht gedacht. Sie war sogar auf meiner Schule, allerdings einige Klassen unter mir und viel zu tun hatte ich sowieso nicht mit ihr. Und wenn dann auch noch Chiara als Faktor hinzukam, reichte das unter den Jugendlichen einer kleinen Stadt schon völlig aus, um wahre wie unwahre Gerüchte zu verbreiten.

„Mädchen sind halt nicht ungefährlich“, fügte Silvio hinzu und brach in lautes Lachen aus. „Aber dich wird das ja eh nicht interessieren“, meinte er und da musste auch ich lachen.

„Hat eben alles seine Vorteile“, setzte ich obendrauf und es dauerte eine Weile, bis wir uns wieder beruhigt hatten.

Als die Sonne schon so gut wie ganz am Horizont verschwunden war und nur noch das restliche Licht, das sie noch ausstrahlte, die Welt erhellte, hielt Silvio am Ende einer Autoschlange an.

„Wo sind wir?“, fragte ich.

„Wir sind in Reggio di Calabria. Jetzt müssen wir sehen, dass wir eine Fähre abkriegen.“

„Und dann sind wir da?“, fragte ich mit einem Überschwall an Euphorie.

„Schön wär’s“, bremste Silvio mich. „Dann sind wir erst mal in Messina.“

„Du weißt doch, dass ich mit den ganzen Städten nichts anfangen kann“, entgegnete ich. „Also sag mir einfach, was das bedeutet.“

„Das bedeutet noch mal mindestens zwei Stunden Fahrt. Vorausgesetzt, die Autobahn ist frei und das sind die Autobahnen in Sizilien eigentlich nie.“

Ich hatte einfach keinen Bock mehr auf das monotone Autofahren und wollte endlich Patrizio wieder in die Arme nehmen können.

„Aber du kannst dich nicht beschweren. Heute Abend war der frühstmögliche Zeitpunkt anzukommen. Ich hab ehrlich gesagt noch nicht einmal sicher gedacht, dass wir das schaffen.“

„Ich beschwer mich ja auch nicht. Ich halt’s nur kaum noch aus. Meinst du, wir können heut noch irgendwas tun? Meinst du, ich kann Patrizio heut noch sehen?“

„Da würd ich mir nicht zu große Hoffnungen machen“, meinte Silvio und ich sah ihn enttäuscht an.

„Du darfst nicht vergessen, dass wir nicht hier sind, um Patrizio zu besuchen, sondern um ihn zu befreien, sozusagen. Und meine Tante und ihr Mann sind unsere Gegner. Sobald die wissen, dass wir hier sind, werden die meine Eltern anrufen und dann haben wir so gut wie verloren.“

„Und was machen wir stattdessen?“, fragte ich.

„Mach dir keine Sorgen.“

Ich muss wohl unruhig geklungen haben.

„Ich kenn das Dorf ziemlich gut. Es gibt eine Pension auf der gleichen Straße, auf der das Haus von meiner Tante ist. Da kriegen wir bestimmt ein Zimmer, nicht zuletzt, weil ich sogar einen der Angestellten persönlich kenne. Dann schlafen wir erst mal aus und morgen gucken wir uns die Lage mal an.“

Das hörte sich alles nach einem guten Plan an, aber dass es auch tatsächlich einer war, würde ich erst glauben, wenn ich Patrizio wieder spüren konnte.

Eine knappe Stunde mussten wir warten, bis wir endlich auf eine Fähre konnten.

Auf dem Schiff stiegen wir aus unserem Auto aus und gingen einmal auf und ab. Es war angenehm warm, zumindest für die Verhältnisse, die ich von zu Hause kannte.

Die Schiffsfahrt ging unerwartet zügig über die Bühne und schon bald mussten wir uns wieder ins Auto setzen.

„Warst du schon mal in Sizilien?“, fragte Silvio mich, während er den Motor anließ.

„Ne.“

„Dann ist das jetzt deine große Premiere. Herzlich Willkommen. Ich hoffe, es gefällt dir.“

Ich musste grinsen. Es war mir völlig unwichtig, ob Sizilien mir gefiel oder nicht – zumal es inzwischen so dunkel war, dass ich eh nicht mehr viel sah. Es ging einzig und allein um Patrizio. Ich bin nur nach Sizilien gefahren, weil er dort war. Hätten seine Eltern ihn auf eine einsame Südseeinsel geschickt, wäre ich dorthin gefahren.

Dieser letzte Teil unserer Fahrt zog sich für mein Empfinden besonders in die Länge. Der Verkehr war zähflüssig und nach zügigem Vorankommen sah das alles nicht aus. Nach der von Silvio prophezeiten Fahrzeit von zwei Stunden waren wir von unserem Ziel noch weit entfernt, zumindest wenn ich alles richtig verstanden hatte, und das Dorf ganz in der Nähe von Palermo lag. Bis dahin waren es nach dem Autobahnschild noch siebzig Kilometer.

„Wie heißt das Dorf noch mal?“, fragte ich Silvio, nachdem wir eine Weile überhaupt nicht mehr miteinander gesprochen hatten.

„Pianetto. Eigentlich ganz nett, aber nichts für Leute wie uns. Mein Bruder hat da nichts verloren.“

Dass ich genau seiner Meinung war, sagte ich ihm nicht noch mal, denn das dürfte klar gewesen sein.

„So, endlich“, meinte Silvio völlig fertig, als wir von der Autobahn abfuhren.

„Jetzt sind’s wirklich nur noch zehn Minuten quer durch die Pampa.“

Ich war zufrieden. Jetzt trennte mich körperlich nur noch eine unbedeutende Entfernung von Patrizio. Ich fragte mich, ob er wohl spürte, dass ich ganz in seiner Nähe war.

Bei der Dunkelheit sah ich natürlich nicht viel von der Umgebung, aber dass wir weit von echter Zivilisation entfernt waren, fiel mir schon auf. Am Ende einer schmalen, nicht gut geteerten Landstraße kamen wir in Pianetto an.

Ein paar einzelne Laternen flackerten matt und beleuchteten nur einen Bruchteil der Straßen. In den Häusern, die allesamt ein Ambiente vergangener Jahrhunderte verbreiteten, brannten nur noch einzelne Lichter.

Auffällig langsam fuhr Silvio durch die Straßen, um einige enge Kurven und parkte schließlich zwischen zwei uralten Autos am Straßenrand ein.

„So, jetzt müssen wir allerdings noch ein Stück zurücklaufen. Wir können ja schlecht vor der Pension parken. Wenn meine Tante das Auto mit dem Kennzeichen sieht, dann könnte die sich vielleicht was denken und das ist ein unnötiges Risiko."

Es war ja genauso in meinem Sinne, unnötige Risiken zu vermeiden, quetschte mich deshalb zwischen die Autos, holte meine Reisetasche aus dem Kofferraum und folgte Silvio durch die verlassenen Straßen.

Nach gut fünf Minuten Fußmarsch blieb Silvio stehen und zeigte auf die andere Straßenseite auf ein ziemlich kleines, völlig dunkles Haus.

„Das ist das Haus von meiner Tante", flüsterte er. Mein Herz beschleunigte in einem Wahnsinnstempo. Gerade mal zehn Meter war Patrizio von mir entfernt und ich war mir ganz sicher, ihn zu spüren und hoffte, ihm würde es genauso gehen.

Das Licht im ganzen Haus war aus – wobei Häuschen oder Hütte eine passendere Bezeichnungen gewesen wären. Patrizio lag also im Bett. Ob er noch wach war? Und wenn ja, was ging ihm durch den Kopf? Hoffte er darauf, dass ihn irgendwer da rausholen würde? Wartete er vielleicht auf mich? Oder hatte er etwa aufgeben und sich damit abgefunden, mich nie wiederzusehen? Das wollte ich nicht glauben. Das war nicht Patrizios Art.

Spätestens als ich Silvio durch eine schmale Schwingtür in die Pension folgte, die durch eine spärliche Beleuchtung von draußen auf sich aufmerksam machte, war ich mir nicht mehr sicher, ob ich wirklich im einundzwanzigsten Jahrhundert war.

Ich stellte meine Tasche ab und sah mich um. Der Boden war

mit den verschiedensten Teppichen verschönert, während man an den Wänden an Kratzern und Rissen das hohe Alter des Bauwerks erkennen konnte.

An der Rezeption, die aus einem simplen Tresen bestand, war niemand. Auch die allgemein bekannte Klingel fehlte. Bereits jetzt war mir klar, dass der Aufenthalt hier meilenweit von allem entfernt sein würde, was ich bisher an Hotels und Pensionen kennen gelernt hatte. Ich erinnerte mich an die Fahrt nach Berlin, als ich mir mit Patrizio ein Zimmer in einem Luxushotel teilen durfte. Dort hatte alles angefangen und deshalb waren diese Tage die wichtigsten in meinem Leben gewesen, wie mir erst einige Zeit später klar geworden war.

Ungeduldig stand Silvio am Tresen, klopfte mit den Fingern aufs Holz und wartete.

„Is‘ überhaupt jemand hier?“ Das Ambiente verleitete mich irgendwie intuitiv dazu, sehr leise zu sprechen.

„Bestimmt“, meinte Silvio.

„Aber wenn wir Pech haben, hat er gesoffen und wird erst morgen früh um ein Uhr mittags wach.“

Ich wusste nicht, ob ich darüber lachen sollte oder ob das ernst war.

„Pino!!!“, rief Silvio auf einmal und ließ mich damit schockartig aus meiner inneren Ruhe auffahren.

„Pino!!!“, rief er direkt noch einmal.

„Wer ist Pino?“ Ich selber fand die Frage durchaus berechtigt.

„Ich hab dir doch gesagt, dass ich einen der Angestellten kenne. Wenn ich jetzt ehrlich sein darf; ich kenne den einzigen Angestellten, den es hier gibt. Gut, es gibt den Chef, eine Putzfrau und angeblich sogar einen Barkeeper. Aber Pino ist hier der Einzige, der wirklich etwas macht.“

Ich nickte, fuhr aber direkt wieder schockiert hoch, als Silvio noch einmal schrie.

Dann, nachdem wieder eine Minute vergangen war, kam völlig unerwartet ein alter Mann mit lichtem weißen Haar und faltiger gebräunter Haut.

„Sì?“, sagte er mit zitternder Stimme und lehnte sich an den Tresen.

Sofort begann Silvio auf schnellem Italienisch mit ihm zu plaudern und ich stand etwas unnütz in der Gegend rum. Ich sah mir noch mal den alten Mann an und wenn ich so auf seinen Gesichtsausdruck achtete, war ich mir gar nicht mehr sicher, ob er überhaupt verstand, was Silvio wollte.

Nachdem die beiden bestimmt fünf Minuten gelabert hatten, drückte der alte Mann Silvio einen Schlüssel in die Hand, Silvio gab ihm die Hand und drehte sich dann zu mir um.

„Zimmer acht. Fünf Euro pro Nacht, aber nur weil er ein Freund der Familie ist."

„Was hast du denn noch so lange mit dem gelabert?", fragte ich Silvio, während ich ihm den Gang entlang zu unserem Zimmer folgte.

„Ich hab ihm erklärt, dass er meiner Tante nicht sagen soll, dass wir hier sind, falls er sie sieht. In so 'nem Dorf musst du aufpassen, da kennt jeder jeden."

„Sag mal, wie alt ist der Typ eigentlich?" Obwohl es eigentlich Quatsch war, sprach ich aus Höflichkeit leise.

„Neunzig."

„Echt?"

„Ne, keine Ahnung, das weiß keiner, aber niemand im Dorf kann sich daran erinnern, dass mal jemand anderes hier gearbeitet hat."

Von unserem Zimmer war ich angenehm überrascht. Es war zwar klein und wirkte nicht sehr luxuriös, aber nichts Wichtiges fehlte. Wir hatten zwei Betten mit zwei Nachttischchen, einen dicken Stoffvorhang vor dem Fenster und einen Schrank und einen Holzstuhl. Auch das Bad stand einem normalen Bad in nichts nach. Es gab eine vernünftige Dusche, ein Klo und ein Waschbecken. Das alles zwar auf wenigen Quadratmetern, aber immerhin. Solche Luxusgüter wie ein Fernseher oder eine Minibar fehlten natürlich, aber darauf konnte ich gut verzichten. Schließlich war ich nicht aus Spaß hier.

„Ist doch o.k. hier", meinte ich zu Silvio, nachdem der sich auch im Zimmer umgesehen hatte.

„Ich hab auch nicht gesagt, dass es schlecht ist. Das ist die beste Pension im Dorf. Wenn wir in eine andere gemusst hätten, könnten wir jetzt Ungeziefer von den Wänden kratzen."

Ich zog den Reißverschluss meiner Reisetasche auf und suchte mir ein frisches T-Shirt raus. Immerhin trug ich seit zwei Tagen das gleiche. Meine Reisetasche stellte ich neben das Bett, das ich als meins ausgesucht hatte, auf den Boden. Auch wenn es hier auszuhalten war, ich hatte keine große Lust, mich einzurichten. Am liebsten hätte ich mir einfach nur Patrizio geschnappt und wäre sofort wieder zurückgefahren. Silvio musste sich allerdings auch von der anstrengenden Fahrt erholen, was ich daran sah, dass er sich gerade mal die Schuhe ausgezogen hatte und sofort eingeschlafen war.

Ich selber kam immerhin noch dazu, meine Jeans auszuziehen und zusammengefaltet über die Stuhllehne zu hängen.

Dann knipste ich das Licht aus und legte mich unter die dünne Bettdecke.

23

So dick wie sie aussahen, waren die Vorhänge wohl doch nicht, denn schon um kurz nach neun wurde ich unfreiwillig durch Sonnenstrahlen in meinem Gesicht geweckt. Ich drehte mich zur Seite, aber ich merkte bald, dass das mit dem Schlafen nichts mehr werden würde. Ich war einfach viel zu aufgeregt. Während der Autofahrt hatte das für mich alles noch in der Ferne gelegen und irgendwie unrealistisch für mich gewirkt. Doch jetzt war ich am Ziel. Ich war im selben Dorf wie Patrizio – zumindest hoffte ich das. Vielleicht war er ja in Wirklichkeit ganz woanders. Aber irgendwas Unterbewusstes in mir, sagte mir, dass Patrizio keine hundert Meter von mir entfernt war. Ich richtete mich in meinem Bett auf und streckte die Arme aus. Langsam stand ich auf und zog den Vorhang zur Seite. Silvio schlief immer noch so tief und fest, so dass ihn noch mehr Licht garantiert auch nicht aufgeweckt hätte.

Das Fenster ging genau auf die Straße. Da wir allerdings im Erdgeschoss waren, war meine Sicht durch die Büsche und Sträucher etwas eingeschränkt. Das, was ich dennoch sah, bestätigte meine Meinung, die ich von vornerein hatte. Pianetto war ein winziges Kaff mit schlechten Straßen, alten Häusern und vor allem alten Menschen. Ich sah einige Opa-Oma-Pärchen, die Hand in Hand über die Straße tappten – möglicherweise auf dem Weg zur Kirche, wenn es denn im Dorf eine gab.

Bevor ich mich aber weiter mit den anderen Menschen beschäftigte, nahm ich mir erst mal Zeit für mich selber und schloss mich im

Bad ein. Es dauerte etwas, bis die Dusche auf einer angenehmen Temperatur war, aber dann genoss ich es, wie das lauwarme Wasser den ganzen Schweiß und Dreck von meinem Körper wusch. Als ich mich mit dem winzigen Stück Seife einrieb, das in einem Plastikbehälter unter der Dusche lag, bekam ich auf einmal Lust, mir einen runterzuholen. Während der gesamten letzten Woche hatte ich überhaupt kein Verlangen danach verspürt; ich war einfach zu sehr mit meiner Trauer um Patrizios Abwesenheit beschäftigt und da ich in der Zeit vorher ein sehr ausgefülltes Sexleben mit ihm hatte, war mir das Gefühl von einem selbstbeschafften Orgasmus völlig fremd geworden. Hin und her gerissen, entschied ich schließlich, die Finger von meinem Schwanz zu lassen und darauf zu warten, schon bald wieder mit Patrizio zusammen sein zu können. Allerdings schien mir das gar nicht so leicht, auch wenn er hier im Dorf war, war er doch sicher rund um die Uhr unter der Aufsicht seiner Tante.

Er durfte ja bloß keinen Kontakt zu anderen Jungen haben, das wäre ja furchtbar, dachte ich mir und bekam vor lauter Ironie ein dickes Grinsen. Wie doof konnten die Menschen eigentlich sein?

„Hab ich dich jetzt geweckt?“, fragte ich Silvio, als ich geduscht und abgetrocknet aus dem Bad kam und er noch so angezogen, wie er geschlafen hatte, auf seiner Bettkante saß.

„Nö, nö“, meinte er möglicherweise nicht ganz ehrlich.

„Aber duschen is‘ ne super Idee, mach ich auch mal eben und dann sehen wir weiter.“

Dieses ‚weitersehen‘ begleitete uns schon seit Silvio mir von seiner Idee erzählt hatte. So langsam war es aber an der Zeit, nicht mehr weiterzusehen sondern weiterzumachen.

Während Silvio duschte, zog ich mich an. Ich nahm die gleiche Jeans wie auf der Reise, denn ich hatte nur zwei dabei. Ein frisches T-Shirt hingegen war durchaus drin und wie ich beim Öffnen des Fensters feststellte, reichte das T-Shirt auch. Ich hatte natürlich gewusst, dass es in Sizilien wesentlich wärmer war als zu Hause, aber so einen gewaltigen Unterscheid hatte ich nicht erwartet. Aber natürlich hatte ich da nichts gegen. Je wärmer es war, desto angenehmer war es für mich. Ich war schon immer ein Sommermensch gewesen und freute mich immer, wenn ich in den Weihnachtsferien zumindest für eine Woche mit meinen Eltern in den Süden fliegen konnte.

Als Silvio mit dem Duschen fertig war, ging ich nochmal zurück ins Bad und schmierte mir ein bisschen Gel in die Haare. Falls ich

Patrizio an diesem Tag wiedersehen würde, wollte ich gut aussehen. Er würde mich zwar bestimmt in jedem Zustand nehmen, so wie ich ihn, aber ich selber gefiel mir besser, wenn ich ein bisschen aufgestylt war.

Eine gute Viertelstunde später saßen Silvio und ich ordentlich angezogen auf unseren Betten. Jetzt war es soweit. Wir waren an unserem Ziel, wir waren ausgeschlafen – kein Grund mehr zu zögern.

„Wie soll's jetzt weitergehen?", fragte ich Silvio deswegen ganz deutlich.

„Also gut, lass uns mal drüber sprechen." Das klang gut. Das wollte ich hören.

„Erst mal Folgendes: Du bleibst immer in meiner Nähe. Ich kenn mich hier gut aus und weiß, was wir machen müssen, um nicht unnötig aufzufallen und trotzdem tun zu können, was wir wollen."

„Alles klar! Und jetzt sag, was wir machen", antwortete ich ungeduldig.

„Wir gehen gleich erst mal zum Bäcker, kaufen uns ein belegtes Brötchen und auf dem Weg dahin können wir uns ja schon mal ein bisschen umsehen. Wenn mich nicht alles täuscht, dann sind die im Moment in der Kirche. Also können wir uns schon mal 'ne Stelle raussuchen, von der wir das Haus im Blick haben, ohne selber gesehen zu werden."

Ich hatte zwar keine große Lust, einen Agentenfilm nachzuspielen, aber ich ging davon aus, dass Silvios Ideen zumindest halbwegs durchdacht waren und schloss mich ihm deshalb ohne Beschwerden an.

Der alte Mann stand wieder hinter seinem Tresen und hob seine zittrige Hand zum Gruß, als wir vorbeigingen.

„Buongiorno", krächzte er dabei. Das hatte ich sogar verstanden und nickte dem alten Mann freundlich zu. Zuerst dachte ich, er hätte danach einen Hustenanfall, aber er schien dann doch noch etwas gesagt zu haben, denn Silvio antwortete. Irgendwie fand ich den alten Mann auf seine Weise unterhaltsam.

Die Straßen waren ähnlich ausgestorben wie am Abend zuvor. Allerdings konnte ich mir, während ich Silvio hinterherging, einen kleinen Eindruck von dem Dorf machen. Es bestand, wenn ich alles richtig sah, aus zwei etwas größeren Straßen, die an beiden Enden zu einer breiten Landstraße zusammenliefen und durch vier, fünf Querstraßen verbunden waren. Mehr als tausend Einwohner hatte dieses Kaff auf keinen Fall. In der Ferne meinte ich, die Küste sehen zu können, landeinwärts wurde es deutlich hügeliger.

Nachdem Silvio zwei Käsebrötchen für uns beide gekauft hatte, gingen wir zu der Straße zurück, auf der das Haus der Tante war. Ich sah es zum ersten Mal bei Tageslicht, entdeckte aber nichts Neues im Vergleich zu dem, was ich am Abend vorher schon gesehen hatte. Das Haus war wie die meisten Häuser im Dorf aus dunkelrotem Backstein gebaut, hatte ein Dach mit Ziegeln in einem anderen Rotton, eine schmutzig-weiße Tür und geöffnete Fensterläden in einer ähnlichen Farbe. Hinter dem Haus lag ein winziger Garten, von dem man Teile sehen konnte, weil er am Ende mit dem Hügel, der das Ende der Bebauung markierte, stark anstieg. Von der Innenausstattung machte ich mir meine eigenen Vorstellungen. Dinge, die jünger waren als hundert Jahre, glaubte ich dort nicht finden zu können.

Auf mich wirkte das Haus in keinster Weise einladend und ich hätte es niemals ohne triftigen Grund betreten.

Nur kurz standen Silvio und ich schweigend auf der anderen Straßenseite und sahen uns das Haus an. Dann wurden wir von den unangenehm lauten Kirchenglocken aufgeschreckt.

„Das ist das Zeichen“, meinte Silvio und schob mich ein Stück zur Seite, bevor ich mich in Bewegung setzte. „In zwei Minuten sind die hier, komm.“

Ich folgte Silvio. Wir gingen nicht schnell, nicht auffällig, wobei ich allmählich das Gefühl hatte, dass ein neues deutsches Auto und zwei modern gekleidete Jugendliche, die kreuz und quer durchs Dorf liefen, schon auffällig genug waren.

An der nächsten Straßenecke blieb Silvio stehen und zog mich ein Stück zurück, als ich auch stehen blieb.

„Wir bleiben jetzt einfach hier stehen und gucken unauffällig um die Ecke. Wenn meine Tante, ihr Mann und Patrizio gleich ankommen, können wir erst mal hundert Prozent sicher sein, dass alles o.k. ist.“

„O.k.“ Ich war viel zu aufgeregt, um viel zu sprechen. Der Gedanke daran, in wenigen Sekunden Patrizio wiedersehen zu können, ließ die verschiedensten Gefühle in mir aufkommen.

Wie jemand, der einfach nur in der Gegend rumstand, und

nichts Besonders vorhatte, lehnte ich an der Häuserwand und wartete auf ein Zeichen von Silvio, der ein Stück weiter vorne stand und damit einen besseren Blick auf das Haus hatte.

Von den zwei Minuten, von denen Silvio gesprochen hatte, waren schon mindestens vier vergangen und in mir wuchs die Unsicherheit. Ich stand kurz davor, es nicht mehr aushalten zu können, als Silvio sich endlich zu mir umdrehte.

„Jetzt guck mal vorsichtig um die Ecke."

Mein Pulsschlag lag bei gefühlten dreihundert und ich bewegte mich eine kleines Stück nach vorne und schielte um die Ecke.

Tatsächlich. Ich sah einen Mann mit grauen Haaren und Halbglatze, den ich auf etwa sechzig schätzte und eine nur unwesentlich jüngere Frau, mit kräftigem aber eher kurzem schwarzem Haar, die sich bei dem Mann eingehakt hatte.

Und wenige Meter vor ihnen ging er. Das war er – mein Patrizio. Er trug eine hellblaue Jeans und ein einfaches weißes T-Shirt – ohne Schmuck, ohne gestylte Haare und trotzdem sah er so geil aus, wie ein Junge nur geil aussehen konnte.

Ich wäre am liebsten zu ihm hingelaufen, hätte ihn in den Arm genommen und so lange geküsst, wie ich nur konnte. Nach einer Woche hatten wir eine ganze Menge aufzuholen.

Ich redete mir immer wieder ein, dass ich nicht zu ihm hingehen durfte – zumindest jetzt noch nicht. Silvio hatte mir versichert, dass wir die erste Gelegenheit nutzen würden – erst, um überhaupt Kontakt mit ihm aufzunehmen und dann, um ihn da rauszuholen.

Ich hatte nur wenige Sekunden Zeit, um Patrizio zu sehen. Dann stand er schon mit dem Rücken zu uns an der Hauswand, wartete darauf, dass sein Onkel die Haustür aufschloss und ging dann als erster rein. Die beiden schienen ihn keine Sekunden aus den Augen zu lassen, so wie einen Schwerverbrecher. Wahrscheinlich lag das daran, dass er in ihren Augen einer war.

„So, und jetzt?", fragte ich Silvio, als wir die Tür zugehen sahen und es erst mal nichts mehr zu gucken gab. Meine Aufregung senkte sich nur langsam.

„Jetzt sind wir an dem Punkt angekommen, an dem ..."

„... du auch nicht mehr weiter weißt", nahm ich ihm vorweg. Damit hatte ich ja schon eine Weile gerechnet.

„Ja, so ungefähr. Also, wenn du einen Vorschlag hast ..."

Ich dachte nach.

„Ich will nur Patrizio da rausholen und mit ihm zurück nach Hause. Wie es dann weitergeht, weiß ich auch nicht, aber ohne ihn kann ich nicht hier weg."

„Also gut", meinte Silvio und ging dabei langsam los. Fast schon instinktiv folgte ich ihm. Ich hatte längst begriffen, dass ich alleine in diesem Loch verloren wäre und war deshalb froh, Silvio dabei zu haben und überließ ihm alle Entscheidungen.

„Ich würde sagen, wir halten das Haus im Blick. Ich hab festgestellt, dass man das Haus sogar sehen kann, wenn man sich in unserem Zimmer aus dem Fenster lehnt. Zumindest können wir sehen, wer das Haus betritt oder verlässt."

„O.k., und dann?" Ich gab mir keine Mühe, meine Ungeduld zu verstecken. Ich fand, dass ich sie zu recht hatte.

„Wenn meine Tante zusammen mit ihrem Mann das Haus verlässt, dann gehen wir hin und klopfen an."

„Und wenn nicht?"

„Also ich hatte das eigentlich nicht vor, aber wenn sich bis morgen Mittag nichts tut, dann sehe ich keine andere Wahl als leichte Gewalt."

Ich konnte zwar nur vermuten, was er damit meinte, aber es sah nicht danach aus, als hätte er genauso wie ich vor, so lange zu kämpfen, bis wir Patrizio da rausgeholt hatten und er mit uns auf dem Weg nach Hause war.

In der Tat konnte man von unserem Zimmer aus Patrizios Gefängnis sehen. Man musste sich allerdings gefährlich weit aus dem Fenster lehnen, um überhaupt ein bisschen an den Büschen vorbei sehen zu können. Wären wir nicht im Erdgeschoss gewesen, hätte ich mich das garantiert nicht getraut.

Ich drehte mich reflexartig um, als ich Silvio sprechen hörte und drehte mich wieder zum Fenster zurück, als ich realisiert hatte, dass er mit seinem Handy telefonierte und italienisch sprach. Mich hätte schon interessiert, mit wem er da redete, aber wenn er es mir nicht erzählte, würde ich es halt nicht erfahren. Ich konnte kein Italienisch und hatte keine Lust, den Eindruck zu erwecken, mich übermäßig für Silvios Privatangelegenheiten zu interessieren.

„Ich muss mal kurz weg. Ich muss was erledigen. Dürfte aber in fünf bis zehn Minuten getan sein. Hältst du 'n Auge auf das Haus?"

„Ja, ja, o.k." Jetzt packte mich doch die Neugier, allerdings war

Silvio schon weg, bevor ich ihn fragen konnte, was er denn vorhatte.

Ich vertraute ihm dann aber einfach mal und ich ging davon aus, dass es um irgendetwas anderes ging und er mir nichts vorenthielt, was unser gemeinsames Vorhaben betraf.

Ohne Unterbrechung starrte ich aus dem Fenster zu dem Haus, in dem mein Schatz war. Nichts tat sich. Ein paar der wenigen Passanten sahen irritiert rüber, als sie mich bemerkten. Einer rief sogar was auf Italienisch, was ich selbstverständlich ignorierte.

„Was passiert?“, fragte Silvio, als er tatsächlich nur gut fünf Minuten später zurückkam.

„Wo warst du eigentlich?“, fragte ich entgegen meiner ursprünglichen Absicht.

Silvio machte eine abwinkende Geste.

„‘ne private Kleinigkeit. Erzähl ich dir aber auch noch, nur jetzt nicht.“

Es wurde Mittagszeit und Silvio und ich taten nichts anderes als auf das Haus zu starren. Mir kamen die ersten Zweifel, ob wir so überhaupt Erfolg haben würden.

Silvio und ich hatten einen etwa halbstündigen Turnus entwickelt, in dem wir uns mit der nicht ganz bequemen Aufgabe abwechselten.

Silvio war zwischendurch noch einmal kurz weg, diesmal um uns etwas zu trinken zu holen und so hielt ich zum ersten Mal seit Jahren wieder eine Coladose in der Hand.

Silvios nächste Schicht hatte gerade begonnen und ich hatte mich meinen Knochen zuliebe auf meinem Bett ausgestreckt, als ich wie von der Tarantel gestochen auffuhr.

„Ey!“, hatte Silvio in einem deutlichen Ton gesagt. Das hatte gereicht, um mich aufspringen und zu ihm zu flitzen lassen.

„Was is?“ Alles in mir war in höchster Alarmbereitschaft.

„Irgendwas tut sich“, meinte Silvio gelassen.

Ich sah Teile einer Menschengestalt im Türrahmen des Hauses. Es sah so aus, als ob jemand dort ankam oder – was in diesem Fall wohl eher zutraf – gehen wollte.

„Hoffentlich sind’s beide und Patrizio ist alleine, sonst haben wir nichts davon.“

„Ne. Besser“, meinte Silvio, der mir ein wenig die Sicht verdeckte.

„Patrizio." Silvio ging sofort vom Fenster weg in den Raum und ließ mir freie Sicht.

Unglaublich, aber Patrizio ging alleine die Straße entlang und zwar in unsere Richtung.

„Das ist die Chance", rief ich aufgeregt wie ein kleines Kind an seinem Geburtstag.

„Ja, ich weiß", meinte Silvio und schien dennoch zu zögern. Ein weiterer Blick aus dem Fenster sagte mir, dass Patrizio immer näher kam.

„O.k., komm", sagte Silvio auf einmal mit einer Bestimmtheit, die ich so noch gar nicht von ihm kannte.

Zügig rannten wir beide aus unserem Zimmer raus in den Eingangsbereich der Pension. Der alte Mann saß nicht hinter seinem Tresen, ich vernahm allerdings deutliche Schlafgeräusche aus dem Nebenraum.

Patrizio ging auf der Straße an uns vorbei und durch den offen gehaltenen Türflügel konnten wir ihn genau sehen.

„Warte kurz." Silvio sprintete zur Tür raus. Ich ging bis zur Tür, blieb dann aber im Rahmen stehen, denn draußen passierte nicht viel.

Ohne viele Worte zu wechseln, hatte Silvio Patrizio gepackt und ihn, der sicher noch völlig überrascht war, zur Seite gezogen und drängte ihn geradezu durch die Tür rein. Er hätte ruhig etwas sanfter mit meinem Süßen umgehen können, der mir in eben diesem Moment in die Arme fiel.

„Komm mit", meinte ich nur knapp und ging in unser Zimmer. Jede Sekunde sah ich mich um, ob Patrizio noch hinter mir war. Bestimmt stand der arme Junge jetzt völlig unter Schock und war gar nicht mehr Herr seines Handelns.

„Ich glaub, ich lass euch mal 'n bisschen alleine", rief Silvio durch den Flur und zwinkerte mir dabei eindeutig-zweideutig zu.

„Was machst du hier?", fragte Patrizio und starrte mich dabei entgeistert an. Er sah einfach nur süß aus.

„Jetzt nicht", sagte ich nur und drückte meine Lippen auf seine. Sofort begann das heftigste Rumgeknutsche, das wir jemals hatten. Bestimmt hätte Patrizio mich mit tausend Fragen überschüttet, wenn ich ihm die Gelegenheit gegeben hätte. Doch seine Zunge hatte besseres zu tun als zu sprechen und begann einen schnellen Tanz mit meiner. Ich fühlte mich wie ein Junkie, dem man seine Droge wiedergegeben hatte. Endlich hatte ich meinen Patrizio wieder. Ein paar

Freudentränen kullerten meine Wangen runter und tropften auf sein T-Shirt.

„Wie viel Zeit hast du?“, fragte ich und sprach so schnell ich konnte. Ich wollte keine Sekunde verlieren.

„Ich soll nur kurz bei ‘ner Bekannten von meiner Tante was abholen. Länger als zehn Minuten dauert das nich‘, aber jetzt erklär mir mal bitte, wie du …“

Nein, ich wollte ihm jetzt nichts erklären. Dazu war die Zeit zu knapp. Ich wollte ihn einfach nur bei mir haben, so lange ich konnte.

„O.k., zehn Minuten reichen“, meinte ich, sah ihm tief in die Augen und drückte ihn dann auf mein Bett. Er gab sich keine große Mühe stehen zu bleiben, sondern ließ sich rückwärts auf die Matratze fallen. In Rekordzeit hatte ich mein T-Shirt und meine Jeans von meinem Körper entfernt und kletterte zu Patrizio ins Bett. Meine Finger wanderten unter sein T-Shirt und entlang seinem Hosenbund.

Es war alles wie wir es kannten und zum ersten Mal seit über einer Woche konnte ich behaupten, dass es mir gut ging.

24

Meine Finger strichen über den nackten Traumkörper, der mir so sehr gefehlt hatte und die Hand des geilsten Jungen der Welt kam meiner Superlatte immer näher. Mit meiner feuchten Zunge leckte ich über seine kräftige Brust und drückte meinen Schwanz immer fester an seinen.

In seinen Augen sah ich dieses unbeschreiblich süße Funkeln, was ihn so einzigartig für mich machte.

Mit zwei kurzen geschickten Handgriffen zog ich erst meine, dann seine Vorhaut zurück und als sich unsere Schwänze jetzt berührten, entfuhr uns beiden vor lauter Geilheit ein energischer Schrei. Wenigstens für ein paar Minuten konnten wir alles, was uns umgab, vergessen und uns nur auf uns und unsere Körper konzentrieren. Ich begann vor Geilheit zu zittern, als Patrizio meinen Schwanz immer kräftiger durch seine Hand gleiten ließ.

Es konnte sich für mich nur noch um Sekunden handeln, bis ich wieder einen dieser wunderbar geilen Momente erleben würde. Auch Patrizios Stöhnen wurde immer lauter und heftiger und ich spürte, wie sein Saft in meine Hand schoss und immer mehr und mehr wurde. Jetzt war es auch bei mir soweit und die geilsten Sekunden begannen, die es überhaupt geben konnte, und meine Samen verteilten sich ziellos in Patrizios Hand, auf seinem Körper, auf meinem Körper und auf der Bettdecke.

Erschöpft entspannte ich alle meine Muskeln und ließ mich, ohne Patrizio in irgendeiner Weise loszulassen, auf die Matratze fallen.

„Geil“, hörte ich mich selber laut flüsternd.

„Ich könnt direkt noch mal.“ Immer wenn Patrizio das gesagt hatte, hatte es keine fünf Minuten gedauert und wir waren wieder voll bei der Sache. Diesmal sah es allerdings etwas anders aus, befürchtete ich.

„Und ich würd auch so gerne noch mal, aber ich muss weg.“ Und dann begann, was sich nicht vermeiden ließ: die Fragerei.

„Wann können wir uns wiedersehen? Wie lange bist du hier? Und warum bist du gekommen? Und was macht mein Bruder hier?“

Natürlich wollte Patrizio alles wissen und jetzt, wo ich meine Geilheit zumindest ein Stückchen gebändigt hatte, sollte er selbstverständlich auch alles erfahren.

Nachdem wir uns Boxershorts und T-Shirts wieder angezogen hatten, nahm ich Patrizio an die Hand und zeigte ihm, dass er sich in aller Ruhe zu mir aufs Bett setzen sollte.

„Mein Schatz, kannst du dir nicht denken, warum ich hier bin“, sagte ich. Patrizio sah mich an. Er hatte sich nicht verändert. Wenn er nicht wusste, was er sagen sollte, schaute er mich einfach nur mit seinen süßen Augen an.

„Ich hab's nicht mehr ohne dich ausgehalten. Und ich hab mit deinem Bruder drüber gesprochen. Der is‘ nich‘ so drauf wie der Rest deiner Familie. Der findet das o.k. Und dann bin ich zu Hause abgehauen und mit Silvio hierhergefahren. Und wir fahren erst wieder weg, wenn wir dich dabei haben.“ Ich legte meinen Arm um ihn und streichelte ihm durch die Haare. „Ich kann nicht mehr ohne dich, Patrizio. Ich brauch dich wie die Luft und das Wasser.“

„Ich dich auch.“ Er fing an zu schluchzen. „Ich hab gedacht, ich seh dich nie wieder. Ich hätte es nicht mehr lange ohne dich ausgehalten. Marcel, ich brauch dich“, sagte er mir und die Tränen flossen unaufhaltsam aus seinen Augen.

Ich konnte es nicht ertragen, ihn so weinen zu sehen. Sein Kopf senkte sich auf meine Schulter und ich drückte ihn noch fester an mich.

„Ich hol dich da raus, versprochen!" Nur langsam kriegte er die Tränen unter Kontrolle.

„Danke", kam es immer noch etwas schluchzend.

„Wie ist das eigentlich bei deiner Tante?", es interessierte mich brennend. Ich wollte endlich wissen, wie es meinem Schatz die letzte Woche ergangen war.

„Scheiße. Einfach nur beschissen. Die sind gestört. Die reden die ganze Zeit von irgendwelchen Teufeln, die in mir sind und die raus müssen. Ich halt das nicht mehr aus. Ich muss da weg." Die Tränen kamen zurück. Am liebsten hätte ich ihn für immer bei mir behalten.

„Wie kommst du überhaupt zurecht? Kann deine Tante deutsch?"

„Ja, 'n bisschen. Außerdem hab ich schon ein bisschen Italienisch gelernt." Er hatte immer noch ein paar Tränen im Gesicht, die er sich mit der Hand wegrieb, während er sprach.

„Echt? Sag mal was", meinte ich. Ich versuchte einfach nur, ihn auf andere Gedanken zu bringen.

„Ti amo", flüsterte er mir ins Ohr und drückte mir einen zarten Kuss auf die Wange.

„Was heißt ‚Ich liebe dich auch'?", fragte ich.

„Ti amo anch'io."

„Ti amo anch'io", stammelte ich etwas ungeschickt und versuchte dabei so erotisch zu klingen, wie ich konnte, aber ich war nach wie vor bei Weitem nicht so gut darin wie Patrizio.

„Kann ich reinkommen?", fragte Silvio, begleitet von stetigem Klopfen von außen.

„Ja", antwortete Patrizio und trocknete sich die Tränen.

Die beiden Brüder begrüßten sich mit einer flüchtigen Umarmung und Silvio setzte sich uns gegenüber auf sein Bett.

„O.k., wir helfen dir da abzuhauen. Ich fürchte nur, du musst jetzt noch mal zurück. Wenn du irgendwelche Klamotten dabei hast, die dir wichtig sind und die du wieder mitnehmen willst, pack die heute Abend unauffällig zusammen. Morgen Vormittag hauen wir ab. Gibt es irgendeine Zeit, zu der Tante Antonia und Vincenzo nicht im Haus sind?"

„Ja, Vincenzo ist bis mittags arbeiten, aber Tante Antonia, keine

Ahnung, aber wie soll das gehen? Wo soll ich zu Hause unterkommen?“

„Wir müssen mal in aller Ruhe mit deinen Eltern reden. Ich kann mir nicht vorstellen, dass du für sie gestorben bist. Die werden dich sicher irgendwann verstehen.“

Ich sah zu Silvio. Der zuckte bloß mit den Schultern und begann dann wieder mit Patrizio zu sprechen.

„Also, denk dran, pack alles zusammen. Wenn du uns keine Zeit nennen kannst, dann stell dich darauf ein, dass wir dich um zwölf Uhr da rausholen. Verlass dich auf uns, wir kriegen das hin.“

Zum Abschied – der hoffentlich nur ein sehr kurzer bleiben würde – nahmen Patrizio und ich uns noch mal in den Arm und ohne dass wir uns daran störten, dass Silvio mit uns in einem Raum war, gaben wir uns einen leidenschaftlichen Kuss.

„Und lass dir was Gutes einfallen, wo du warst“, rief Silvio ihm hinterher, als er unser Zimmer verließ.

„Kannst du mir das mal erklären?“, fragte ich Silvio zwar freundlich, aber ließ ihn dennoch spüren, dass ich irritiert war.

„Wieso kann er nicht einfach jetzt seine Sachen nehmen und wir fahren jetzt los? Wir könnten doch in drei Etappen fahren, aber Hauptsache wir kommen hier weg. Warum lässt du ihn bis morgen bei diesen Irren?“

Ich hatte mich bisher immer zurückgenommen, seine Familie so zu beleidigen, aber mittlerweile war mir das auch egal.

„Das wirst du morgen sehen“, antwortet Silvio und machte mich mit seiner Coolness leicht wütend.

„Glaub mir, anders wäre es mir auch lieber gewesen, aber es geht jetzt nun mal nicht anders. Vertrau mir. Das wird schon alles funktionieren. Und jetzt muss ich noch mal telefonieren.“

Inzwischen war ich mir sicher, dass er rausgegangen wäre, wenn er am Telefon Deutsch gesprochen hätte. Er hatte irgendein Geheimnis. Ganz ehrlich gesagt, war mir das sogar egal, solange ich und Patrizio so schnell wie möglich zu Hause waren, ich fand es nur etwas unhöflich, so eine Geheimniskrämerei zu veranstalten und mich und Patrizio ohne Erklärung warten zu lassen.

Ich beschloss allerdings, mich nicht weiter darüber zu ärgern, um unnötige Spannungen zu verhindern und Silvio weiterhin blind zu vertrauen, dass ihm unser Wohl am Herzen lag.

Der Rest des Tages verging für mich im Schneckentempo. Als ich dachte, es müsste eigentlich schon längst Abend sein, war es gerade mal halb fünf. Etwas später hatte dann Silvio die rettende Idee. Immerhin waren wir ja mit dem Auto da und hatten die entsprechende Freiheit und da seiner Meinung nach für den nächsten Tag alles klar war – was ich etwas anders sah, aber nun gut – schlug er vor, noch irgendwas aus dem Abend zu machen.

Gegen sechs fuhren wir nach Palermo los. Wenn ich schon einmal in Sizilien war, dann sollte ich doch die Chance nutzen, etwas davon zu haben, hatte Silvio mir gesagt und mich dank meiner Langeweile schnell überzeugt.

Silvio zeigte mir typisch italienischen Straßenverkehr – eine halbe Stunde standen wir im einspurigen Kreisverkehr in dritter Reihe, eine typisch italienische Innenstadt und lud mich auf eine Pizza und eine Cola im Stehimbiss ein, in dem die Pizza fast noch besser schmeckte als in einem italienischen Sternerestaurant in Deutschland. Später gingen wir ein Stück auf und ab bis zum Hafen, so dass am Ende doch noch ein kleiner Hauch von Urlaubsgefühlen in mir aufkam.

Es war fast zehn Uhr, als wir wieder in Pianetto ankamen und wie erwartet, waren die Bürgersteige wieder hochgeklappt. In dem Haus, in dem mein geliebter Patrizio hoffentlich zum letzten Mal schlafen musste, waren alle Lichter aus.

Wir gingen durch die offene Tür, vorbei an dem alten Mann, der sich gelangweilt die Wand gegenüber ansah und möglicherweise irgendwelche nicht vorhandenen Gegenstände zählte, durch den Flur in unser Zimmer.

„So, ich klär das mal eben mit unserer Zimmerrechnung, damit wir morgen los können, wann wir wollen“, meinte Silvio und ging raus.

Ich hatte den Verdacht, dass er schon wieder telefonierte, denn eine Viertelstunde brauchte selbst ein alter Mann nicht für das Ausstellen einer Zimmerrechnung.

Mit zwei leicht überdimensionalen grünen Glasflaschen kam er zurück ins Zimmer.

„Hier.“ Er hielt mir eine hin und zum ersten Mal in meinem Leben sah ich eine 0,66-Liter-Bierflasche.

„Hilft beim Einschlafen, wenn's keinen Fernseher gibt", meinte Silvio und öffnete seine Bierflasche mit seinen Backenzähen. Er sah dabei zwar bescheuert aus, aber immerhin würde er überleben, wenn er irgendwo mit einer Bierflasche ausgesetzt würde.

Ich zögerte nur kurz, drückte ihm dann meine Bierflasche zum Öffnen auf dieselbe Weise hin und stieß mit ihm an, nachdem er sie mir zurückgegeben hatte.

Das Bier war wirklich beim Einschlafen hilfreich gewesen, denn als sich um zehn Uhr morgens die Weckfunktion von Silvios Handy meldete, fühlte ich mich fit und ausgeschlafen und vor allem bereit für den ersten Teil der langen Rückreise – mit Patrizio.

Eigentlich müsste ich in der Schule sein, fiel mir ein, während ich unter der Dusche stand. Ich dachte an Marco und wie er wohl drauf sein würde, wenn wir uns das nächste Mal sahen. Ich fragte mich, ob das wahre Gerücht über mich und Patrizio schon bis zu Nadja vorgedrungen war und ich dachte an meine Eltern und hoffte, dass sie sich keine Sorgen machten. Ich beschloss, mich auf dem Rückweg zu einem geeigneten Zeitpunkt bei ihnen zu melden.

„So, alles gepackt?", fragte Silvio mich um kurz nach halb zwölf, stellte seine eigene Reisetasche auf sein Bett und sah sich noch mal im Raum um.

„Ja. Von mir aus kann's los gehen. Wir holen uns Patrizio und dann hauen wir ab", sagte ich wie ein Feldherr, der seine Truppen auf die entscheidende Schlacht vorbereitete.

Der alte Mann, von dem ich mich eigentlich gerne noch verabschiedet hätte, saß nicht an seinem Platz, als wir unseren Zimmerschlüssel in ein angeblich dafür vorgesehenes Fach warfen und die Pension verließen.

Wir verstauten unsere Taschen im Auto, das Silvio am Abend auf dem gleichen Platz abgestellt hatte, auf dem es vorher schon gestanden hatte. Dann fuhren wir die Straße bis zum Ende durch, wendeten, fuhren zurück, bogen auf die größere Straße ab und parkten das Auto direkt vor dem Haus in Fluchtrichtung.

Mit jeder Sekunde, mit der wir zur Haustür gingen, mit der wir warteten, nachdem Silvio geklopft hatte, schlug mein Herz schneller.

Die alte Dame mit den kurzen schwarzen Haaren öffnete uns die Tür und ich sah sie zum ersten Mal richtig und empfand es nicht als angenehmen Anblick. Von da an spielte sich für mich alles wie ein Film oder ein Computerspiel ab.

„Silvio?“, fragte die Frau überrascht.

„Patrizio c'è?“ Silvio klang sehr ernst und energisch.

„Sì, ma …“ Weiter ging die Diskussion nicht, Silvio quetschte sich an seiner Tante vorbei, ich nutzte die entstandene Lücke und folgte ihm.

„Patrizio? Komm!“, rief Silvio.

„Patrizio!“, rief ich noch mal eine Stufe lauter hinterher. Die Treppe, die viel mehr eine Leiter war und ins Dachgeschoss führte, knarrte laut, als Patrizio mit einem kleinen Koffer unter den Arm geklemmt so schnell er konnte runter kam.

Seine Tante stand mit offenem Mund da, gab erst ein paar sinnlose Laute des Erschreckens von sich und schrie dann auf Italienisch wild um sich.

Silvio nahm seinem Bruder den Koffer ab und stellte ihn vor das Haus. Fast hätten wir los gekonnt, doch die Tante hatte ein bisschen schneller reagiert als erwartet und klammerte sich mit beiden Händen an Patrizios Arm fest. Sofort griff Silvio nach dem anderen Arm. Ich konnte es einfach keine Sekunde lang mit ansehen, wie mein Schatz hier beinahe zerrissen wurde und trat der Tante gezielt und kräftig vors Schienbein. Auch wenn ich schwul war, ich war immer noch ein guter Fußballer und dementsprechend kräftig war ein Tritt von mir. Die Tante sprang erschrocken zur Seite und hielt ihr Bein mit beiden Händen fest.

„Schnell“, rief Silvio und bevor die Tante ihren nächsten Angriff starten konnte, waren wir aus dem Haus. Silvio setzte sich ans Steuer und ließ schon den Motor an, während ich mich auf den Beifahrersitz und Patrizio sich auf die Rückbank stürzte. Mit quietschenden Reifen fuhr Silvio an.

„Komm, is' gut. Wir haben keine Bank überfallen“, meinte ich und war überglücklich.

Ich hatte meinen Schatz zurück. Alles war gut.

„Halt gleich mal an, ich will mich auch nach hinten setzen“, meinte ich zu Silvio, als wir Pianetto verließen und auf die Landstraße fuhren.

Jetzt, wo ich ihn wiederhatte, wollte ich ihn auch spüren können.

„Kannst du gerne machen“, sagte Silvio. „Aber ich glaube

kaum, dass sich das lohnt", fügte er hinzu und ich verstand nicht, was er meinte.

„Hä?", drückte Patrizio meine Gefühle aus.

„Ich glaub, ich muss euch jetzt mal was erklären", fing Silvio an und wir hörten gespannt zu. „Ich war mir die ganze Zeit noch nicht sicher, deswegen wollte ich noch nicht darüber reden."

„Ja, jetzt aber raus damit", drängte Patrizio seinen Bruder.

„Es gibt eine kleine Planänderung. Die gute Nachricht ist erst mal, dass wir jetzt nur nach Palermo zum Flughafen fahren. Um siebzehn Uhr geht ein Flieger nach Köln und ich hab zwei Tickets reservieren lassen."

„Zwei?", fragte ich nach. Patrizio hatte wohl das Gleiche im Sinn, konnte aber nicht so schnell rechnen wie ich.

„Genau zwei. Jetzt kommt nämlich der eigentliche Teil. Um's kurz und schmerzlos zu machen …" Er räusperte sich und sah kurz zur Seite.

„Ich bleib hier", erklärte er.

Jetzt waren Patrizio und ich gleichermaßen sprachlos.

„Aber …", brachte Patrizio hervor.

„Kein aber. Ich hab keinen Bock mehr. Ich hab mir die ganze Scheiße lang genug angetan. Ich hab keinen Bock mehr auf dieses Scheißstudium, ich hab keinen Bock mehr auf meine kranken Eltern, ich hab keinen Bock mehr auf diese dumme Chiara. Die werd ich ganz bestimmt nicht heiraten. Ich hab keinen Bock mehr auf dieses ganze Leben. Ihr werdet mir fehlen, aber sonst …"

Das waren zu viele Informationen auf einmal für mich.

„Hast du Stress mit Chiara?", fragte Patrizio, der sicher noch verwunderter darüber war als ich.

„Kann man so nicht sagen. Ich hab nur keinen Bock, ein Mädchen zu heiraten, das dumm ist wie Brot, nur weil unsere Väter Freunde sind und das wollen. Ich will selber bestimmen, was ich mit meinem Leben anfange. Ich hab schon lange überlegt, ob ich abhauen soll. Ich hab immer noch zurückgeschreckt, aber die Sache jetzt hat für mich das Fass zum Überlaufen gebracht."

„Und was hast du jetzt vor?", fragte ich Silvio. Ich hatte gelernt, dass Pläne von ihm noch so absurd klingen konnten und am Ende doch aufgingen.

„Ich hab 'nen Bekannten, der arbeitet seit zwei Jahren auf 'nem Campingplatz ganz hier in der Nähe. Nächste Woche fängt die Saison für die an und ich kann da arbeiten. Ich hab 'n Zimmer, ich krieg zu essen, ein bisschen Geld und das reicht mir. Etwas aus mir machen, kann ich auch in ein paar Jahren noch."

Wow, Silvio war echt konsequent. Ich zweifelte keine Sekunde daran, dass er das genau so durchziehen würde.

„Also, Patrizio, bestell unseren dummen Eltern schöne Grüße. Die können mir 'ne Postkarte schicken."

„Ich weiß nicht, wie ich dir überhaupt danken kann", sagte Patrizio zu seinem Bruder. Die Abschiedsszene, die sich wenig später am Flughafen abspielte, war sehr bewegend. Patrizio und Silvio lagen sich in den Armen und versprachen sich, immer zusammenzuhalten, egal, was für Schwierigkeiten das Leben noch mit sich bringen würde.

Es tat gut, zu wissen, dass es einen Menschen gab – egal, wie weit entfernt, der auf unserer Seite stand. Denn eins war klar. Das war erst der Beginn des harten Kampfes, der mir und Patrizio bevorstand. Seine Eltern, meine Eltern, die Leute im Verein, alle Menschen, mit denen wir zu tun hatten, mussten entscheiden, ob sie mit dem klarkommen würden, was war. Dass das nicht jedem leicht fallen würde, wussten wir schon lange.

„Ich wünsch euch beiden alles Glück der Welt und dass ihr ewig zusammenbleibt und euch jeden Tag ein bisschen mehr liebt. Ich versprech euch, wir sehen uns bald wieder", sagte Silvio später, als ich und Patrizio uns auf den Weg zur Sicherheitskontrolle machen mussten.

Ein letztes Mal nahm jeder jeden in den Arm, dann ließen wir Silvio, ohne den wir vielleicht für immer getrennt geblieben wären, zurück.

„Ti amo", flüsterte Patrizio mir ins Ohr, als wir in der Wartehalle saßen.

„Ti amo anch'io", antwortete ich und beschloss, nächstes Jahr in der Oberstufe italienisch zu lernen, um noch mehr romantische Sätze mit meinem süßen Freund austauschen zu können.

‚Ihr könnt mich gegen halb neun in köln am flughafen abholen', schrieb ich fast ein bisschen trotzig meinen Eltern als Antwort auf die zwanzig SMS, die sie mir im Laufe der Tage noch geschickt hatten.

Eigentlich hätte ich nervös sein müssen und Angst vor der Reaktion meiner Eltern haben müssen, aber kein einziges negatives Gefühl machte sich in mir breit. Ich war einfach nur glücklich, mit

Patrizio zusammen sein zu können. Alles andere war zweitrangig.

Mit ‚halb neun' hatte ich etwas optimistisch gedacht. Es war schon nach neun, als Patrizio und ich endlich unsere Taschen vom Gepäckband nehmen konnten und den Ausgang suchten. Erst jetzt baute sich eine kleine innere Anspannung in mir auf. Würden meine Eltern da sein? Wenn ja, was würden sie sagen?

Die Schiebetür ging auf. Neben meinem Vater stand meine Mutter, neben meiner Mutter stand meine Schwester und neben meiner Schwester stand Patrizios Mutter mit seiner kleinen Schwester.

„Woher weiß …" Patrizio verstummte mitten im Satz, als seine Mutter auf ihn zugerannt kam und ihm um den Hals fiel.

„Mach so was nie, nie wieder", war die deutlich coolere Reaktion meiner Mutter.

„Aber wir sind trotzdem stolz auf dich", relativierte mein Vater das Ganze.

Als Patrizios Mutter ihn endlich losließ, hielt mein Vater ihm direkt freundschaftlich die Hand hin.

„Schön, dass mein Sohn jemanden gefunden hat, den er wirklich liebt. Ich wünsch euch alles Gute."

Endlich bekam auch ich ein paar herzliche Umarmungen von meiner Familie.

„Mama, erklär mir doch mal, was los ist", sagte Patrizio, als er so langsam die Fassung wiederfand.

„Ich hab gedacht, ihr wollt mich nicht mehr zu Hause haben."

„Dein Vater wollte das nicht. Ich hab nichts dagegen, dass du einen anderen Jungen liebst oder dass Silvio andere Vorstellungen vom Leben hat als dein Vater. Nachdem Silvio uns gestern Abend angerufen hat und uns alles erklärt hat, hab ich euren Vater zu Hause rausgeschmissen. Wir werden uns scheiden lassen. Wir kommen auch ohne ihn gut über die Runden. Wir müssen sehen, wie es in den nächsten Monaten weitergehen soll, aber wir schaffen das. Ich glaube zwar auch an Gott, aber ich lasse solche überholten Vorstellungen nicht das Leben meiner Kinder zerstören."

Ich musste mich am Geländer festhalten. Nie hätte ich von einem solchen Happyend zu träumen gewagt und jetzt stand ich hier in Köln am Flughafen. Meine Eltern akzeptierten, dass ich schwul war und waren stolz auf mich, dass ich so für meinen Freund gekämpft hatte und Patrizio hatte wieder ein Zuhause, in dem er willkommen war, so wie er war.

Ob uns alle unsere Freunde bleiben würden und ob wir jemals wieder Fußball spielten konnten, das musste uns die Zeit zeigen. Ich würde es mir sehr wünschen, wenn alle Menschen uns so akzeptieren könnten, wie wir waren, und dass wir auf dem Fußballplatz wieder die Stars werden würden, egal, ob wir uns privat liebten oder nicht.

Und selbst wenn das alles nicht so kommen sollte, war das auch nicht schlimm, denn wir hatten ja uns.

Marcel und Patrizio – das Traumpaar. Mehr zählte im Moment nicht.

ENDE

Manuel Lauretta
Ein steiniger Weg

208 Seiten 15,90 Euro
ISBN 978-3-940818-36-2

Sandro ist bei allen ziemlich unbeliebt, aber das liegt nur daran, das er schwul ist, und deshalb versuchen Marco und seine Gang ihn bis aufs Blut zu reizen.
In Marcos Gang ist auch der Mädchenschwarm Daniel, in den auch Sandro verliebt ist. An einem Nachmittag passiert es dann. Daniel macht seine erste schwule Erfahrungen mit Sandro, möchte sie aber schnellstmöglich vergessen.
Nach drastischen Ereignissen mit Marco zieht Sandro mit seiner Familie in die USA.
Welche Ereignisse sind zwischen Sandro und Marco vorgefallen?
Und wird er zurückkommen?

Manuel Lauretta
Unbekanntes Verlangen
176 Seiten
14,90 Euro
ISBN 978-3-940818-30-0

Manuele Soreno ist ein eher zurückhaltender aber bei den Mädchen sehr beliebter Junge. Auf einer Party lernt er Chris, den Freund seines besten Freundes Timo kennen. Dieser fußballfanatische Schönling, der durch seine offene Art sehr beliebt ist, bringt Manus Leben total durcheinander.
Anfangs interessiert er sich nur für das andere Geschlecht, doch durch Chris flammt in ihm ein unbekanntes Verlangen auf, dass ihn in ein Abenteuer aus Lust, Liebe und Enttäuschung wirft.

www.himmelstuermer.de

Kai Steiner
Capri, amore mio

240 Seiten 15,90 Euro
ISBN 978-3-940818-31-7

Kristoffs Herz schlägt Purzelbäume, als er die Mole von Capris Hafen betritt. Werden ihn die italienischen Burschen wieder kirre machen? Schon am Ankunftstag ein Top: Luigi ist hemmungslos. Nicht einmal ein kirchlicher Beichtstuhl ist ihm heilig. Ein entsetzliches Ereignis, von Luigis Schwester überbracht, stürzt den jungen Anwalt in ein seelisches Tief. Gibt es für ihn Trost?
Bastian, ein sechszehnjähriger, unerfahrener junger Deutscher übernimmt diese Rolle. Durfte sich Kristoff in dessen Fänge begeben? Für beide beginnt ein Tanz auf dem Vulkan.
Ein spannender Coming-Out-Roman voller Leidenschaft, Dramatik, Intrigen, Enttäuschungen, Romantik und einem überraschenden Schluss.

N. Schwalbe
Staatsanwalt sucht Polizist
176 Seiten
14,90 Euro
ISBN 978-3-940818-34-8

Marten, 29, Staatsanwalt, bis über beide Ohren in Nico, 29, Polizist, verliebt. Es könnte alles so schön und unkompliziert sein, wäre da nicht eine Tatsache, die die beiden Turteltauben zu Königskindern macht: Nico ist mit einer Frau liiert. Auf Anraten seiner besten Freunde Julia, 35, verheiratet, und Jürgen, 56, Richter, schwul, lässt Marten nicht locker und versucht, Nico zu bezirzen. Vorerst mit Erfolg, doch das Liebesglück währt nicht lange, denn Nico möchte vor seinem dreißigsten Geburtstag unbedingt noch eines: Vater werden!

www.himmelstuermer.de